빨강 속의 검정에 대하여

빨강 속의 검정에 대하여

강영숙 소설

문학동네

차례

칠천원 주유에 이백 킬로미터 주행 가능, 정말 제 스쿠터가 그럴까요? 세상의 모든 걸 책으로 내는 당신의 나라에 혹시 스쿠터를 활용해 할 수 있는 일들을 소개한 책은 없을까요. 예를 들면 스쿠터를 타고 강을 건너는 법, 스쿠터를 이용해 실연의 상처를 극복하는 법, 스쿠터와 할 수 있는 가장 재미있는 일 등, 세상의 모든 스쿠터 활용법 같은 것 말입니다. 그런데 당신의 제니 핑크랑 내가 산 핑크랑 서로 인사할 날은 오게 될까요?

스쿠터 활용법

1

친애하는 M씨, 건강하신지요. 내일은 이 나라의 국가 원수를 뽑는 선거일입니다. 보수당을 대표하는 후보가 압승하리라는 것이 대부분의 의견인 가운데 거리는 평소보다 더 고요합니다. 저는 조금 전 체육관에서 수영을 하고 나왔습니다. 아직도 머리카락 끝에서 물방울이 떨어집니다. 어제는 유치원 때 친구 녀석을 만나 타로 점을 쳤는데 저의 경우 관리만 잘하면 백이십 살까지도 살 수 있다고 합니다. 의지만 있다면 말이죠. 이게 과연 믿을 만한 결과일까요? 새해 복 많이 받으시길. 비나 눈 같은, 뭔가 촉촉한 것이 내리면 좋겠네요.

2

안녕하세요, J씨? 당신이 보낸 편지봉투에서 냄새가 났어요. 조금은 퀴퀴한, 인도 카레 냄새 같기도 하고 오래된 종이 냄새 같기도 했죠. 봉투를 허공에 대고 흔들며 나도 모르게 웃었어요. 그건 세상에서 제일 둔한 사람인 당신한테서 나는 냄새와 똑같았어요. 당신 편지는 의외로 정겹더군요. 기억나요? 우리가 처음 만났을 때, 당신의 나라로 간 나보다 오히려 당신이 더 이방인 같았죠. 전철 노선도 잘 몰랐고 유명한 쇼핑타워를 보고는 "와, 처음 본다"고 소리를 질렀어요.

그때는 내가 일종의 컬처쇼크 상태에 빠졌다는 걸 몰랐어요. 하루 종일 잠만 잤죠. 자도 졸리고 또 졸리고. 잠깐씩 일어나 물을 마실 때를 제외하곤 늘어지게 잠만 잤어요. 그래서 당신과 처음 만난 날에도 그 조용한 라면집에서 자꾸 하품을 했었죠. 그때가 바로 낮잠시간이었거든요. 이후에 커피숍으로 자리를 옮긴 후에도 몽롱한 채로 앉아 당신이 마시고 있는 주스잔 속에서 조금씩 허물어져내리고 있는 얼음덩이들만 쳐다봤죠.

그 나라에서 돌아오자마자 매일 하루 세끼를 열심히 챙겨먹었어요. 금세 옛날 체중으로 돌아가더군요. 배에 힘도 생기고 어지럼증도 사라졌어요. 그러나 머릿속에 든 바람, 발등을 시리게 하던 차가운 공기는 지금까지도 남아 있어요. 가끔 퇴근하는 사람들로 꽉 찬 중앙선 전철 안에 서 있는 당신을 떠올렸어요. 도대체 당신은 하루에 몇마디나 말을 하는 걸까요? 당신 동료들은 당신을 이상한 사람이라고 놀리지 않나요? 그럴 것도 없겠죠. 당신들은 모두들 다 그렇게 말이 없으니까요. 그렇다고 그렇게 다른 사람과 눈도 안 맞추고 사는 건 좀 지나쳐요. 난 그렇다고 생각해요.

지금도 오후 네시만 되면 산책길에 나서고 싶어져요. 운동화나 조깅복을 갖춰입지 않아도 몸은 이미 길을 걷고 있죠. 그곳에서의 습관 때문에 심지어 회의를 하는 중간에도 몸은 거리로 뛰쳐나가고 싶어 안달이 나요. 엄마의 다리가 부러졌다고 거짓말을 하고 당장 나가봐야 한다며 동료들 앞에서 연기를 펼치죠. 그리고 엘리베이터가 오기를 기다리는데, 그 시간을 참지 못하고 손톱을 물어뜯다가 결국 계단으로 일층까지 뛰어내려가죠. 건물 로비를 성큼성큼 걸어 빠져나가는 순간은 답답함이 머리끝까지 치밀어올라요. 거대한 빌딩일수록 밖으로 나가기까지 얼마나 많은 시간이 걸리는지요.

골반뼈가 시원해지는 느낌을 당신이 알까? 한 시간쯤을 정신없이 걷고 나면 체중이 하나도 느껴지지 않고 몸이 가벼워지면서 골반뼈가 시원해져요. 그러나 그런 시원함 뒤에 몰려오는 피로는 다시 사람을 조금은 우울하게 만들죠. 아침에 일어날 때는 희망에 가득 차 있다고 느끼다가도 퇴근할 무렵이 되면 극도로 우울해져요. 퇴근 무렵의 시간, 나는 그 시간만 되면 괜히 상점 안을 기웃거리죠. 카페테리아에 앉아 있는 사람들 얼굴을 빤히 쳐다봐요. 모두들 밤이 되면 더 생각할 것도 없이 따뜻한 이불 속으로 들어가 죽은 듯이 자야 해요. 누군가가 말했어요. 세상의 평화가 오려면 다들 지금보다 더 많이 자야 한다구요.

도시의 여름은 매우 길었어요. 마시지 않던 맥주를 즐겨 마시게 된 것도 길고 숨막혔던 그 나라의 여름을 겪은 탓이라고 말할 수 있어요. 더위 탓에, 밤은 점점 짧아지고 낮은 한없이 길어지는 느낌이 들었어요. 당신의 나라에서 돌아온 후 나는 늘 종교 교리를 외우듯 모든 일상에 감사해야 한다고 중얼거렸어요. 그런데 시간이 갈수록 거리에 굴러다니는 빈 깡통을 발로 차거나 관공서에서 만난 아무 잘못도 없는 공무원에게 심하게 화를 냈어요. 한번은 인감증명서를 떼는 일로 동사무소에 갔다가 직원과 심하게 싸우고 말았어요. 날씨 탓일 거야, 찬바람이 불면 좀 나아지겠지. 그러나 계절이 바뀌어도 상황은 같았어요. 그래서 나는 당신의 나라에 있을 때보다 더 신경질적인 사람이 되었어요. 정말이지 예상치도 못했던 일이었죠. 온몸에서 수분이 빠져나가 바짝바짝 마르는 기분이었어요.

당신네 나라에 있을 때 북쪽 내륙에 있는 한 도시에 갔었어요. 4월인데도 눈이 내렸죠. 사방이 눈이었어요. 당신은 북쪽에 간 적이 없다고 말했었죠. 신고 간 부츠가 다 젖어 그곳 어부들이 신는 고무부츠를 한 켤레 샀죠. 칠백 년 전쯤에 지었다는 절에 가 점도 쳤어요. 미래, 과거, 사랑, 일 중에 한 단어를 선택하라고 하더군요. 나는 그때의 단어 선택이 잘못되었다고는 생각

안 해요. 어디선가, 지붕에 쌓였던 눈이 철퍼덕 하고 떨어져내리는 소리가 들렸어요. 그때 들은 점괘는 가혹했어요. 바람이나 냄새나 물이나 사람이나, 무엇 하나 너그러운 것 없는 당신의 나라에서 나는 아주 가혹한 얘기를 들었어요. 그 얘기를 당신에게 했을 때 당신은 그저 웃기만 했어요. 기억하나요? 그날 내 점괘요. 내가 뽑은 단어는 하필 과거였어요.

여름이 끝날 무렵 거센 태풍이 몰려왔죠. 남부지방의 한 도시는 물류가 이동되는 주요 도로가 유실되고, 오래된 사원의 지붕이 날아가고 학교 건물들이 와장창 무너져내렸어요. 평생 노동에 찌든 할아버지가 갈색 얼굴을 우그러뜨리며 우는 모습을 텔레비전 화면에서 봤어요. 소들이, 가구들이 다 떠내려가버렸대요. 할아버지는 정말 애들처럼 울며 옷소매로 눈물을 훔쳤어요. 그러나 그런 일들은 시간이 지나면 또 금세 다 잊혀지고 말죠.

그 무렵, 엄마가 안 좋은 소식을 전했어요. 엄마의 네 언니들 중 셋째언니가 암에 걸렸다고 했어요. 그러고 보니 엄마의 형제들 중 두 사람이 암에 걸려 죽었어요. 병원에서 암 검사를 할 때 간호사들이 묻곤 하죠? 가족 중에 암에 걸려 돌아가셨거나 암 진단을 받은 분이 있습니까? 저는 그 질문이 무서워요.

어릴 때 이모네 집에 간 적이 있었어요. 그때 제일 기억나는 건 마당에 파놓은 땅굴이었어요. 말이 땅굴이지 사람이 드나들 만큼 큰 굴은 아니었어요. 그 땅굴 속에 뱀이 살고 있다고 뻥을 친 건 이모부였죠. "저 땅굴 속에 손 한번 넣어볼래? 뱀이 손을 꽉 물지도 모르니까 조심해." 거짓말은 아니었어요. 이모부는 땅굴 안에서 뱀술을 꺼내와 아버지와 함께 형님, 동생 하며 마셨어요. 그러나 알고 보니 그 땅굴 속에는 토실토실한 알밤이나 고구마도 같이 들어 있었어요. 그런데 놀라운 건 뱀술이 든 땅굴은 집 뒤의 텃밭이나 얼키설키 쌓아놓은 농기구들 아래, 닭장 뒤의 언덕 등 근처에 수없이 많았다는 겁니다. 이모부가 묻어놓은 뱀술이 모두 몇병인지는 이모부조차도 몰랐죠.

그날 밤 이모네 집에서 자다가 뱀이 내 몸을 휘감는 꿈을 꾸었죠. 너무 놀라 오줌을 싸버리고 말았어요. 묵직한 뱀이 내 허리와 배를 타고 천천히 지나갔죠. 눈을 떠보니 무릎 높이까지 올라오는 녹색 됫병 소주들이 방구석에 차곡차곡 모여 있었어요. 나는 술병 속의 뱀들이 병 바닥에 배를 깔고 죽어 있는 모습을 보고 나서야 안심하고 다시 잠이 들었죠.

그 겨울에 갑자기 눈이 많이 내려 우린 여러 날을 집에 돌아가지 못했어요. 눈 속에 푹 파묻힌 집에 박혀 아버지와 이모부는 매일매일 뱀술을 마셨어요. 나는 지금도 그분들이 뱀술을 너무 많이 마셔 오래 살지 못하고 죽었다고 믿고 있어요.

당신의 나라에서 돌아온 후, 나는 시간이 갈수록 냉소적으로 변해갔어요. 동료들, 친구들과 자주 싸웠죠. 어느 날 시끄러운 노래방에서 쉴새없이 땅콩을 씹어 먹으며 노래부르는 사람의 뒷모습을 쳐다보고 있을 때였어요. 순간 머릿속이 환해지면서 그 사람의 뒤통수를 향해 탬버린을 던졌어요. 손에 잡히는 것들을 마구 던지고 찢어버리고 싶었어요. 그래서 먼저 노래방에서 나왔죠. 그래도 자꾸 화가 났어요.

남자친구와 같이 있는 동안에도 내 입속에서는 발음도 정확하지 않은 이상한 읊조림 같은 게 계속해서 흘러나왔어요. 나는 도무지 집중을 할 수가 없었죠. 어떤 순간에는 정말 이상한 단어들을 내뱉기도 했어요. 사랑을 표현하고 유지하는 게 불가능했어요. 그런 날이 계속되자 남자친구는 촬영을 핑계로 아주 먼 나라로 떠나버렸고 이메일도 전화도 엽서도, 아무것도 보내지 않았어요. 어느 날 그가 일하는 방송사의 다큐멘터리 채널을 보다가 지진해일 현장에서 긴 손가락을 흔들며 울고 있는 나이든 여자와 인터뷰를 하고 있는 그를 보았어요. 정말 그의 말대로 난 신경쇠약에 걸린 건지도 모르겠어요. 그가 여자에게 물었어요. "가족 중 몇사람이 죽었죠?" 그 여자가 뭐라고 대답했을까요. 여자는 말했어요. "모두 다, 전부."

그후로, 우연히 오래 전부터 마음에 두고 있던 한 남자를 만나게 됐어요. 열두 살 때부터 좋아했던 남자였죠. 마음속에 한 남자를 그렇게 오랜 시간 두고 있었다는 게 굉장히 억울했어요. 그는 사실 우리나라 남자들 같지 않게 아주 조용하고 가까워지기까지 시간이 아주 오래 걸리는 스타일이었죠. 오랜 시간 동안 밥을 먹고, 그보다 더 오랜 시간 동안 차를 마시고 밤거리를 걸었어요. 내가 물었죠. "가깝게 지내는 사람은 없나요? 주말엔 뭘 하시나요?" 그가 대답했어요. "차를 타고 더 갈 수 없을 때까지 달려요. 너무 멀리 왔다 싶을 때 다시 돌아오죠." 그 얘길 듣는 순간 나는 뭔가 그 남자에게 대단히 큰 실례를 저지르고 있다는 생각이 들었어요. 그래서 그를 가만히 내버려두기로 결심했죠.

사방이 조용했어요. 그리고 이모가 죽었죠. 서울 북쪽의 영동지방, 영원히 발전이라고는 하지 못할 것처럼 낮게 가라앉아 있던 그곳이 어느새 펜션과 골프장과 음식점이 들어찬 곳으로 변해 있었어요. 세상의 모든 도로가 대도시 서울을 향해서만 놓여지고 연결되는 건 막을 수 없는 일이니까. 내가 어릴 때만 해도 나룻배를 타고 건너지 않으면 안 되었던 그 강은 물이 줄어 바짝 말라붙어 있었어요. 그리고 이제는 강 외곽으로 다리가 놓여지고 길이 이어지면서 강을 건널 필요도 없게 되었구요.

밤나무 아래 그 산자락 끝 집에 이모는 이제 없었어요. 그리고 언제인지 기억나지 않지만 언젠가 내가 찍어준 폴라로이드 사진 한 장이 커다란 거울 아래에 꽂혀 있었어요. 마루에 앉아 있는 이모와 엄마를 찍었죠. 아, 그때가 기억나요. 천천히 드러나는 폴라로이드 사진을 보고 귀가 잘 들리지 않는 이모는 정말이지 오랜만에 맥락이 닿는 얘기를 했죠. "내가 이렇게 늙었네! 아유, 어쩜."

그날 엄마는 손을 흔들고 서 있는 언니를 오래도록 내다봤어요. 도시로 들어가자 트렁크에 넣은 고구마, 호박, 오이 냄새가 운전석까지 확 밀려들어왔죠. 그 냄새는 왜 그런지 사람을 숙연하게 만들었어요.

장례가 시작되자 버석거리는 소리가 이모네 집 주변에서 조금씩 자꾸만 들려왔어요. 이모에게는 자식이 없어서 이모부의 남자형제 아들이 상주 역할을 했죠. 아무도 울지 않았어요. 무슨 짐승의 죽음이나 크게 다름없었죠. 나이들어 죽는 건 당연하다는 듯이. 모두들 세 끼를 잘 챙겨먹고 잠도 잘 잤죠. 이모가 이불 홑청을 세탁했던 냇가는 물기 없이 마른 돌들과 변색된 수풀들, 깡통과 플라스틱 쓰레기로 뒤덮여 있었어요. 나는 자꾸 그 마른 강가를 배회했어요.

이모만의 물건이라고 할 만한 것이 거의 없었다고 해야 할 것 같군요. 겨울 내복 몇 벌, 솜바지 몇 벌, 무릎까지 올라오는 양말 몇 켤레, 죽은 이모부의 것이었음 직한 늘어지고 해진 팬티들, 한복을 입고 찍은 처녀 때 사진 몇 장, 전화번호 수첩 한 개. 그리고 나머지는 모두 곡식 더미들, 신문에 차곡차곡 쌓아놓은 천꾸러미들, 내용을 잘 알 수 없는 자잘한 크기의 약병들, 농사에 필요한 씨앗들, 비닐봉지에 든 가루들, 뭐 그런 것들이었어요. 굳이 이모의 것이라고 하지 않아도 괜찮은, 마루나 집 안에 널린 그런 것들이었죠. 이모는 그렇게 조용히 죽었어요.

늦은 밤, 당신네 나라의 뉴스 화면을 보기도 해요. 엄마의 목을 과감히 잘라 가방에 넣어들고 경찰서로 자수하러 간 어느 소년의 하루, 레토릭도 이슈도 없이 팽팽하기만 한 정치싸움, 또 우리에 비하면 조금은 밋밋한 듯한 멜로드라마들. 그런 것들을 보면서 새우깡을 안주로 맥주를 한 병씩 마시죠.

당신을 두번째 만났을 때 우리는 '아시아' 라는 클럽에 갔어요. 그때 기억나요? 음악이 어찌나 시끄럽던지 도무지 얘기를 할 수 없었죠. 그러나 또 음악이 시끄러운 게 아무런 문제가 되지 않는다는 듯이 클럽에 있는 사람들 누구도 같이 온 사람과 얘기를 하지 않았어요. 그저 서로 마주 보고 앉아 있거나 같은 곳을 향해 앉아 있거나 하는 게 다였죠. 맥주를 한두 병쯤 마셨을까? 시끄럽던 클럽 안이 조용해졌죠. 음악도 모두 꺼졌어요. 한 여자가 무대 앞으로 나와 혼자서 개그를 하기 시작했죠. 정말 제정신으로 들어주기는 힘든 한심한 얘기였어요. 당신들은 누구도 환호하지 않았어요. 졸리기도 했지만 어쨌든 나는 박수를 쳤던 것 같아요. 그때는 그런 무심한 당신들이 참 얄미웠어요.

클럽에서 나와 와플을 먹었나요? 계란과 참치와 아이스크림이 든. 양이 많아 굉장히 배가 불렀죠. 이제 막 끊기려 하는 전철 시간을 확인하는 나에게 당신이 태워다주겠다고 말했어요. 난 자동차를 상상했는데 클럽 앞쪽 길 자전거 정거장에 서 있는 건 핑크색 스쿠터였어요. 핑크색과 당신은 정말 안 어울렸어요.

"클래식 스쿠터, 4 스트로크 엔진, 배기량 125cc, 몸무게 95킬로, 색깔은 핑크, 쉬지 않고 최대 50킬로미터까지 달릴 수 있음. 이름은 제니."

당신이 그렇게 길게 얘기하는 건 처음이었어요. 나는 제니의 앞으로 다가가, 잘 부탁한다고 인사했어요. 우린 밤거리를 달리기 시작했죠.

조금 전에 막 그친 비 때문에 도로에 축축한 물기가 남아 있었어요. 우리가 제일 먼저 만난 건 교차로 저 위쪽에서부터 천천히 이동해오고 있는 불꽃놀이 행렬이었죠. 그들은 최종적으로 붉은 다리 위에 모일 거라고 당신이 말했어요. 그 도시에서 제일 유명한 불꽃놀이 장소가 그 붉은 다리 위라고 했죠. 그들의 머리 위로 솟아오른 깃털들은 칼처럼 날카로워 보였어요. 하지만 아랫도리는 삼각팬티만 걸치고 상체는 헐렁한 티셔츠를 걸친 채 페이스 페인팅을 한 얼굴은 무척 발랄해 보였어요. 끝도 없이 늘어선 불꽃놀이 행렬에서 들려오는 피리 소리는 불규칙 화음이었구요. 잠시 후 상하 좌우에서 몰려든 축제 행렬이 붉은 다리 위를 꽉 채웠어요.

이차선 도로가 길게 휘어졌어요. 주택가 뒤편의 고즈넉한 카페 거리가 나타났죠. 우리는 어쩌다 도시의 전망대가 있는 타워를 저만치 앞에 두고 서 있었어요. 춥지는 않았어요. 당신이 내게 퀴즈를 냈죠. "타워까지 몇분 만에 갈 수 있을까요?" 나는 십 분이라고 했지만 실제로는 이십 분쯤 달렸어요. 지상에서 올려다보는 타워는 막 불타오르는 순간의 장작더미 같았죠. 우린 타워를 올려다보며 각자 생각에 빠져 있었어요. 그러다 동시에 고백했죠. 우리는 둘 다 고소공포증 환자였어요.

타워를 지나고 대형 쇼핑몰 앞을 지나 또 한참을 달렸어요. 갑자기 차들이 줄어들고 인적도 드물어졌죠. 머리 위로 차가운

바람이 휭휭 돌고 쇳내 섞인 비린내가 났어요. 바다가 육지까지 밀고 들어와 생긴 도시의 만(灣) 근처였죠. 허리를 굽혀 당신 등 가운데에 얼굴을 숨겼어요. 당신은 더 속도를 냈죠. 그때 갑자기 당신의 등을 타고 나온 당신 목소리가 들렸어요.

집 안에 온갖 이상한 물건을 들여다놓고 사는 화가의 방에 있는 새처럼, 내 방에도 포획이 금지된 새 한 마리가 있어요. 그 새 때문에 저는 벌금형을 선고받았죠. 사실 포획이 금지된 새를 집 안으로 들여 같이 살고 있는 사람은 나 말고도 많아요. 나는 그 새를 포기할 수 없어요. 세상에 누가 가족을 포기하나요.

나는 당신의 등뒤에다 대고 대답했어요. 당신의 가족을 만나고 싶어요.

제니는 정말 잘 달렸어요. 뱃속이 다 시원해졌죠. 그때 갑자기 보고 싶은 사람들 이름이 떠올랐어요. 그들의 이름을 작은 소리로 불렀죠.

엉뚱하게도 당신이 갑자기 역주행을 시작했어요. 그리고 몇 개의 길을 가로세로로 마구 질러가더군요. 다시 사람들로 버글거리는 지하철 환승역 앞 교차로에서 신호를 기다렸죠. 횡단보도에 서 있는 여자애들이 온통 검은 화장을 하고 담배를 물고 하이힐을 신은 채 아무것도 관심 없다는 얼굴로 건너편을 쳐다보고 서 있었어요. 그때 내가 당신에게 물었죠? "피곤하지 않아요?" 당신은 그냥 한마디 했어요. "괜찮아요."

밤은 깊어갔죠. 길을 달리면 달릴수록 불빛이 늘어나고 사람들도 늘어나고 그림자도 늘어났어요. 우리는 방송국이 있고 거대한 쇼핑타워가 있고 거대한 몸집에 양복을 입은 흑인들이 우왕좌왕하며 서 있는 거리 초입에 멈춰 서서 신호를 기다렸어요. 외국인들이 테라스에 나와 앉아 전화를 걸고 커피를 마시고 얘기를 나눴어요. 마치 커피 광고의 한 장면처럼 사람들은 조화롭고 행복해 보였죠.

그 건너편은 길 자체가 이미 춤과 음악으로 덩어리져서 자기들끼리 웃으며 어딘가로 데굴데굴 굴러가고 있었어요. 나도 모르게 그들을 따라 몸을 흔들었죠. 그때 갑자기 한 떼의 남자들이 정장 차림에 가방을 하나씩 들고 마구 뛰고 있었죠. 회사원들이었어요. 도시 외곽으로 나가는 마지막 전철을 놓치지 않으려면 사력을 다해 뛰어야 하니까요.

또 얼마나 달렸을까. 엉덩이가 아프고 배가 고팠어요. 음반가게, 책방, 운동화와 가방을 파는 쇼핑가를 지났어요. 여자들은 짧은 치마를 입었고 남자들은 여자들의 허리를 팔로 감싼 채 걸었어요. 사람들이 자기 배 앞에 들린 쇼핑가방 속을 들여다보며 깔깔거리고 웃더군요. 우리는 그 도시에서 숙박비가 가장 비싸다는 호텔 앞을 지났어요. 호텔은 건물보다 훨씬 넓은 크기의 정원에 감싸여 저만치 바다 위에 떠 있는 것 같았어요. 도무지 안을 상상할 수 없었죠.

갑자기 교차로가 스쿠터를 탄 사람들로 가득 차버렸어요. 모두들 뒷바퀴를 든 채 엉덩이 뿔 난 송아지들처럼 가지도 않고 제자리에서 꽥꽥 소리들을 질렀죠. 깜짝 놀랐어요. 바로 그 순간 교차로를 뒤흔드는 총소리가 들려왔거든요. 모든 차들이 멈추고 길거리를 지나가던 사람들도 그 자리에 섰어요. 검고 번들거리는 광택이 나는 한 떼의 자동차들이 길 가운데를 막고 서서 길 위에 쓰러진 사람을 질질 끌고 가 차 안에 우겨넣었어요. 그리고 허공을 향해 총을 몇 방 쏘며 떠나버렸어요. 여자들의 비명소리가 들려왔죠. 말로만 듣던 길거리 총격사건은 정말 짧은 순간에 끝이 났죠. 그래도 당신은 그냥 아무 일 없다는 듯 도시의 북쪽을 향해 다시 달렸어요.

우리는 툭 터진 육교 위의 광장에 섰어요. 주홍 불빛을 켜든 전철이 도시를 가로질러 지나가고 있었죠. 누군가 플래시를 터뜨렸어요. 당신은 제니를 세우고 가쁜 숨을 몰아쉬었죠. 광장 위엔 다들 우리처럼 잠깐 서 있는 사람들 천지였어요. 하늘을 올려다보면서, 비명을 지르면서, 전화를 하면서, 게임기를 들여다보면서 사람들은 광장에 그냥 서 있었어요. 당신은 바닥에 앉아 담배를 피웠고 나는 제니 등에 기대앉아 하늘을 올려다봤어요. 당신이 나한테 물었죠. "괜찮은가요?"

난 정말 괜찮은 걸까요, J씨? 얼마 전에 전신 수영복을 샀거든요. 팔과 다리가 길어 보여서 입고 있으면 우주인처럼 보였어요. 그리고 조깅을 했죠. 남산 언덕을 달릴 때는 산책 나온 외국인들이 하이, 하고 인사를 했어요. 난 내가 다른 세상을 살고 있다고 느꼈어요. 그러나 어쩌나, 동네 대학 운동장에서 조깅을 하는

데 어떤 할머니가 날 불러놓고 말했어요. 당신, 미쳤수? 어떻게 그런 꼴로 대로를 활보해. 난 정말 미친 거 같아요. 10월에 그런 짓을 하다니요.

그래서 어느 날 흰색 자루를 들고 거리로 나갔어요. 당신처럼 포획이 금지된 새를 잡기 위해서였죠. 발끝을 들고 새가 있을 만한 곳들을 찾았어요. 어느새 구청에서 나온 사람들이 대로변에 서 있는 커다란 나무들의 마르고 웃자란 나뭇가지들을 잘라내고 있었어요. 아파트촌 주변의 나뭇가지 위에 앉은 새들은 너무나 가볍고 작은 참새들뿐이어서 잡을 수도 없었죠.

어느 날 고속도로 옹벽 아래로 난 뒷길을 걸어 출근하다가 아파트 뒤쪽 공터에 앉아 있는 커다란 새를 봤어요. 몸 전체가 검고 부리 쪽은 푸른색이 돌고 날렵하면서도 무게 있어 보였죠. 나는 먼저 쇠철조망을 넘어 한 동짜리 아파트의 베란다 안으로 들어가야 했어요.

스타킹이 찍 하고 뭔가에 걸렸죠. 철조망을 넘자 들쭉날쭉한 크기로 자란 풀들이 다리를 간질였어요. 아파트 베란다의 에어컨 실외기들이 일제히 나를 쳐다봤죠. 새를 잡기 위해 새에게 다가갔어요. 아주 쉬워 보였죠. 살금살금, 한 손으로 새의 몸통을 잡으려는 순간이었어요. 검고 빛나는 새는 훌쩍 날아올라 오층 정도 되는 아파트의 베란다 안으로 사라졌어요. 다시 어렵게 철조망을 넘었죠.

아파트 베란다에 서 있는 여자는 분홍색 실크 잠옷을 입고 있었어요. 새는 여자의 어깨 위에 올라가 여자와 같이 먼 곳을 바라보고 있었어요. 나는 새와 여자를 한동안 올려다봤죠. 여자는 분홍색 실크 잠옷을 입고는 긴 머리카락을 늘어뜨린 채 휴대폰을 들고 난간을 붙잡고 있었어요. 여왕처럼 보이기도 했고 희고 창백해 보이기도 했어요. 중요한 건 검은 새가 여자의 어깨 위에 앉아 있었다는 사실이죠. 난 여자가 부러웠어요. 도심에는 그 새처럼 부리가 크고 색깔이 아름다운 새가 없었어요. 고층 빌딩과 빌딩 사이의 담벼락 아래에 모여 있는 비둘기들이 다였죠. 스타킹은 먼지투성이이고 구두 옆면에 누런 흙만 잔뜩 묻히고 말았죠.

내가 지방에 있는 작은 동물원에까지 갔었다는 걸 말할까 말까 고민했어요. 놀이공원과 동물원이 결합된 형태의 그 공원을 찾은 손님은 아이들 두 명을 데리고 온 4인 가족과 나 혼자뿐이었어요. 노인은 혼자서 입장권도 팔고 매점에 가 커피도 팔고, 아이들이 놀이기구를 골라 타고 싶다고 소리를 치면 천천히 신발을 끌며 걸어갔어요. 모든 놀이기구를 다 탈 수 있는 일일 이용권을 끊은 아이들은 노인의 느린 걸음걸이 때문에 툴툴거렸어요.

호랑이도 있고 곰도 있었어요. 원숭이도 있고 독수리도 있었죠. 있을 건 대충 다 있었어요. 들쥐들이 발밑으로 지나갔죠. 토끼 팻말이 붙은 토끼 우리는 문이 열린 채 비어 있었어요. 맹수들은 굵은 쇠창살 안에 가둬두었더군요. 스낵을 씹어 먹으며 맹수들을 구경할 수 있는 깨끗한 동물원들과는 달랐어요. 몸이 통통하고 말할 수 없이 귀여운 고양이도 한 마리 돌아다니고 있었는데 한쪽 눈이 없었답니다. 그곳에도 아름다운 새는 없었어요. 나오는 길에, 입구 앞에 세워져 있는 커다란 칠판에 낙서를 했어요. '토끼가 탈출했다.'

결국 당신처럼 나도 스쿠터를 한 대 샀어요. 커다란 트럭에서 내린 건 내가 주문한 대로 핑크 클래식 스쿠터였어요. 엉덩이가 닿는 검은색 안장 부분을 제외하곤 보디 전체가 핑크색으로 뒤덮여 있었죠. 밤에도 잘 달리기 위해 다리 아래쪽으로 핑크색 보호판도 붙어 있었어요. 소음도, 매연도 적게 나온다고는 하지만 그건 아직 잘 모르겠어요. 앞에 달린 할로겐 헤드라이트는 눈부신 흰색이죠. 연인들의 데이트용 스쿠터라고 하지만 난 우선 이걸 타고 이모가 살던 집에 가보려고 해요. 만일 강이 얼어 있다면 스쿠터를 타고 강을 건널지도 몰라요. 그러나 그건 어림없는 일이죠.

돌아오기 며칠 전, 당신과 스쿠터를 타고 바다에 갔었죠. 스쿠버 다이버들이 끝없이 밀려오는 파도를 타고 해안가로 밀려나오던 장면을 잊을 수가 없어요. 시내 한복판에서 그 바다까지 가는 동안 기진맥진했죠. 뒤에 앉아 있는데도 다리가 후들거리고 어지러웠어요. 제니는 정말 잘 달렸어요. 아니, 당신은 정말 잘 달렸어요. 우리가 올라갔던 그 전망대 위에서 당신이 나한테 말했죠. "여자친구가 이 스쿠터를 놓고 집을 나가 돌아오지 않아요. 스쿠터를 가지러, 한 번은 올 줄 알았거든요. 먹을 때마다 음식을 흘리는 좀 이상한 여자라서."

칠천원 주유에 이백 킬로미터 주행 가능, 정말 제 스쿠터가 그럴까요? 세상의 모든 걸 책으로 내는 당신의 나라에 혹시 스쿠터를 활용해 할 수 있는 일들을 소개한 책은 없을까요. 예를 들면 스쿠터를 타고 강을 건너는 법, 스쿠터를 이용해 실연의 상처를 극복하는 법, 스쿠터와 할 수 있는 가장 재미있는 일 등, 세상의 모든 스쿠터 활용법 같은 것 말입니다. 그런데 당신의 제니 핑크랑 내가 산 핑크랑 서로 인사할 날은 오게 될까요?

지금도 통통거리며 도시의 구석구석을 달리고 있을 당신의 스쿠터 소리가 들리네요. 난 스쿠터 소리를 좋아하게 됐어요. 좀 반항적이기도 하고 예민하기도 하고, 그러면서도 좀 멍청하기도 하죠. 입술을 굳게 다문 채 불만에 가득 찬 표정으로 국도를 달리는 나처럼요. 할리 데이비드슨 행렬을 따라가는 것도 괜찮네요. 그러나 당신이 스쿠터를 타고 도시 여기저기로 여자친구를 찾아다녔을 생각을 하면 조금은 숨이 막혀요. 끝내 이런 질문은 하고 싶지 않지만, 당신의 여자친구는 돌아왔나요?

안토니오 신부님

카메라가 잠깐 흔들린 후 오래된 가옥이 들어선 골목길로 접어들었다. 길이 점점 좁아지고 난전에 동그랗게 모여 있는 늙은 여자들이 무심한 얼굴로 카메라를 돌아봤다. 나는 점점 화면 속으로 들어갔지만 어디에도 안토니오 신부님의 목소리는 배어 있지 않았다. 인공 비가 내리기 시작하는 저녁 무렵이 되면 카메라가 멈췄다.

나한테 뭔가 곤란한 일이 생길 때마다 아톰처럼 나타나 도와주었던 건 언제나 안토니오 신부님이었다. 신부님이 스웨덴의 웁살라에서 열린 국제 가톨릭 영성수련회를 마치고 돌아온 다음날도 나는 신부님을 괴롭혔다. 신부 주제에 기도는 안 하고 뭐하러 한밤중에 휴대폰을 받느냐고 했더니 신부님은 그냥 웃기만 했다. 검정색 로만 칼라 사제복을 입고 홍대 근처의 바에 와서 술값을 계산하던 신부님은 멋있었다. 나이도 많지 않은데, 벌써부터 튀어나온 윗배와 중간 길이의 곱슬머리는 말수가 적은 신부님의 성격과 잘 어울렸다. 그 덕분에 난 돈 많고 높은 자리에 있는 신부를 오빠로 둔, 매우 유서 깊은 가톨릭 교도 집안의 막내딸로 소문이 나버렸다.

그러고 보니 어릴 때부터 무슨 문제만 생기면 신부님을 찾았던 것 같다. 친구들이 목 뒤로 눈덩이를 넣고 달아났을 때, 필통이며 인형을 빼앗아 저희들끼리 교실 천장 위로 던지고 받고 할 때, 나는 문제를 직접 해결할 생각은 하지 않고 신부님 이름을 부르며 악을 쓰고 울어댔다. 신부님은 아무 때나 나타나 우리 가족마저도 구해주었다. 우리 엄마는 카스텔라 빵 굽는 기계가 고장인 것 같다고, 애들 아버지가 술을 마시고 수돗가에 쓰러져 꼼짝을 안 하는데 와서 좀 방으로 들여놓아달라고 신부님을 불렀다. 무슨 괴력이 있었던 것도 아니고, 신부님은 나랑 나이가 같은 그냥 평범한 어린애였는데도 말이다. 게다가 신부님은 한쪽 어깨가 살짝 처진 듯해 보였는데, 그런 신부님이 입을 열어 낮고 차분한 목소리로 말을 하기 시작하면 엎드려 있던 강아지도 부르르 몸을 떨며 일어나 앉았다.

시내에 있는 대학입시학원에 같이 다닐 때만 해도 신부님이 그렇게 빨리 내 옆에서 떠날 거라는 생각은 하지 못했었다. 다른 남자애들은 수업이 끝나면 담벼락 아래 서서 줄담배를 피웠지만, 신부님은 매일 나랑 붙어다니며 여자애들 머리핀을 고르고 튀김을 썰어넣은 떡볶이나 먹었다. 재수학원 애들은 짜리몽땅하고 말없는 이상한 남자애랑 붙어다닌다고 나를 놀렸다. 게다가 신문기자나 교수, 의사나 대기업 입사가 꿈인 재수생들 사이에서 가톨릭 신부나 수사(修士)가 장래희망이라는 건 사실 좀 이상하기도 했다.

모의고사 때마다 점수가 잘 나오지 않아 머리카락을 쥐어뜯던 나를 안심시켜준 것도 신부님이었다. 우리 식구들은 밥값도 못한다고, 그럴 거면 나가죽으라고 학대했지만 신부님은 한 번도 날 놀린 적이 없었다. 신부님은 아무리 꼬여도 안 넘어갔다. 나 공부 못하지? 사실대로 말해봐, 말해보라구. 아무리 다그쳐도 어쩌면 그렇게 공부를 못할 수가 있느냐는 말을 한 적이 없었다. 그런 반면에 나는 사실 단 한 번도 신부님의 가톨릭대학 진학 문제에 대해서는 걱정해본 적이 없었다. 하루 종일 내 앞날만 걱정하느라 신부님 앞날 따위는 아예 머릿속에 떠오르지도 않았다. 하지만 우리는 김밥 두 줄을 놓고 서로 더 많이 먹겠다고 싸웠다. 또 막걸리 한 병을 나눠 먹고는 몸을 가눌 수 없이 취해 몇 시간을 횡설수설하며 밤새도록 차도와 인도를 왔다갔다 했다. 누가 보든 말든 길가의 공원에서 노상방뇨까지 했던 나였다. 그때 지나가던 사람이 볼까봐 오줌을 다 눌 때까지 주변을 두리번거리며 살펴준 것도 신부님이었다. 생각해보면 우린 나름대로 평화롭고 즐거운 시절을 보냈다.

그해 겨울, 학원으로 가는 시장 길바닥의 회색 먼지가 봄바람에 밀려 이리저리 왔다갔다하던 날, 신부님은 정말 가버렸다. 신부님은 나를 앉혀놓고 자기는 기숙사에 들어가게 되었고, 공부가 어렵고 볼 책도 많아 자주 못 만나게 될 거라고 또박또박 말했지만 난 주의깊게 듣지도 않았다. 그냥 막연하게 신부님은 늘 내 옆에 있을 거고, 죽을 때까지 그 도시를 뱅글뱅글 도는 버스 옆자리에 같이 앉아 있을 거라고 믿었다. 삼수생이 된 나는 옥상에 올라가 대낮의 텅 빈 초등학교 운동장을 자주 내려다봤다.

또 구름과 달이 천천히 도킹하기도 하는 오묘한 밤하늘을 올려다보며 혼자서 학원에 다녔다. 생리중이어서 온통 신경이 곤두선 채로 땡깡을 부리고 싶을 때, 뭔가 제법 형이상학적인 말이 들끓어오르는데 들어줄 사람이 없을 때 신부님 생각을 많이 했다. 그러나 신부님은 끝내 오지 않았다. 그도 공부하느라 바빴던 것이다.

A부터 Z까지 나한테 일어난 일의 모든 걸 다 신부님에게 말하지는 못했다. 뭔가 한바탕 지나가고 들끓었던 것들이 가라앉아야만 가능했다. 그래서 조금은 거리가 생기고 과거의 일이 되었을 때만 일장연설을 하고 싶어졌고, 그럴 때만 신부님을 찾았다. 그러고 보면 신부님은 나한테 그렇게 편한 사람인 것만은 아니었다.

직장생활을 한 지 얼마 안 됐을 때 유부남 부장과 같이 동남아로 여행을 갔다. 어떻게 알았는지 부장의 와이프가 우리집에 찾아와 엄마와 아버지를 앉혀놓고는 다시는 사회생활도 못 하고 결혼도 못 하게 매장시켜버리겠다고 개망신을 주고 있던 그 시간, 신부님은 저녁 미사를 끝내고 급히 우리집으로 달려왔다. 어쨌든 그게 나에게는 첫번째 해외여행이었고, 나는 몹시 신나고 들떠 있었다. 그 남자가 사준 외제 화장품이며 원피스, 값비싼 봉제인형 등이 불룩하게 든 여행가방을 현관문 안으로 들이미는 순간 아버지가 나한테 걸레와 빗자루를 던졌다. 그중 하나는 뜯어말리느라 일어서 있던 신부님의 뒤통수를 정면으로 맞혔다.

미친 것, 너는 우리 집안의 수치다!

신부님을 때리면 어떡해 여보, 정신 나간 지지배를 때리는 건 괜찮지만 신부님은 중요한 사람이야.

욕을 해대는 아버지와 말리는 엄마를 피해 아파트 놀이터로 나갔을 때 신부님은 정말 화가 났는지 한참 만에야 입을 열었다.

부장님이 그렇게 좋아? 그렇게 멀리까지 따라가게.

멀긴 뭐가 멀어. 그리고 너무 좋아.

왜 좋은데?

진짜 잘해. 정말 잘해.

신부님은 약간 뜸을 들이고는 몸을 저쪽으로 돌렸다가 다시 내 쪽을 향해 돌아앉았다. 그리고 초등학생 다루듯 내 머리통을 손으로 톡톡 쳤다.

그래? 좋겠다. 그런데 부모님 생각도 좀 해. 그 와이프한테 손이 발이 되게 빌더라.

왜 빌어? 뭘 잘못했는데? 나도 안 비는데 자기들이 왜 빌어?

신부님은 내가 말을 할 때마다 계속해서 내 머리를 한 대씩 쥐어박았다. 나는 무조건, 아무리 반대해도 절대로 헤어질 수 없다고 고집을 부렸다. 난 늘 그런 식이었다. 당신들이 원하는 대로 고분고분하게 살 수 없지, 난! 아파트 벤치에 앉아 신부님한테 이런저런 말도 안 되는 소리를 지껄이는 사이, 시소가 저절로 흔들리고 아이들이 퇴근하는 주민들의 도움을 받아 엘리베이터 안으로 자전거를 우겨넣고 집으로 돌아갔다. 살찐 고양이가 눈을 반짝이며 홀로 긴장했고 허리가 굽은 할머니가 밤 산책을 나와 담배를 피워물었다. 그렇게 신부님과 나란히 앉아 말로 밀고 당기고 하는 사이, 나는 또 어느새 마음을 다잡고 빨리 정상 궤도 안으로 돌아오지 않으면 안 된다는 결심을 하고 있었다. 그러고 보면 나는 대형 사고를 칠 때마다 신부님이 국내에 있는지 없는지를 늘 고려했던 것 같고, 무슨 이유에서인지 모든 상황을 신부님이 해결해줄 거라는 막연한 기대 속에서 대놓고 사고를 저지르곤 했던 것 같다.

신부님의 교구 사제 서품식은 아주 큰 행사였던 걸로 기억한다. 닭 머리가 장식된 성당 건물에 걸린 장중한 디자인의 플래카드, 높다란 천장의 성당과 굵직하고 경건한 오르간 소리, 흰 예복을 입은 남자아이들, 조금은 차가워 보이는 표정의 수녀님들, 미사를 주도하는 나이 많은 신부님의 굵고 낮은 목소리. 어느새 청년티를 벗고 구레나룻이 생긴 검은 얼굴을 약간 숙인 채 조금은 성숙해진 모습으로 미사에 참여하던 신부님은 행복해 보였다. 미사가 끝나고 재미있는 농담으로 동료들을 웃게 만들고 그러면서도 사무적인 일을 하나하나 놓치지 않고 챙기던 모습, 그 모습을 보고는 괜히 대견해서 눈물이 핑 돌았다.

신부님은 지난겨울에 있었던 그 일 이후로 일이 많다고 했고, 해외출장도 잦아져 얼굴 보기도 어려워졌다. 그때 그 일 때문이었는지도 모르겠다. 해외출장 일정이 적힌 이메일이 왔음에도 불구하고 나는 왠지 불안했다. 그래서 일부러 성당으로 전화를 걸어 신부님을 바꿔달라고 했다. 그 겨울에 인사동에서 친구들과 같이 술을 마시다가 옆자리에 앉은 남자들이 치근덕거리는 바람에 싸움이 났다. 어떻게 된 건지 상대방 남자들 중 한 사람이 내 친구가 휘두른 핸드백에 정면으로 얼굴을 맞았는데 얼굴이 찢어졌다. 당장 합의금이 필요한 상황이었다. 신부님은 성당 금고에서 훔쳐왔다며 돈을 갖다주었다. 주로 남자 문제로 골치를 썩였지만 결국 돈까지 빌리게 되자 신부님한테 진심으로 미안한 생각이 들었다.

신부님한테 솔직하게 말은 못 했지만 나는 그 일이 있은 지 며칠 후 낙태를 했다. 전혀 예상치 못한 실수를 수습한다는 게 결국 낙태였다. 낙태와 동시에 사귀던 남자애와 헤어졌다. 거울을 들여다보기가 싫었다. 이미 헤어진 남자애의 차가운 태도는 경악할 정도였다. 휴대폰을 붙들고 매일 징징 짰지만 그 남자애는 이미 저만치 멀어져 있었다. 남자애에게 세상의 온갖 욕을 다 쏟아부어도 분이 풀리지 않았다. 그러자 화살이 신부님한테로 돌아갔다. 신부님을 괴롭히고 싶었다. 너도 괴로워해야 한다고 말하고 싶었다. 내 고통으로 인해 누군가 망가지는 걸 보고 싶었던 것 같다. 매일 독한 술을 마시고 밥도 챙겨먹지 않았다. 나라는 인간은 나이가 들수록 성숙해지기는커녕 오히려 퇴행 일로에 있었다.

봄이 되면서 영어학원에서 만난 외국 남자애와 다시 연애를 시작했다. 사실 만화 같은 일이었다. 그는 체코인이라고 했는데 나중엔 또 아르메니아인이라고도 했고 터키인이라는 설도 있었다. 그는 약간의 한국말, 약간의 영어 또 약간의 러시아어를 할 줄 알았고, 누구와도 기본적인 의사소통을 하는 데는 전혀 문제가 없었다. 우리는 육 개월간 같은 클래스에서 공부했다. 일주일에 4회, 하루에 두 시간 가까이 육 개월을 만나다보니 같은 클래스에 있던 사람들 모두가 가까워졌다.

중급코스의 마지막 수업이 있던 날, 클래스의 열두 명 모두 저녁에 따로 만나 맥주를 마셨다. 수강생들은 대부분 대학생들이거나 휴학생들이었고 나머지는 직장인이거나 새 직장을 찾느라 공부중인 사람들이었다. 일차를 끝내고 이차를 어디로 갈까 논의하던 중에 누군가 자신이 아는 좋은 곳이 있다고 했다. 우린 다들 동의했고 택시를 나눠 타고 동호대교가 끝나는 지점에 있는 호텔의 바로 갔다. 거기서 필리핀 밴드의 노래를 들으며 맥주를 마셨다. 시간이 어느 정도 지나자 다들 노래를 부르고 싶다고 했고, 룸으로 들어가 노래를 불렀다. 룸을 빌리는 데 드는 비용을 조금씩 걷어서 낼 때 외국인인 그에게서는 돈을 받지 않았다. 그 정도의 배려는 해줬다. 술을 시키거나 안주를 고를 때 그의 취향을 물어봐준 건 사실이지만 다들 자기 놀기 바빠서 그 이상 신경을 써주지는 않았다. 누군가 좀 비트 있는 댄스곡을 부르기 시작했고 갑자기 그가 한 여자애와 벽에 붙어서서 춤을 추기 시작했다. 예의상 박수를 보내자 여자애는 괴성을 지르며 하필이면 나를 불렀다.

언니 이리 와봐, 얘 진짜 잘 놀아!

직장생활 하면서 대뜸 언니라고 부르며 이것저것 비비려 드는 애들한테 질린 지 오래라 그 호칭을 자연스럽게 쓰는 여자애를 경계했다. 그러나 기분 푸는 날이고 놀 때는 놀아야 한다는 생각에 적당히 호응해주었다. 회사원인 남자들은 휴지를 뽑아 물에 적셔 벽에다 던졌고 여자애들은 거품을 물고 오빠들을 외치며 환호했다. 정말 시끌벅적하게 두 시간쯤을 놀다가 몇 명은 먼저 집으로 가고 나머지 사람들은 또 삼차를 갔다. 그 자리에서도 그는 같이 춤추던 여대생과 거의 허벅지를 맞대고 앉아 레몬을 넣은 소주를 마시며 소곤거렸다. 둘 다 아주 친밀감 있어 보이는 태도였다.

집으로 가기 위해 거리로 나온 시각은 두시경, 기온은 점차 올라갔고 택시를 잡기도 어려웠다. 어쩌다보니 그와 나 둘만이 남아 차들이 달려오는 쪽을 쳐다보고 있었다. 빈 택시는 보이지 않았다.

택시 잡기가 어려운데요, 난 저기서 좀 쉬다 가고 싶어요.

쌩쌩 달리는 자동차 소리 때문에 내 말이 잘 들리지 않았는지 그가 고개를 내밀어 내 몸 쪽으로 가까이 다가왔다.

지금 뭐라고 했어요?

그가 목에 핏대를 세우며 한국어로 물었다. 그리 늦은 시각도 아니었는데 모범택시조차도 보이지 않았다. 그와 나는 편의점 앞의 비치파라솔 아래 앉아 캔맥주를 마시기 시작했다. 늦봄이었는데 밤 기온이 높았고 풍경은 회색 튜브 속에 갇힌 듯, 손을 내밀어 휘저어보고 싶을 만큼 스모그 천지였다. 오랜 시간 신고 있던 하이힐을 잠깐 벗고 맨발을 내놓은 채 발목운동을 하고 있을 때 그가 갑자기 몸을 숙여 내 종아리의 한 부분을 세게 누르기 시작했다. 불쾌하다, 그만했으면 좋겠다라는 말을 할 틈도 없이 입 밖으로 저절로 비명이 흘러나왔다. 내가 다리가 아프다는 걸 어떻게 안 걸까. 그간의 이런저런 연애에 적잖이 지치기도 했고 외국인과 연애를 해보는 것도 좋은 경험이겠다 싶은 생각이 순간 재빠르게 머릿속으로 흘러갔다. 이제 나도 쿨한 연애를 실험해볼 기회가 왔다고 확신했으니까. 바로 그 순간, 편의점 앞에 택시가 한 대 섰다. 상의는 유니폼을 입고 아래는 반바지를 입은 운전기사가 차에서 내려 편의점으로 들어갔다. 잠시 후 운전기사는 생수 한 병을 들고 나왔다.

아저씨, 지금 가세요?

택시기사는 외국인이 쓰는 능숙한 한국말에 별 신기한 놈도 다 있다는 듯 한 손을 들어 외쳤다.

가자구!

신부님이나 우리 엄마가 알면 정신 나갔다고 말했겠지만 나는 어쨌든 그 외국 남자와 하루 종일 붙어 있느라 회사도 그만둬버렸다. 급여 수준도 괜찮고 인간관계도 좋아 몇 년은 더 버틸 수 있는 직장이었는데 줄리앙—그가 말해준 자신의 이름이다—과 같이 사는 한은 정상적인 직장생활을 할 수가 없었다. 여전히 그는 저녁마다 내 종아리를 주물러주었다. 그는 체중이 오십육 킬로그램이나 나가는 나를 어깨에 무동까지 태우고 밤 산책을 할 만큼 체력이 대단했다. 밤이 되면 금발의 미남 배우들이 나오는 프랑소와 오종의 영화 속에서 뛰어나온 듯한 몸매의 줄리앙을 보면서, 이게 꿈인가 아닌가 볼을 꼬집어보기도 했다. 그는 요리도 청소도 뭐든 못하는 게 없는데다 덩치도 크고 먹기도 굉장히 많이 먹었다. 결국은 내 영어 실력이 짧은 게 문제였다. 서로 많이 가까워지기 전에 세계관이나 교양 수준을 따져보지 못한 게 실수라면 실수였다. 하지만 남녀가 처음 사귀는 데 그런 건 그리 중요하지 않다고 줄곧 생각해왔고, 그래서 한 번도 확인한 적이 없었으며, 그 때문에 번번이 당한 것도 사실이었다. 어쨌든 나는 책도 안 읽고 영화도 안 보고 일기도 안 썼다. 오로지 스물네 시간 줄리앙이랑 붙어지냈다. 신부님이나 엄마 아빠, 구질구질하게 사는 친구들 걱정은 전혀 하고 싶지 않았다. 실제로도 머릿속은 백짓장처럼 텅 비어버렸다.

빈틈없이 꽉 채워져 있던 냉동실이 서서히 비기 시작했다. 결국 얼어붙은 돼지고기 덩어리, 반쯤 먹다 껍데기를 도로 씌워 넣어놓은 아이스바 하나 없이 말끔해졌다. 수납창고의 주스와 맥주, 라면까지도 모두 동이 나고 도무지 맛이 없어 먹다 넣어둔 오징어다리조차도 먹어치워버렸다. 처음엔 퇴직금이 있어서 생활비 걱정은 크게 안 했는데 밤마다 춤추러 가고 속옷을 사고 화장품을 사느라 금세 탕진해버렸다. 내가 생활비를 나누어 부담하자고 했더니 줄리앙은 어디서 들었는지, 손님이 돈을 내게 하는 건 한국식이 아니라면서 팔을 내저었다.

같이 산 지 한 달쯤 되면서 줄리앙이 외출을 하기 시작했다. 팬티만 자기 것일 뿐 가방도 내 것을 들었고, 티셔츠도 내 것을 입었다. 내 교통카드를 쓰고 다녔고 내 신용카드로 밥값, 술값을 냈다. 자주 늦게 들어오고 술 취해 들어왔다. 바에서 만난 외국 애들을 데리고 온 날은 불같이 화를 내서 내쫓아버렸다. 그런 다음날 아침이 되면 속이 쓰리다며 북어국을 끓여달라고 했다. 친구한테 줄리앙 얘기를 했더니 한국 남자보다 더한 놈이라며 쌤통이라고 깔깔거리며 웃었다. 문제는 빚이었다. 빚이 점차 늘어갔다. 한밤중에 내 침대에 누워 자고 있는 줄리앙은 프랑소와 오종의 영화 속 주인공은커녕 집 잃은 국제 강아지 한 마리가 웅크리고 누워 있는 것이나 다름없었다. 나는 또 연애에 실패했다는 걸 인정하지 않을 수 없었다. 그때쯤 신부님한테 전화를 걸었지만 신부님은 이메일도 없이 또 출장중이었다. 가톨릭 신부라는 사람들은 너나할것없이 어찌나 쌀쌀맞고 자기 할 말만 꼭 하고는 입을 다무는지, 안토니오 신부님의 근황은 쉽게 알 수가 없었다.

줄리앙이 내 노트북을 들고 나가 팔아먹어버리는 사태가 일어났다. 그는 내가 없는 시간에 혼자 자고 있는데 도둑이 들어와 노트북만 들고 나갔다고 거짓말을 했다. 그러고는 내가 다그치자 채 십 초도 지나지 않아 자기가 내다팔아먹었다고 실토를 했다. 도무지 끈기라고는 없는 종족 출신임이 틀림없었다. 그러나 그 모든 것에도 불구하고 나는 줄리앙과 헤어지지 않았다.

처음엔 프라이팬으로 때렸던 것 같다. 도저히 화가 나서 견딜 수가 없었다. 다음날은 화장품 병을 던져 실명할 뻔하기도 했다. 라면박스를 통째로 던지기도 했고 양장본 책을 던져 얼굴에 상처가 나기도 했다. 힘깨나 쓰던 놈이, 내가 때리면 맞았고 울라고 하면 큰 소리로 울었다. 여자치고는 큰 내 두 발로, 줄리앙의 어깨를 밀치고 머리를 냅다 차서 벽에 부딪치게 만들었다. 그러면 그는 고개를 숙이고 울었다. 그리고 어느 정도 내가 안정이 되면 돈을 달라고 했고, 돈을 주면 옷을 입고 밖으로 나갔다.

문제는 그가 돈을 들고 밖으로 나간 뒤였다. 패스포트, 이메일, 수첩을 뒤졌지만 번번이 아무것도 없었다. 그가 스치고 지나간 공간들을 다 따라가보았다. 머리카락, 체모, 깎다 떨어뜨린 손톱 조각, 면도기까지 다 샅샅이 훑었다. 같이 있던 공간 어디에 집중해도 그에 관해 속 시원히 말해주는 것은 아무것도 없었다. 냉장고에 묻은 그의 손바닥 자국, 재떨이에 수북하게 쌓인 긴 담배꽁초 뭐 그런 것들뿐이었다. 그는 축적된 뭔가를 가지고 있지 않은 아주 가벼운 인간이었고, 그런 점이 나를 더 화나게 만들었다.

줄리앙이라는 게 가명일 거라는 건 짐작하고 있었지만 국적도 불분명했다. 영어학원 친구들 중 한 명에게 전화를 했다. 수업시간에 자기 고향 얘기를 하는데, 그가 러시아 출신이라고 했다는 거였다. 도무지 알 수가 없었다. 모든 의혹에도 불구하고 내 행동은 그쯤에서 그쳐야 했는데, 나는 또 그렇게 하지 못했다. 난 그 바의 노래방에서 줄리앙과 허벅지를 가까이 댄 채 마주 서서 노래를 하던 대학생 여자애에게 전화를 걸었다. 그리고 처음엔 거짓말을 했다.

줄리앙한테 물어볼 게 있는데 연락처를 몰라서요.

그 여자애는 여전히 날 언니라고 부르면서 줄리앙은 자기 스타일이 아니라는 둥, 역시 남자는 한국 남자가 화끈하다는 둥 다양한 연애경험을 쏟아놓기 시작했다. 처음엔 이렇게 점잖게 시작된 탐색이 나중엔 그 대학생 여자애가 입은 원피스까지 찢어놓는 싸움으로 이어졌다. 나는 열 살이나 어린 그 여자애한테 보기 좋게 얻어터졌다. 초등학생 때 '오징어'를 하다가 친구들과 싸운 이후로는 처음 있는 혈전이었다. 그리고 줄리앙은 어느 날 종적도 없이 사라졌다. 그래도 나는 여전히 줄리앙과 헤어지지 않았다.

옷을 벗은 채로 침대 위에 누워 정면으로 보이는 천장만 뚫어져라 쳐다봤다. 벽에 누군가의 얼굴이 박혀 있었다. 얼굴은 끊임없이 나를 비난하고 또 비난했다. 일시에 나를 둘러싸고 있던 사회적인 환경들은 무너지고 나는 바닥을 기어다녔다. 며칠 동안 거의 아무것도 먹을 수 없었다. 처음엔 혼자 참기가 어려워 절친하다고 생각했던 친구들에게 문자메시지를 보내기도 했다.

애들아, 나 지금 골로 간다. 안녕! 너무 직설적이었나. 내 말을 진심으로 믿는 사람은 없었지만 죽을 때까지 재밌게 살다 가자는 게 모토인 친구들의 반응은 코믹했다. 나도 같이 데려가아~잉. 그 색동줄 스와치시계 나 주고 가라. 기왕이면 드래프트 밀러와 함께 작별을—주류수입회사 아들인 나의 마지막 부탁, 이 세상에 술이 없다면 무슨 재미로!

열기로 가득 찬 방 안엔 산소라고는 없었다. 더불어 내 몸에도 산소라고는 없었다. 벽에 붙은 벽지마저도 활처럼 휘어 떨어져내릴 것 같았다. 내 두 눈은 퉁퉁 부어 있고 쇄골은 잔뜩 돌출되어 있고 엉덩이는 양쪽 다 푹 꺼져들어갔다. 몸 곳곳이 어둡고 검게 착색된 것처럼 보였다. 창밖으로 지나가는 초등학생 아이들의 목소리가 들렸다. 맑고 또렷한 아이들의 목소리가 띵, 머리를 울리고 지나갔다. 이내 골목은 다시 조용해졌고 나는 엄청나게 커다랗게 보이는 내 두 발만 내려다봤다. 나는 휴대폰을 들고 중얼거리며 집 안을 돌아다녔다. 이대로 가다가는 시체로 발견될 것 같았다. 그것도 죽은 지 한참 뒤에. 몸은 막 부패하기 시작해 침대보에 끈적한 상태로 달라붙어 있을 게 틀림없다. 사람들이 나를 떼어내느라 한두 번쯤은 침대 위에서 번쩍 들었다 놓겠지. 온갖 상상에도 불구하고 난 죽지 않았고 여전히 줄리앙과 헤어지지 못했다. 그러고 보면 난 지금껏 사귄 그 어떤 남자와도 완전히 헤어지지 못했는지도 모른다.

4월인가 5월에 사이클론 나르기스가 미얀마를 휩쓸었다. 미얀마에서 엄청나게 많은 사람들이 죽었다는 뉴스를 본 날 밤, 나는 몸과 마음이 몹시도 차분한 상태에서 창문 너머로 떨어지는 빗줄기를 내다봤다. 나는 환경운동가도, 휴머니스트도 아니었다. 그런데 미얀마의 사이클론을 보며 울었다. 전혀 무관하면서도 무관하지 않은 이상한 감정이었다. 무엇인가가 마구 밀려오고 있었다. 그것들은 그 뉴스와 함께 밀려왔고, 모든 것이 다 축축해졌다. 생각해보면 그날 안토니오 신부님한테서 전화가 걸려왔기 때문에 그렇게 생각해버리게 된 것인지도 모른다. 길고도 이상한 국제전화번호를 본 순간부터 마음이 흔들렸다. 난 사실 그때까지도 줄리앙이길 바랐는지도 모른다.

미얀마에 사이클론이 덮쳤대!

나는 굉장히 덥다는 말을 하려고 꺼낸 얘기였는데 생뚱맞게 신부님이 펭귄 얘기를 꺼냈다.

얼음 세상인 남극과 남미 대륙 최남단인 파타고니아의 해안가에서부터 굉장히 많은 수의 펭귄들이 리우데자네이루의 해변까지 떠밀려가 다 같이 죽었대. 그런 뉴스 들었어?

신부님이 말하며 씽긋 웃는 것 같았는데 도무지 웃는 신부님의 얼굴이 머릿속에 그려지지가 않았다.

그래도 그 펭귄들보다는 미얀마 사람들이 더 불쌍하지.

난 펭귄들이 더 불쌍해.

그런데 우리 너무 본 지 오래다.

그렇지, 그러네. 야, 비 온다. 여긴 밤마다 이 시간만 되면 비가 와. 인공 비야.

빗줄기가 내 얼굴 위로 뚝뚝 떨어지는 것 같았다. 안토니오 신부님은 중국의 베이징에 있었다. 신부님은 나에게 잘 지내느냐고 물었다. 나는 한국 남자보다 더한 외국 남자를 만나 한바탕 연애를 치렀고 아직도 그 와중이라고 말하고 싶었지만 참았다.

6월 한가운데에 들어서면서 기온이 삼십 도를 웃돌았다. 문틈을 조금만 내면 알루미늄 새시로 마감한 흰색 불투명 창 너머로 한여름의 열기가 가스처럼 쏟아져들어왔다. 나는 아는 친구를 통해 겨우 일자리를 얻었다. 신용카드 빚과 밀린 월세와 밀린 공과금을 다 처리하려면 죽고 싶어도 마음대로 죽을 수도 없었다. 공정무역 관련 이슈들을 주제로 시민들을 상대로 캠페인도 하고 홍보도 하는 작은 비영리단체에 일자리를 구했다. 나는 아홉시에 출근해서 여섯시까지 최근 급성장한 그 단체가 해온 일들을 문서로, 파일로, 앨범으로 정리하는 일을 했다. 하루 종일 흰 장갑과 마스크를 쓰고 지하실을 떠나지 못했다. 일이 끝나고 밖으로 나오면 한동안 어지럼증에 시달렸고 시원한 맥주 생각이 간절했지만 꾹꾹 참았다.

주말엔 엄마한테 갔다가 일요일에 돌아왔다. 엄마는 생전 아프다는 말을 해본 적이 없는 사람인데 최근 들어 병원에 자주 갔고 짧은 기간이었지만 입원이 잦았다. 엄마는 불어터진 국수가락 같은 얼굴로 방에 누워 하루 종일 아버지한테 잔소리만 해댔다. 주중에 엄마한테 시달린 아버지는 토요일 밤에라도 말동무가 필요했다. 아버지와 동네 편의점의 간이 테이블 앞에서 말없이 술을 마셨다. 나타났다 사라졌다 하는 달과 구름의 모습은 장관이었다. 밀린 빨래를 하고 청소를 하고 반찬을 좀 만들고 나면 금세 일요일 밤이 되었다. 대단한 집안일을 하는 것도 아닌데 부모와 같이 지내는 그 이틀 동안의 공기는 몹시 참기 힘들었다.

종아리가 터질 듯이 부은 상태에서 집으로 돌아왔다. 현관에서서 불과 몇 달 전까지만 해도 수시로 신고 드나들었던 하이힐을 신어보았다. 발은 반도 안 들어갔고, 발등에 붙어 있던 커다란 비즈들도 왠지 빛이 나지 않고 낡고 촌스러워 보였다.

아직 장마가 시작되지도 않았는데 서울 전역에 비가 내렸다. 지하실에 쌓아둔 자료들이 습기를 먹을까봐 틀어둔 선풍기에 제습기에 하루 종일 귀가 먹먹했다. 오래 전에 찍어둔 사진 필름들이 비닐케이스 안에서 곰팡이를 먹고 있었다. 종이신문 스크랩들은 먹 글자가 지워져 내용을 파악하기 힘들었다. 단체를 만드느라 공헌한 분들의 지난 시간이 그 활동자료들 속에서 떡처럼 뭉개지는 중이었다. 프로그램 지원팀장의 닦달이 심해졌다. 나는 그 여자의 통굽 실내화 소리가 들릴 때마다 허리를 곧추세웠다. 일이 끝나고 커다란 우산을 받쳐들고 집으로 돌아가다가 술집을 쳐다봤다. 맥주 한 병만 먹으면 소원이 없겠다는 생각이 들었다. 그러나 나는 술을 입에 대지 않았다. 말짱한 정신상태로 스물네 시간을 깨어 있다는 건 너무나 잔인한 일이었다.

다른 사람들도 다 너같이 산다.

엄마나 안토니오 신부님이나 그런 말을 자주 했다. 나는 세상에서 그런 말을 하는 사람들이 제일 싫었다. 신부님 여기도 너무 더워. 여기도 인공 비를 뿌렸으면 좋겠어. 그럼 우리가 한날 한시에 인공 비를 맞는 추억을 가질 수 있잖아. 보고 싶어. 장마가 그치고 다시 기온이 무섭게 올라가기 시작한 금요일 밤이었다. 신부님한테 이메일을 썼다. 지금 하고 있는 아르바이트가 끝나면 새로운 직장을 얻어야 했다. 그 전에 신부님한테 놀러 가고 싶었다. 시간이 되면 같이 여행을 다니고, 그렇지 않으면 혼자라도 괜찮을 것 같았다.

주말 내내 엄마는 요구가 많았다. 삶은 옥수수를 먹고 싶다, 매콤한 오이지무침을 먹고 싶다, 이부자리가 낡아 버성겨서 잠을 못 자겠다, 산책 때 쓸 챙이 넓은 모자가 있었으면 좋겠다 등등. 나는 문지방이 부서져라 하루 종일 좁은 집 안을 오가는데 엄마의 요구는 끝이 없었다. 생각해보면 부모라고 별로 해준 것도 없으면서 나한테 요구사항이 너무 많았다. 아버지는 텔레비전 앞에서 끄덕끄덕 졸다가 일어나 모기향을 피웠다. 그때 대문 밖에서 오카리나 연주 소리가 들려왔다. 처음엔 좀 신경질적으로 들렸지만 자꾸 들을수록 마음이 편해지는 소리였다. 하루 종일 보채던 엄마의 뒷모습은 잠이 들었는지 고요했다. 아침에 베란다에 널어둔 빨래는 꾸덕꾸덕하게 말라 있었다. 빨래를 개며 아버지가 쳐다보는 텔레비전 화면을 넘겨다봤다.

수박 한쪽 먹자.

아버지가 말했다. 나는 냉장고 안에 넣어둔, 내 머리통보다 커다란 수박을 꺼내느라 낑낑거렸다. 그때 아버지가 힘없이 걸려온 전화를 받았다.

아이구 자네, 자네가 웬일이야?

아버지는 러닝셔츠만 입은 몸을 벌떡 일으켜세워 전화기 쪽으로 바짝 다가가 앉았다. 그리고 한 손으로 리모컨을 들어 텔레비전 볼륨을 줄였다.

아니 이게 무슨 소리야? 동원이가 왜? 어디서 실종됐다는 거야?

어릴 때 우리가 부르던 안토니오 신부님 이름이 동원이었다.

회사를 또 그만뒀다. 엄마는 여름 내내 병원 신세를 졌다. 몸에 알 수 없는 세균이 들어차 온몸이 열로 들끓었다. 응급실에서 중환자실, 중환자실에서 일반 병실로 옮기는 사이 더운 여름이 다 지나가버렸다. 엄마는 몸은 약해졌지만 지나간 얘기들을 할 때마다 눈빛이 맑고 또렷해졌다. 그에 비해 아버지는 점점 젊어지고 있었다. 하지만 돋보기 없이는 휴대폰 문자도 못 읽었다. 그래도 아버지는 동네 구민회관에서 운영하는 댄스교실에도 나가고 컴퓨터교실에도 나갔다. 가끔 동네 친구들과 술도 마시고 단체로 여행도 갔다. 갔다 오면 엄마 앞에 앉아서 초등학생 아들처럼 보고 온 것들에 관해 얘기했다. 자연동굴인데 정말 무섭더라, 동굴 안은 정말 추웠다, 부처님 얼굴이 정말 예쁘다, 나중에 꼭 둘이 같이 가자는 말로 끝나는 여행 얘기는 엄마가 코를 살살 골며 잠들 때까지 이어졌다.

가끔 남극여행을 꿈꾸기도 했다. 즉물적인 인간인 내가 불가능한 것들을 꿈꾼다는 것 자체가 이상했다. 아이들이 아파트 놀이터에 모여 앉아 플라스틱통에 든 장수풍뎅이 유충을 들여다보며 놀고 있었다. 톱밥 속에 든 희고 커다란 유충은 꼼짝도 하지 않았다. 도대체 언제 나비처럼 몸을 바꾼다는 것인지, 톱밥이 든 플라스틱통 자체가 온통 거짓말 같았다. 놀고 있는 어린애들을 무심히 보고 있으면 애들을 차례로 공터로 끌고 가 목을 눌러 죽여버리고 싶어졌다. 머리카락도 죄다 밀어버리고 싶었다. 울퉁불퉁 튀어나오는 종아리의 셀룰라이트도 가위로 잘라버리고 싶었다. 길고 지루한 한 해는 갈 줄을 몰랐다. 신부님의 목소리, 줄리앙이 태워주었던 무동이 너무 그리웠다.

엄마가 퇴원을 하고 오랜만에 집으로 갔다. 쿰쿰한 아버지의 담배 냄새가 나지 않는 집이 낯설었다. 경비 아저씨가 우편물 몇 개를 가지고 올라왔다. 식탁 위에 올려둔 채로 꼬박 하루를 잤다. 물을 마시고 소변을 두어 차례 보기 위해 깬 것 말고는 계속해서 잤다. 그리고 우편물들을 확인했다. 신부님이 사고를 당해 실종되기 불과 며칠 전에 베이징에서 발송한 우편물이 거기 있었다. 전자수첩 크기의 외장하드 한 장과 붉은 치파오를 입은 커다란 머리의 중국 인형이었다. 중국 인형이라고 하기에는 왠지 헬로 키티를 닮은 듯한 짝퉁이었다. 그래도 인형의 얼굴과

배를 자꾸만 만져보게 되었다.

컴퓨터에 외장하드를 연결했다. 수많은 동영상 파일이 보였다. 그중 맨 위의 것을 열었다. 천천히 열린 파일의 타이틀은 '베이징 1편' 이었다. 오른쪽 아래에 안토니오 신부님의 이름이 적혀 있었다. 그런 식으로 다른 지역명이 적힌 동영상 파일이 모두 열다섯 편이었다.

초가을이 되어도 여전히 더웠다. 홍대 앞의 어느 북카페에 앉아 있다가 오래 전에 어떤 자리에서 여럿이 함께 만난 적이 있던 남자를 다시 만났다. 전보다 말수가 준 것 같았고 수염을 기르고 있어서 다른 사람 같아 보였다. 둘이서 에스프레소를 마시고 광화문으로 나와 영국 아티스트들의 설치작품을 보러 갔다. 한 시간 정도 전시를 보고 저녁을 같이 먹은 뒤 시내를 배회하다가 헤어졌다.

두번째 만난 날은 너무 더워서 시내 고층빌딩 일층의 카페에 앉아 각자 책을 읽었다. 그가 주문한 치즈를 바른 따뜻한 베이글과 커피를 마시면서 책을 읽었다. 그는 건축 관련 책을 읽었고 나는 소설책을 읽었다. 오후에 그 빌딩 지하 영화관에서 하드보일드한 스타일의 미국영화를 봤다. 냉방 때문에 영화관은 몹시 추웠다. 그가 가방 안에서 얇은 무지 목도리를 꺼내 내 목에 둘러주었다.

사람들이 잔뜩 모여 서 있는 서점 입구나 카페 입구에서도 수염 때문인지 그는 눈에 잘 띄었다. 우리는 약속시간에 그리 많이 늦지도 않았고 서로에게 너무 많은 걸 묻지도 않았다. 식성도 대충 비슷해서 메뉴를 고르느라 여러 말을 할 필요도 없었다. 물론 상대방의 교양과 상식을 체크해보기 이전의 일이었으므로 아무것도 잘 알 수 없었다. 하지만 나는 또다시 누군가를 만나고 있었다.

그는 우리집에 와 제일 먼저 고장난 오디오 앰프를 고쳐주었다. 그 다음엔 작동하지 않는 공기청정기를 고쳐주었다. 물론 서비스센터에 갖다주고 고쳐온 것이었지만 나한테는 그 이상이었다. 낡은 커튼걸이도 바꿔주고 자꾸만 삐걱대는 식탁도 균형을 맞춰주었다. 우리는 전쟁터에서 살아 돌아온 사람들처럼 조용히 사랑을 나눴다. 따끔거리는 그의 수염이 아니었다면 정말 때때로 잠이 들고 말 정도로 고요한 시간들이었다.

해가 진 후 혹은 비가 내릴 때 멀뚱히 신부님이 보낸 화면들을 쳐다봤다. 많은 사람들이 길거리를 지나갔다. 고층빌딩 아래 아이스크림 가게는 인파로 붐볐다. 늘씬한 중국 여자들이 시끄럽게 떠들며 백화점 건물로 성큼성큼 걸어들어갔다. 사람들 목소리도 들리고 자동차 경적소리도 들렸다. 화면은 급하게 아래로 휘어지기도 하고 하늘로 뻗어올라가기도 했다. 저 멀리 멀뚱하게 서 있는 높고 장중한 산이 보였다. 아이들, 시장 난전, 오래된 성문, 노숙자들, 거리의 나무들, 휘어진 연못, 오래된 절들이 보였다. 카메라가 잠깐 흔들린 후 오래된 가옥이 들어선 골목길로 접어들었다. 길이 점점 좁아지고 난전에 동그랗게 모여 있는 늙은 여자들이 무심한 얼굴로 카메라를 돌아봤다. 나는 점점 화면 속으로 들어갔지만 어디에도 안토니오 신부님의 목소리는 배어 있지 않았다. 인공 비가 내리기 시작하는 저녁 무렵이 되면 카메라가 멈췄다. 열다섯 편을 다 보면 화면 한 귀퉁이에서나마 실종된 그 인간을 만날 수 있으려나. 내가 아는 가장 지독한 인간 안토니오 신부님!

빨강 속의 검정에 대하여

잠시 후 두 사람은 누가 먼저랄 것도 없이 백과사전 코너에 꽂힌 커다란 점자책을 가지고 와 가슴 앞에 펼쳐놓는다. 그리고 저 창가 쪽에 앉은 할아버지를 따라 왼손과 오른손을 모두 동원하여 글자라고 생각되는 것의 감촉을 느끼기 시작한다. 령은 작은 목소리로 외친다. “바다다. 흰 바다.”

도시의 북쪽지역은 검고 평평한 매립지가 바다처럼 펼쳐져 있다. 몸을 돌려 남쪽을 바라보면 역시 매립지 위에 세워진 화려한 디자인의 고층 빌딩들이 하늘 한가운데를 가르고 솟아오를 듯 서 있다. 달 모양의 지붕을 얹은 빌딩이 있는가 하면 각도를 달리한 채 조금씩 다른 곳을 향해 서 있는 세쌍둥이 빌딩도 있고, 높이를 모르고 옆으로만 납작하게 퍼진 창고 형태의 빌딩도 있다. 게다가 건물 전체가 꽈배기도넛처럼 꼬인 것도 있다. 그리고 모포를 얹은 듯 빌딩들 위에 부드럽게 멈추어 서 있는 흰 구름까지.

이 도시가 바다와 인접해 있다는 건 풍문에 불과하다고 령은 생각한다. 사람들은 긴 산책 중에 한 번쯤은 주변을 두리번거리며 발끝을 들고 바다를 찾는다. '바다가 어디 있다는 거야. 저 다리를 건너면 보이나?' 령 또한 산책중에 늘 바다를 찾는다.

그러다가 결국은 종아리의 힘이 풀리는 순간 바다라고 생각되는 검은 매립지 끝의 소실점을 놓쳐버리고 만다. 그리고 령은 언제나 작은 목소리로 지껄인다. '구름이 가리고 남은 하늘보다 이 매립지가 훨씬 더 넓을 거야. 그러니까 바다는 매립지 속으로 흐르고 있는 거야, 그렇지 않고서는 왜 보이지 않겠어.'

매립지의 한가운데로 전차가 지나간다. 반짝거리며 머리 위를 달리는 전차는 배터리가 떨어져 선로 아래로 또르륵 굴러떨어질 것만 같다. 전차는 조종사도 없이 기계 혼자서 매번 정확한 배차간격으로 매립지 위의 신도시를 오간다. 이미 이 지역에서는 명물이 된 전차지만 령은 아직 타보지 않았다. 처음엔 전차 정거장 한 구간까지만 걸어 돌아오는 것을 목표로 했지만 지금은 세 정거장까지 갔다가 돌아온다.

빌딩들의 맨 앞에 오래된 레미콘 공장이 있다. 뒤에 서 있는 빌딩들이 광택을 내며 빛나는 것에 비하면 레미콘 공장은 동화 속 마녀의 집처럼 검은 줄이 죽죽 간 채로 낡았다. 령은 산책중에 할일 없이 이 레미콘 공장의 출입구를 드나드는 트럭들을 쳐다본다. 언젠가 들었던 천둥 치는 소리의 진원지가 이 레미콘 공장이라는 것을 알고 나서는 더 자주 살펴본다. 매립지 전체를 발칵 뒤집어놓을 것처럼 묵직하던 그 소리. 이사 온 지 얼마 되지 않은 어떤 날, 하루 종일 고층 아파트 안에서 꼼짝도 안 하다가 그 소리를 듣고 화들짝 놀랐다. 그리고 령은 순간 거대한 회색 시멘트가루가 하늘로 막 퍼져올라가는 모습을 보았다. 수십 년

전 매립지에 묻힌 생활쓰레기 더미가 폭발하고 있다는 확신에 사로잡혀 손에 들고 있던 프라이팬을 내려놓은 채 창밖으로 고개를 내밀었다. 매립지에 대한 최초의 애정표현이었던 것이다.

매립지와 보도를 가르는 철책은 끝간데없이 이어져 있다. 저 멀리, 담벼락도 대문도 없는 갈색 단층집 한 채가 텅 빈 매립지를 지키고 있다. 붉은색으로 쓴 '안전제일'이라는 표지판이 허공을 날아다니는 새들의 숫자보다도 많다. 철조망 너머 비교적 가까운 곳에 있어 눈에 잘 보이는 이동화장실은 문짝도 없이 흰 남자용 소변기 두 개를 내보인 채 조용히 서 있다. 누군가 갖다 버린 쓰레기도 없고 방치된 자전거도 없으며 아무런 소요도 없이 고요하다.

노란 모자를 쓴 남자들 몇 명이 팽팽하게 당겨진 줄을 대각선으로 맞잡고 서서 아득히 떨어져 있는 동료를 향해 수신호를 보낸다. 남자들은 검은 매립지 위로 흐르는 바람보다도 더 조용히 움직인다. 거리가 충분히 떨어져 있어 걱정하지 않아도 됨에도 불구하고, 령은 지나갈 때마다 그들에게 방해가 되지 않으려고 애쓴다.

트럭 한 대가 매립지 저 안쪽에서부터 차도 쪽을 향해 출발한다. 트럭이 일으킨 먼지는 금세 드넓은 매립지 위로 흩어져 날아가버리고 검은 먼지 한바탕 제대로 일어나지 않는다. 트럭은 대로 쪽으로 나오기 위해 잠깐 동안 보도를 막고 서 있다. 트럭의 조수석에서 재빠르게 내린 남자가, 붉은 삼각 깃발을 한 손에 든 채 철조망의 문을 열고 트럭을 내보낸다. 트럭이 땅을 울리며 차도로 나간다. 그러고 난 뒤 남자는 한 손에 고무호스를 들고 트럭이 지나간 길 위로 강한 압력으로 쏟아져나오는 물을 뿌린다. 쉐쉐, 물소리가 들려오자 령은 갑자기 시원하게 오줌 싸는 상상을 한다. 그리고 물 뿌리는 남자가 저만치 멀어졌다고 생각되는 순간 방귀까지 날려주고는 갑자기 뛰기 시작한다.

그리고 정장 차림에 무릎 위에 가방을 올려놓은 할아버지가 오늘도 세번째 전차 정거장 아래에서 팻말을 들고 있다. '도와주십시오.' 휠체어 때문일까, 할아버지는 근사해 보인다. 그러나 령은 할아버지를 그냥 지나쳐간다.

'사람들은 왜 인공 매립지 위로 겁도 없이 이사를 하는 걸까. 메탄가스가 나와서 담배도 못 피우잖아. 일 미터만 파내려가도 쓰레기가 나온다니까.' 사람들 모두 다 알고 있는 매립지에 관한 정보들. 령은 아버지 때문에 이사를 했지만 다른 사람들은 왜 그랬는지 궁금했다. 령은 아버지의 장례 때문에 어쩔 수 없이 아버지의 고향에 갔다. 아버지가 묻힌 고향의 선산 묘지는 이상하게도 해가 잘 들지 않았다. 령은 평생 종적을 알 수 없이 싸돌아다니던 사람이 죽어서는 아는 사람들 옆에 얌전히 묻혀 있다는 게 좀 이상하다고 느꼈다.

묘원을 나오면서 뒤를 돌아보았지만 모두 다 노랗고 비슷한 크기의 무덤들이어서 어떤 것이 아버지의 무덤인지 분간이 되지 않았다. 선착장에서 멀어져, 아는 사람이 어디에 탔는지를 알 수 없는 강변의 오리배들 같다고 령은 생각했다. 검은 매립지 위에 건축 모형처럼 달랑 혼자 서 있는 고층 아파트의 한 칸을 남겨 준 아버지에게 령은 아직 감사의 마음을 가지지 못했다. 그보다는 소각해버린 아버지의 소지품에 들어 있던 두 권의 사진집이 잊혀지지 않았다. 한 권은 아주 오래된 도시의 다리를 찍은 흑백사진과 그 축조공법이 적힌 것이었다. 그리고 또 한 권은 아주 평범한 얼굴의 여자를 찍은 누드사진집. 앞치마를 두른 평범한 가정주부가 요부의 모습으로 변신하는 과정이 담긴 이상한 사진집이었다.

새집으로 이사할 생각을 하면 귀찮기도 했지만 이사는 해야 했다. 하지만 이사보다도 더 중요한 문제가 있었다. 령은 다니고 있는 기관으로부터 향후 일 년 동안만 근무하고 회사를 그만두는 조건으로 조기퇴직을 권고받았다.

부동산 사무실 직원은 여러 장의 서류들을 내놓고 사인을 하게 했다. 또 경치가 좋은 곳으로 이사한 것을 축하한다는 말을 여러 차례 했다. '울창한 숲도, 바다도 없는데 부동산업자는 왜 경치가 좋다고 한 걸까. 게다가 빗줄기가 땅바닥에 떨어지는 소리조차도 들리지 않는 삼십층이라니.' 령은 길을 걷다가, 삼십층 고층 아파트 벽에 매달려 간당거리는 사람이 없나 고개를 치켜들고 쳐다봤다.

령은 겨우내 고지방 덩어리의 치즈를 사다 먹었다. 회사에 가는 평일은 그나마 참을 만했지만 주말은 견디기가 어려웠다. 아침에 일어나면 현기증이 나기도 하고 불룩한 아랫배와 관계없이 아무 때나 허기가 졌다. 고층 아파트 베란다에 서서 저만치 눈앞에 펼쳐진 매립지를 바라봤다. 그럴 때마다 매립지를 바다로 착각했다. 검고 빛나는 바다 한쪽이 저만치로 떠밀려가고 있는 느낌이 들어 혼자서 소리를 지르는 것이었다. "동네 사람들, 저기, 바다다!"

고지방 덩어리 치즈 덕분에 동작이 빨라지기도 했다. 사이렌 소리가 들릴 때마다 할일도 없이 소리의 진원지를 직접 찾아나서는 것이다. 그러나 어디서 무슨 일이 일어난 것인지는 쉽게 알 수 없었다. 도시가 굴곡도 없이 옆으로옆으로 퍼져가는 형태이기도 하지만, 막상 어렵게 찾아가면 어린 여자아이 혼자 마이크를 들고 작은 곰인형을 파느라 내는 소리일 뿐인 경우가 허다했다. 여자아이가 서 있는 바로 앞에서 슈퍼마켓에서 산 도시락을 먹고 있는 노인이 청중의 전부인 경우가 많았으니까. 매립지의 소음이란 것은 모두 다 이렇게 공중으로 솟아오르는 것인 줄 왜 몰랐던 것일까. 령은 도무지 그런 정도의 상식도 없는 자신을 원망했다. 매립지로 이사를 한다는 것은 참 이상한 일이라고 령은 거듭 되뇌었다.

"고층 빌딩들은 균형을 잡기 위해 항상 조금씩 흔들리도록 설계되어 있지." 새로 이사한 집이 어떠냐는 질문에 대해, 아주 높다는 말을 하자 남자 동료 중에 한 명이 그런 말을 한다. 령은 재빨리 회의실 한쪽 의자에 앉는다. 그리고 당신은 어떻게 그런 걸 다 알죠? 라고 물으려는 순간 그 말을 한 동료는 자기 자리로 가버린다. 그리고 그 옆에 서 있던 여자 동료도 자기 자리로 가버린다. '왜 동료들과는 긴 얘기를 주고받지 못하는 걸까.' 령은 잠깐 동안 움직이지 않고 가만히 앉아 있다. 그리고 무릎 위에 있던 문서 위쪽 모서리에서 클립을 빼내 손톱으로 우그러뜨린다.

퇴근시간이 되자 동료들이 술집으로 몰려간다. 령은 오래전부터 동료들의 술자리에서 빠졌다. 이런 날 령은 한밤중이 될 때까지 불안하다. 자꾸만 휴대폰을 만지작거리기도 하고 분명히 쓰레기 문자가 온 것인 줄 알면서도 몇 차례 내용을 확인한다. 령의 귀에 동료들의 목소리가 들려온다. "그 여자는 빨리 회사를 그만둬야 해. 칙칙한 옷차림 좀 봐. 도무지 자기 관리라고는 안 해." 이런 밤, 령은 식사시간을 놓친다. 그러고는 밥통 뚜껑을 열었다 닫았다 하다가 아주 늦은 밤이 되어서야 결국은 밥통을 붙든다. 그리고 탄수화물에 영혼을 기대는 궁상을 떨고야 만다.

동료의 얘기 때문인지 해먹 위에 누워 있는 듯 몸이 밤새 좌우로 흔들린다. '정말로 온몸이, 아파트가, 건물 전체가 끊임없이 흔들리고 있는 것일까.' 령은 수납장을 샅샅이 뒤져 수면용 눈가리개를 찾아낸다. 그리고 눈가리개를 쓰고는 똑바로 눕는다. 그런데 웬일일까. 수면용 눈가리개는 세상을 온통 암흑천지로 만들어, 이제는 흔들리는 정도가 아니라 삼백육십 도 회전까지 한다. 령은 벌떡 일어나 앉아 눈알 한 개가 빠져버린 곰인형에게 눈가리개를 씌운다. 령은 애꾸눈 선장이 된 곰인형을 끌어안고 다시 잠을 청한다.

령은 할 수 없이 잠옷을 벗고 운동복으로 갈아입고는 밤 산책을 나간다. 술을 마신 남자들이 횡단보도에 몰려 서 있다. 령은 그 사람들 중에서 아는 사람이 있나, 돌아서 있는 사람의 얼굴이 보일 때까지 위치를 바꿔가며 확인한다. 늘 아는 사람은 없다. 고등학생들이 스쿠터를 세워놓고 서서 수다를 떤다. 자기들끼리 하는 얘기임에도 불구하고 령은 그들이 무슨 얘기를 하는지 끝까지 귀를 열어놓고 있다.

동그랗게 밝은 달이 매립지 하늘 위에 고상한 자세로 떠 있다. 대궁이 삐져나온 파 봉지를 들고 슬리퍼를 끌며 걸어가는 할머니, 고개를 잔뜩 숙인 채 두 팔을 나란히 한 느낌으로 뻣뻣하게 걷는 학생, 폐점 간판을 내건 식당들, 그 식당들을 돌며 남은 음식들을 거둬가는 푸드뱅크 트럭들, 저 멀리 다리 위를 달리던 한 사람이 다리와 연결된 복잡한 육교의 한 지점으로 사라진다. 그리고 도시는 갑자기 텅 비는 것이다. 순간 령은 언제 저녁밥을 먹었냐는 듯이 또다시 배가 텅 비어버리는 느낌을 받는다. 그리고 령은 또 고민하기 시작한다. '집에 들어가 뭘 좀 먹을까, 아니면 참아볼까.' 그 결과는 정말 령에게는 일급비밀에 속하는 일이다.

매립지 주변은 베드타운으로 형성되어 아침이면 지하철이 미어터진다. 밤이면 고층 아파트에서 잠을 자고 아침이 되면 모두 들 밖으로 나오는 사람들. '사람들은 아침에 뭘 먹었을까.' 령은 플랫폼에 서서 생각한다. '어떻게 보면 수직으로든 수평으로든, 여기서부터 가까운 지역에 사는 사람들은 모두 같은 토양에서 스며나오는 물과 같은 하늘에서 부는 바람을 공동으로 소유하며 살고 있잖아.' 그러면서 무슨 친척들이라도 만나는 양 고개를 끄덕인다. '아, 그래서 저 사람들도 얼굴이 나처럼 저 모양으로 좋지 않구나.' 령은 무슨 대단한 비밀 하나를 발견한 것처럼 호들갑을 떤다. '나는 밤새 먹고 걷고 또 먹고 했다지만 저 사람들은 뭘 했을까, 밤새 잠을 못 잔 걸까, 무슨 일들을 했기에 저렇게 부어터진 얼굴일까.' 령은 다른 사람들의 얼굴을 뚫어지게 쳐다보다가 어느 순간 냉랭하게 굳어버린다.

한 남자가 계절감각에 맞지 않는 두꺼운 검은색 코트를 입고 신문을 입에 문 채 개찰구를 빠져나간다. 그 뒷모습이 너무나 익숙하다고 느낀 령은 저절로 발걸음이 빨라진다. 령은 사람들을 밀치고 계단으로 내려가 그 사람 옆으로 비켜서서 그의 옆얼굴을 확인하고야 만다.

"앗, 죄송합니다."

령이 몸을 과격하게 움직이는 바람에 서로 어깨를 잠깐 스친 것이다. 그는 아주 모르는 사람이라는 듯이 말한다. 아주 사무적이고 성의 없는 목소리로 말하고 그냥 지나친다. 순간 령은 다리 아래로 사과 하나가, 아니 지구가 쿵 하고 떨어져내리는 소리를 듣는다.

지하철 화장실로 들어간 령은 아주 오래 손을 씻고는 외면하려던 거울을 결국 들여다보고야 만다. 그리고 피식 웃는다. '내가 너무 늙은 거야, 아니면 지난밤의 과식으로 인해 일시적으로 얼굴 형태가 변했나. 수 시간 내에도 얼굴 형태가 변하기도 하나.' 령은 또 작은 목소리로 지껄인다. 오래전에 그토록 친하게 지냈던 남자가 령을 보고도 그냥 지나친 것이다. 령은 그 흔한 이메일 주소, 휴대폰 번호, 그 어떤 연락 채널도 남겨두지 말자고 하게 되기까지 무슨 일이 있었는지 기억이 안 난다. 아무리 그래도 그렇지, 얼굴도 못 알아보고 그냥 지나가는 아줌마 취급을 하다니. 령은 볼따구니에 바람을 넣고는 온갖 이상한 표정을 지으며 거울 앞에 서 있다.

아침 매립지 산책길에 자전거를 타고 지나가는 사람들이 늘었다. 령은 자전거에 몹시 신경이 쓰인다. 자전거는 어느새 지나가는 줄도 모르게 옆으로 휙 지나간다. 그리고 구부러진 길 저쪽 편으로 쏜살같이 달려 검은 매립지의 한 지점으로 사라진다. 령은 그때마다 앞으로 지나간 자전거를 따라 뛰어갈 수도 없고 자전거를 세울 수도 없다는 것 때문에 이상한 상실감을 느낀다.

령은 밤이면 열심히 먹고, 다시 아침이 되면 운동을 하고 밤이 되면 또 먹는다. 아침이면 햇볕을 따라 걷고, 밤이면 불빛을 따라 걷는다. 소방차가 달려가면 소방차가 달려가는 쪽으로 몸을 돌리고 구급차가 달려가면 그쪽으로 고개를 돌린다. 나중에는 길을 잃어 지그재그로 걷는 강아지까지 따라간다. 고층 빌딩들은 계속 흔들리고 매립지의 공사는 끝이 없다. 시멘트 블록 사이로 피어나는 작은 꽃들을 볼 때마다 령은 흐르는 시간 때문에 숨이 찬다. 그리고 커다랗게 숨을 내쉰다.

령은 기관에서 일 년 후 퇴직하겠다는 서류에 최종 확인을 하는 사인을 했다. 이제 모든 일은 되돌릴 수 없이 되어버렸다. 령과 같은 처지에 있는 사람들은 모두 쉰여섯 명. 모두들 말은 안 하지만 령은 투시력을 발휘한다. 보이지는 않지만 책상 밑으로 연결된 흰색 끈 한 줄에 쉰여섯 명의 머리통이 매달려 있는 것처럼 느끼는 것이다.

퇴근한 후, 휴일 밤낮을 매립지 위에 세워진 신도시를 쏘다니는 사람은 자기 혼자뿐이라고 령은 생각한다. 사람들이 많이 모이는 쇼핑센터에 가면 남자들이 잘 가는 낚시 코너나 방재용품 코너에 가서 서성거린다. 종업원이 옆으로 지나가면 뭔가 골똘히 전문가적인 시선으로 물건을 들여다본다. 또 빵을 좋아하지도 않으면서 아침이면 직장인이 많기로 소문난 빵집에 가 줄을 서기도 한다. 그러고는 겨우 크루아상 두 개를 사가지고 나오면서.

직장인들이 많이 모이는 술집에 들어가 혼자 맥주를 마신다. 그 시간에 지하철역에 있었다면 어쨌든 직장인이 틀림없으니까. 그러나 이런저런 술집에서도 남자를 볼 수 없게 되자 령은 그가 술을 끊은 거라고 생각한다. 그 모든 것이 불발이었으므로 마지막으로 아기옷가게까지 드나들기 시작한다. 결혼을 했다면 그런 곳에서도 만날 수 있으니까. 그러다가 령은 갑자기 매립지의 공기가 역겨워, '역겨워'라고 작은 목소리로 지껄인다.

"당신 많이 날씬해진 거 같다. 내일 시간 괜찮으면 나랑 어디 좀 갈래? 교외에 나간 지도 오래여서." 직장 동료가 령에게 말을 붙여온 것이다. '내가 어젯밤 무슨 꿈을 꾸었지?' 령은 깜짝 놀란다. '어딜 함께 가자니, 또 게다가 날씬해졌다니, 얼마나 많이 먹는데.' 령은 가슴이 쿵쿵 뛰는 소리를 듣고 있다.

령은 동료의 나이를 모른다. 여섯 살 정도가 많을 거라고 짐작할 뿐, 한 번 정도 결혼했다는 것은 알지만 지금은 누구와 사는지 잘 모른다. 동료는 도시락과 커피를 준비하고 분홍 리본이 달린 모자까지 쓰고 나타났다. 두 사람은 주말의 복잡한 도심을 벗어나 교외로 나가는 전차의 맨 앞자리에 타고 있다. 전차는 오 분 후에 출발하기로 되어 있다. 두 사람의 자리는 조종석을 한 눈에 볼 수 있는 맨 앞자리다. 잠시 후 서류가방을 든 기관사가 조종석으로 들어온다. 강한 햇볕이 밀려들어오는 조종석에서 기관사는 일지를 쓴 후 완장을 찬다. 그리고 조종석에 앉아 출발시간이 되기를 기다린다. 그리고 잠시 후 손목시계를 한 번 쳐다보고는 흰 장갑을 양손에 정성스럽게 낀다. 그러고는 아주 천천히 손을 들어 수신호를 보낸다. 또 시간이 흐른다. 기관사는 아까보다 더 절도 있는 궤적을 그리며 왼손을 두 번 정확하게 흔들더니 오른손으로 천천히 가속기를 밀기 시작한다.

령과 동료는 어린애들처럼 발을 뻗었다 내렸다 하며 복잡하게 얽힌 복선 철로들을 천천히 빠져나가는 전차 밖 풍경을 쳐다본다. 전차 주변에 늘어선 작은 집들, 지붕에 널어 말리는 솜이불들, 집들 가운데 드문드문 보이는 무덤들, 집보다도 많은 전선들이 선로를 따라 질서정연하게 뻗어 있다. 벌써 봄인가, 령은 목뒤로 배어나는 땀을 옷솔기로 두드린다.

전차가 평지보다 조금 높은 곳으로 올라간다. 령은 동료가 건네주는 뜨거운 커피를 마시고 차창으로 쏟아져들어오는 햇빛을 커튼으로 가린다. 전차는 길게 휘어지다가 조금씩 낮은 경사로로 내려간다. 상대편 선로에서 전차가 달려올 때마다 령은 귀를 틀어막고 옆에 앉은 동료를 쳐다보고 씩 웃는다. 소풍 나온 여학생들처럼 두 사람은 삶은 계란을 하나씩 먹고 커피를 마신다. 전차는 좀더 속도를 내어 분지의 외곽으로 빠져나가고 앞에 앉은 조종석의 기관사는 햇빛에도 불구하고 선글라스도 쓰지 않는다.

비핵평화도시선언. 전차에서 내려 개찰구를 빠져나온 뒤 제일 먼저 눈에 보인 도시 선전 문구다. "미친 거 아냐, 아무도 관심 없는 이런 걸 선언하다니." 동료가 말한다. 령이 그 문구를 붙여놓은 표지판 아래에 서 있는 동안 동료는 역 앞 자판기에 동전을 넣고 생수를 두 병 산다. 그리고 생수나 마시기 위해 한 시간이나 달려온 사람들처럼 두 사람은 벌컥벌컥 생수를 마신다. 동료는 지도를 꺼내 들여다보며 굴뚝처럼 두껍고 짧은 담배를 피우고, 령은 교차로 주변에 무슨 고철 더미들처럼 얽혀 있는 거대한 자전거 주차장을 쳐다본다. 도시는 고층 빌딩이 거의 없이 낮은 층의 작은 집들이 대부분이다. 동료는 이 지역의 역사를 말해준다. 옛날에, 지형이 수도를 에워싸고 있어서 수도에서 배출된 오물들을 걸러내던 곳이라고.

두 사람은 거의 사십 분을 걸어 작은 절의 입구에 도착한다. 절 입구에서 목례를 하고 난 후 본당으로 연결되는 회랑에서 예복 차림으로 줄줄이 걸어들어가는 수도승들을 만난다. 본당으로 들어가 동료는 왼쪽에서, 령은 오른쪽에서 절을 한다. 절을 하고 난 후 명상중인 사람들 틈에 섞여 앉는다. 한참을 지나 령이 눈을 뜨고 보니 동료는 아직도 눈을 감은 채 기도중이다.

본당 앞은 점을 치는 사람들로 붐빈다. 두 사람도 새로 시작된 한 해를 축하하며 앞으로 닥칠 일들을 짚어보는 종이 점을 친다. 각자 점괘를 오래 들여다보지만 두 사람 다 서로의 점괘에 대해서는 말하지 않는다. 그리고 그 모든 액운들을 다 버리는 의미에서 점괘를 담는 통에 넣고는 그대로 고개를 숙인 채 다시 목례를 한다.

두 사람은 절 앞의 거대한 분수대 앞에서 자전거를 탄 사람들이 지나가는 도로 쪽을 쳐다보며 도시락을 먹는다. 아주 천천히, 달랑 연근 하나가 들어간 김밥을 먹는다. 목에 걸리면 죽을 것만 같아 아주 천천히 씹어 먹는다. "언제 이런 걸 다 준비했어요?" 령의 질문에 동료는 그냥 웃기만 한다. 김밥은 간도 맞지 않고 도무지 씹히는 맛이라고는 없다. 그래도 령은 이렇게 맛있는데, 왜 더 많이 싸오지 않았느냐고 애교를 부린다.

절 앞에 늘어서 있는 노점상에서 두 사람은 아이스크림을 산다. 동료는 딸기, 령은 망고를. 아이스크림을 먹으며 발밑에 널브러져 있는 비둘기 똥을 피해 걷는다. 노숙자들이며 할일 없이 절 앞을 배회하는 사람들로 걷기도 어려울 지경이다. 한참을 걷다가 신발 바닥에 붙은 비둘기 똥을 털어내며 동료가 말한다.

"어젯밤, 딸애가 집을 나갔어. 언제 준비했는지 젓가락이며, 예쁜 식탁보까지 상자 한 가득 담겨 있었어. 이제 홀가분해."

독립은 딸이 했는데 동료는 마치 자신이 독립한 것처럼 말한다. 순간 아이스크림 콘 부스러기가 동료의 바지 위에 떨어지고 순식간에 바지 위에 아이스크림 얼룩이 남는다. 동료는 물휴지를 꺼내 바지를 문지른다.

"그래서 빈 방은?"

동료는 바지 위에 생긴 얼룩을 자꾸만 문지른다.

"어디 미련한 곰 파는 데 없나? 곰을 키우고 싶어. 이럴 때 멋진 남자라도 있으면 좋을텐데. 사람은 귀찮아서 그냥 고양이를 샀어. 세 마리. 아, 흰 고양이도 있어. 보러 와."

령은 줄에 묶어 데리고 산책 나온 흰 강아지의 얼굴을 닦아주는 아침 산책길의 할아버지들의 손놀림을 떠올린다. 손길이 너무나 다정해서 강아지가 부럽다는 생각도 들었는데. 령은 물어보지는 않았지만 옆에 서 있는 동료 또한 쉰여섯 명의 조기퇴직자 중의 한 명일 거라고 짐작한다.

돌아오는 전차에서 두 사람은 막노동이라도 하고 온 사람들처럼 깊은 잠에 빠져들어 있다. 잠에서 깨어났을 때 령은 손에 들려 있던 비핵평화도시선언 홍보 책자가 발밑에 떨어져 있는 걸 발견한다. 그리고 중요한 물건이라도 되는 듯이 먼지를 털어 가방 안에 넣는다. 동료의 바지에는 아직도 아이스크림 얼룩이 묻어 있다. 령은 자고 있는 동료가 깨어나면 뭔가 재미있는 얘기를 해줘야겠다고 생각한다. 그러나 동료는 종점에 도착하도록 깨어나지 않는다.

매립지 위로 푸른색 기운이 맴돈다. 시멘트 포대가 줄에 매달려 이쪽에서 저쪽으로 운반되기도 하고 검은 매립지의 맨 위층을 걷어내고 네모반듯하고 깊게 땅을 판다. 쇠말뚝을 땅에 때려박는 기계 소리가 점점 커진다. 비교적 가까운 곳에서는 용접하는 모습도 볼 수 있다. 용접봉 끝에서 튄 불꽃이 인부의 용접마스크에 부딪치고는 흰 불꽃처럼 떨어져내린다. 자꾸만 떨어져내린다. 순간 령은 불꽃이 탁탁 튀듯, 늘 그냥 보고 지나온 이상하게 생긴 건물 하나가 머릿속에 떠올라 자기도 모르게 박수를 친다. 늘 지나다니던 길의 반대편에 있는 흰 건물. 바로 도시가스과학관.

주말이 되자마다 령은 도넛을 옆으로 뉘어놓은 듯한 외관의 도시가스과학관으로 간다. '가스는 도대체 어디에 있는 거야.' 장난스러운 캐릭터와 함께 건물 외벽에 걸어놓은 현수막에 인쇄

된 말이다. 령은 모던한 은색 펄로 마감한 과학관 건물에 들어서자마자 잠깐 주눅이 든다. 일층 로비를 지나, 가스를 이용해 어떤 일들을 할 수 있는지를 보여주는 체험관으로 들어간다. 주홍색 조명 아래 벽마다 가스관이 빽빽이 들어차 있고 실제로 가스가 지나가는 걸 보여주기 위해 모두 투명 유리관을 사용했다.

어린아이들은 프라이팬을 들고 요리를 만들고 있는 안내원의 손끝에서 파랗게 타오르는 가스 불꽃을 쳐다보며 신기해한다. 령은 아이들이 요리에 팔려 있는 틈을 타 실제 가스관을 통과해 보는 가스 터널로 들어간다. 헬멧을 쓰고 무릎을 굽히고 터널로 들어가자 파란 가스 불꽃이 스파크를 일으킨다. 령은 터널 안을 기어가다가 잠깐 멈춘다. 푸른 불길이 가스관 안에서 타오르고 있는 걸 보며 령은 웃는다.

흙과 불의 이상한 나라의 방에 들어선 령은 천연가스의 제조 원리를 설명하는 과학관 안내원의 말에 푹 빠져 있는 아이들 틈에 턱을 괴고 앉는다. 가스가 제조되어 집 안의 거실로, 욕실로 들어오기까지 어떤 과정을 거치는지, 조금은 지루한 듯한 설명에 깜빡 졸거나 하품을 하는 아이들도 있다.

령은 이층으로 올라간다. 이층 중앙 로비에는 작은 도시의 모형이 있고 그 도시의 땅 아래로, 도시를 흐르고 있는 가스의 흐름이 투명하게 다 보인다. 모형 도시의 한쪽에는 식당과 찻집이 있는 아름다운 뒷골목이 있고 그곳에는 신비한 가스등이 켜져 있다. 또 네온 등불이 켜져 있는 커다란 호텔 지하에서는 푸른

가스 불길이 솟아오르고 호텔 방 안에 있는 이방인은 따뜻한 욕조에서 몸을 녹인다. 도시에서 북쪽으로 조금 벗어난 곳에는 령이 매립지에서 본 것과 똑같이 용접을 하고 있는 건설현장 남자들이 있고, 그 뒤로는 높다란 빌딩들이 막 건설되고 있다. 령은 남자들의 손끝에서 퍼져올라가는 파란 용접 불꽃을 쳐다보다가 이유도 모르게 눈물 한 방울을 똑 떨어뜨린다.

생수를 마시고 의자에 앉아 숨을 돌린 령은 잠깐 눈을 감는다. 령은 열한 살 때 집을 나간 아버지에게 때로 묻고 싶은 게 있었다. '세상에 나가서 뭘 봤어? 뭘 봤는지 알고 싶어.'

한쪽 벽면에서 연대를 알 수 없는 다큐멘터리 영화가 상영된다. 투명하고도 복잡한 가스관 속에서 타오르는 파란 불꽃, 십년이 넘게 생활쓰레기를 쏟아부어온 매립지 공사, 눈만 내놓은 채 진흙 더미 속을 기어다니며 가스관을 설치하는 사람들. 령은 자리에서 벌떡 일어나며 지껄인다. "도대체 가스는 어디에 있는 거야." 령은 매립지를 포함해 이 도시 전체를 관통하는 가스관의 총길이가 지구 둘레의 두 배를 넘는다는 말을 듣고는 로비로 나온다.

그리고 령은 가스과학관 앞 정문 옆에 서 있는 할아버지의 휠체어를 또 본다. '도와주세요.' 아무도, 자동차도, 아이들을 데리고 걷는 여자들도 아무도 휠체어 탄 할아버지를 쳐다보지 않는다.

"흰 고양이들은 잘 있나요? 우리집에 놀러 오세요. 초대합니다." 목요일 오후, 령은 절에 함께 갔던 동료에게 이메일을 보낸다. "너무 잘해줬더니 고양이들이 버릇이 없어졌어. 그래요, 소풍 가요." 동료가 답장을 보내온다.

토요일 오후, 동료가 집에 온다. 매립지의 주변 풍경에 동료도 머리를 흔든다. 령은 멸치를 넣은 무생채샐러드를 만들고 치즈와 와인을 내놓는다. 생선구이와 나물무침도 준비하고 후식으로는 초콜릿케이크와 블렌드커피도 준비한다. "십 년 만이네요. 집에 누가 온 게." 령은 머리를 질끈 동여매며 말한다. "이 아파트 정말 대단한데. 아니, 당신이 이렇게 돈이 많았어?" 령은 동료의 말에 웃는다. "아버지가 돌아가시면서." 동료는 순간 들고 있던 젓가락을 내려놓으며 두 눈을 동그랗게 뜬다. "아버지가 계셨어? 정말 부럽다. 이런 아파트까지 마련해주시다니."

밥을 먹고 두 사람은 산보를 나간다. 령은 아침마다 걷는 매립지 산책로로 동료를 안내한다. 동료는 마라톤 선수처럼 두 팔을 직각으로 들고 엉덩이에 힘을 주고 걷는다. 머리 위로 은색 전차가 지나가고 얼마 안 가 장난감처럼 작아진 채 저 혼자서 매립지의 허공으로 달아난다. 동료는 전차 꽁무니를 끝까지 쳐다본다. "당신이 살을 뺄 수 있었던 게 이 산책 덕분이군." 동료는 기분이 좋은지 말수가 많아진다.

전차 역 정거장 두 개를 지나자 흐르는 강을 볼 수 있는 다리와 만난다. 다리는 아치형으로, 다리 정중앙이 좌우보다 높게 만들어져 있다. 다리 아래로 심하게 녹슨 바지선이 지나간다. 매립지에서 나온 검은 흙을 신고 있다. 갑자기 바지선 위에 있는 남자가 다리 위를 향해 손을 흔든다. 령은 순간 깜짝 놀라 막 다리 아래로 숨어버리는 바지선을 따라 다리 건너편으로 달려간다. "차가 오잖아, 조심해!" 동료가 소리를 지르고 다행히 자동차는 지나가지 않는다. 령은 순식간에 없어져버린 바지선 위의 남자를 찾는다. 령은 순간 허리까지 오는 긴 바지장화를 입은 아버지를 본 것 같았다. "왜 그래?" 동료가 묻고 령은 동료에게 말한다. "담배, 저도 한 대만 주세요."

가스과학관의 하이라이트가 삼층 퀴즈교실에 있다는 걸 알아낸 건 령이 아니라 동료다. 두 사람은 어린애들과 그 부모들의 틈에 끼어 퀴즈교실의 맨 뒤쪽에 나란히 앉아 있다. 가스과학관에 온 사람들이 보고 듣고 학습한 내용을 축약해 퀴즈로 푸는 곳이다. 의자의 왼쪽에는 빨강불, 파랑불, 초록불, 노랑불이 차례대로 붙어 있어 퀴즈에 답을 할 때마다 하나씩 누르게 되어 있다. 령과 동료는 계속해서 퀴즈의 답을 못 맞힌다. 답이 틀릴 때마다 깔깔 웃고 다음 문제는 꼭 알아맞혀야 한다고 다짐을 하고 화이팅까지 외치고는 또 못 맞힌다. 령은 사람들이 모여앉은 맨 앞자리와 두 사람이 앉아 있는 맨 뒷자리 사이의 빈자리들을 내려다본다. 네 개의 불이 차례로 반짝거리는 비어 있는 의자들, 언젠가 저 의자에 혼자 앉아 늘 같은 퀴즈를 풀고 있을지도 모를 자신의 이름을 조용히 불러보는 것이다. '령, 퀴즈도 못 맞히

는 령!'

'도와주십시오.' 휠체어 할아버지 앞에 다가간 령과 동료는 할아버지 앞에 쪼그려앉는다. 할아버지는 졸고 있었는지 고개를 들고 눈을 뜬다. "저희가 도와드릴까요?" 할아버지는 이마의 땀을 닦고 입술에 침을 바르고 휠체어 바퀴에 힘을 준다. 그런데 할아버지의 눈이 이상하다. 파랗고 초점이 없고 아주 작다. 할아버지는 앞을 보지 못한다. "정말입니까, 정말 도와주실 겁니까? 그럼 갑시다."

휠체어를 탄 사람을 데리고 도시 한가운데로 나가는 일은 고행 중의 고행이다. 지하철을 타는 순간부터 내리는 순간까지 역무원을 부르는 버튼을 수없이 눌러야 이동이 가능하다. 령의 손에 들려 있는 지도 한 장, 동료의 손에 들려 있는 할아버지의 서류가방, 역무원들은 수고한다는 말을 끊임없이 두 사람에게 건넨다. 할아버지는 단 일 초도 서두르는 법이 없다. 역무원이 늦게 올 때는 느긋하게 머리를 기댄 채 부는 바람을 즐긴다. 그리고 빨리 올 때는 빨리 와주어 고맙다고 말한다. 수없이 많은 계단을 세상에서 가장 느린 속도로 지나 도착한 곳, 점자 도서관 정문 앞이다. "정말 감사합니다. 이제 저 혼자서 들어가지요." 할아버지가 자동문 앞에 서서 말한다.

할아버지가 점자 도서관 앞에 들어선 순간부터는 할아버지 혼자서 자료실로 갈 수 있도록 모든 동선이 엘리베이터로 연계되어 있다. 령과 동료는 무슨 잠입취재 기자들처럼 할아버지 뒤에 숨어서 커다란 자주색 문을 밀고 따라 들어간다.

널따란 책상 앞에 앉은 사람들은 모두 커다랗고 흰 점자책을 본다. 메모를 하기도 하고, 뭔가 골똘히 생각하기도 하고 창밖을 보며 어깨를 으쓱하기도 하면서. 높다란 회벽 천장 위로는 꽃 모양의 샹들리에가 있다. 고요한 가운데 령과 동료는 함께 온 사람들을 배려해 비치해놓은 잡지책을 가지고 와 마주 보고 앉는다. 그러다 잠시 후 두 사람은 누가 먼저랄 것도 없이 백과사전 코너에 꽂힌 커다란 점자책을 가지고 와 가슴 앞에 펼쳐놓는다. 그리고 저 창가 쪽에 앉은 할아버지를 따라 왼손과 오른손을 모두 동원하여 글자라고 생각되는 것의 감촉을 느끼기 시작한다. 령은 작은 목소리로 외친다. "바다다. 흰 바다."

"주말에는 재밌었는지? 흰 고양이들은 밥 굶겼다고 데모를 일으키지는 않았는지? 같이 점심 먹고 어디 좀 같이 갈 수 있어요?" 령은 월요일이 되자 저 창가 쪽 자리에 앉아 있는 동료의 뒤통수를 넘겨다보며 이메일을 보낸다. 다른 동료들은 주말에 방송된 드라마 얘기를 하고 다음주로 계획된 워크숍 장소 협의로 분주하다. 그 얘기로 분주하지도 않고 고개를 숙인 채 자신의 업무영역만을 골똘하게 내려다보고 있는 사람들이야말로 퇴직을 약속한 사람들일 거라고 령은 생각한다. 령은 녹차를 한 잔 만들어 자리로 돌아온다. 그리고 책상 앞에 산더미처럼 놓인 서류의 맨 처음 것을 들어 눈앞에 놓는다. '나는 아직 그만두지 않았어. 이 일들을 부드럽게 처리하는 것도, 산으로 끌고 올라가는 것도 나야.' 령은 미간에 힘을 준다.

"오늘은 뭘 먹지? 당신은 늘 도시락을 싸오더니 웬일이야?" 햇빛 아래에 드러난 동료의 머리칼이 너무 하얗게 세어 있다. 령은 동료에게 말한다. "염색이라도 하지, 머리가 그게 뭡니까?", "악순환이잖아. 머리를 검게 만들려고 염색을 하면 눈이 나빠지고. 제대로 쳐다보고 살려면 눈을 지켜야지." 두 사람은 줄이 길게 늘어 서 있는 국숫집 앞을 지나 도시락을 살 수 있는 슈퍼마켓으로 간다.

점심을 먹은 후 령은 동료를 데리고 도시가스 사무국 건물로 간다. 그리고 잡지를 뒤적이고 있는 동료에게 신청서 하나를 내민다. "이걸 부탁하고 싶어요, 당신한테." 주소와 이름, 그리고 휴대폰 번호를 적고 사인을 하게 되어 있는 난 아래에는 다음과 같은 글귀가 적혀 있다.

'저희 도시가스 사무국에서는 독신생활을 하는 분, 고령자분, 가족과 떨어져 사는 분들의 가스 이용 현황을 알려드립니다. 신청하시는 분께는 정기적으로 휴대폰 문자를 이용해 해당 주택의 가스 이용 현황을 실시간으로 알려드립니다. 가족들이 아무 일 없이 일상생활을 영위하고 있는지 바로 알려드립니다. 지금 신청하십시오.'

령

령은 아무것도 생각하지 않았다. 그리고 십수 년의 시간을 뛰어넘어 단숨에 J에게로 돌진해갔다. 그리고 테러리스트처럼 주머니 속에 있던 칼을 J의 가슴에 분명히 찔러넣었다고 생각했다. 그때 갑자기 어디선가 대형 폭죽이 터지는 소리가 들렸다. 사람들은 모두 놀라 폭죽이 터지는 곳으로 몸을 움직였고 령은 한 남자에게 팔목을 단단히 잡힌 채 남자의 앞에 서 있었다.

선거에 출마한 입후보자들 중 한 명이 테러를 당하게 될 거라는 소문이 온 도시에 퍼졌다. 그 소문을 령에게까지 전해준 사람은 우체국 직원이었다. 그는 집 안에 사람이 있는지 없는지 알아내는 투시력 같은 게 있는 모양이었다. 그는 남의 집 현관 앞이나 뒤쪽 화단의 감나무 옆에 서서, 흰색 롤 스크린으로 가려진 빌라들을 여러 날에 걸쳐 주시했던 경험이 매우 풍부한 사람이었다. 이제 한 번만 더 벨을 누르면 그냥 문을 열어버리겠어. 령이 막 결심한 순간 이제는 더이상 참을 수 없다는 듯 집요하고도 길게 벨이 울렸다. 령은 문을 활짝 열었고 노란 낯빛으로 이를 드러낸 채 웃고 있는 우체국 직원과 마주 섰다.

령이 우편물 수신확인 단말기에 사인을 하는 동안 우체국 직원은 목운동을 하며 두 가지 얘기를 했다. 입후보자 중 당선 가능성이 가장 높은 Q라는 사람이 테러를 당할 거라는 소문이 나서 사람들이 온종일 뉴스를 지켜보고 있다고 했다. 령은 그의 말끝에 고개를 끄덕이며 사인을 끝낸 단말기를 돌려주려고 했다. 순간 우체국 직원은 아무런 맥락도 없이, 자신은 석사학위를 소지한 정보통신부 소속의 정식 공무원이라고 말했다. 령은 이런 순간에 어떻게 대처해야 하는지를 잘 몰랐다.

우체국 직원은 령의 손 위에 지역난방공사에서 보낸 최후의 독촉장을 가만히 올려놓았다. 독촉장을 받아든 령은 석사학위를 소지한 우체국 직원을 여러 번 헛걸음하게 한 것이 무척이나 미안해져 마음에도 없는 말을 하고 말았다.

"커피 한잔 하실래요?"

순간 커피가 떨어진 건 아닌지 말하면서도 령은 몹시 불안했다. 면봉, 치실, 휴지, 손목시계 배터리, 핸드크림, 고추장, 구운 김…… 다 쓰고 없는 생활필수품이 아주 많았기 때문에 커피 역시 떨어지고 없을 가능성이 충분했다.

우체국 직원은 굳이 문 밖에 서서 기다리겠다고 했지만 령은 천성이 몹시 친절한 사람인 척, 굳이 들어오라고, 들어와도 괜찮다고 고집을 피웠다. 그리고 자신 있게 수납장 앞으로 걸어가 손을 뻗어 커피가 남아 있는지를 확인했다. 커피가 없으면 녹차나 율무차나 수납장 한 귀퉁이에 달라붙어 있는 그 무엇이라도 손에 잡히길 바랐지만 아무것도 없었다. 우체국 직원은 어느새 집 안으로 들어와 발가락양말을 신은 엄지발가락을 아래위로 포갠 채 식탁 앞에 앉아 있었다.

"죄송해요. 어쩌죠? 마침 커피가 떨어졌네요."

"아닙니다. 제가 실례가 많았습니다."

석사학위 소지자답게 우체국 직원은 깍듯하게 인사를 하고는 령의 집에서 나갔다. 우체국 직원이 나가고 한참 뒤, 그가 오기 전과는 다른 기운이 느껴져 령은 집 안 한가운데 멀뚱히 서 있었다. 그리고 령은 드디어 찾아냈다. 그것은 우체국 직원의 매우 독특한 발냄새였다. 발냄새는 그의 인상과 전혀 다르게, 령의 고요한 집 안을 헤집어놓고도 남을 만큼 지독하고 강렬했다.

찢어진 선거홍보용 포스터 조각이 지하철역 앞 하수구 덮개에 필사적으로 붙어 떨어질 줄을 몰랐다. 한겨울임에도 도시의 겨울은 봄보다 더한 황사에 시달렸다. 도심의 교차로에 매달린 오존경보기의 숫자도 달려드는 황사의 이동을 수치로 반영하지 못했다. 신호등의 색깔 세 개가 모두 다 회색 먼지로 가려져, 교통신호조차도 제 색깔로 표현하지 못했다. 우리 정부는 중국 정부를 향해 황사의 대책을 요구하는 항의서한을 줄기차게 보냈지만 그들은 계속해서 서한을 받지 못했다고만 대답했다.

령의 휴대폰은 사용이 중지된 지 한 달이 넘었다. 처음엔 좀 불편했지만 길거리 어디에나 공중전화가 있어서 아무런 문제가 없었다. 지하철역으로 내려가 공중전화를 걸었다. 여섯시 퇴근 시간이 가까웠는데 지역난방공사 직원들은 퇴근하지 않고 전화를 받았다. 령이 전화를 건 이유는 분명했다. 왜 유독 지난달 가스비만 그렇게 많이 나왔는지 계산 근거를 알고 싶었다.

말이 채 끝나기도 전에 이 사람에서 저 사람으로 전화가 마구 넘어갔다. 령은 그 잠깐 사이 담당자가 자리에 없었으면 좋겠다고 생각했다. 전화가 이리저리로 넘어가자 령은 참을 수 없이 화가 치밀어올랐다. 그들이 간식으로 사온 떡볶이를 먹고 있는 중일지도 모른다는 생각이 들자 령은 거의 미칠 것 같았다. 심지어 일 분 정도나 〈엘리제를 위하여〉를 억지로 들으며 상대방이 안정적으로 전화를 받을 때까지 기다려야 했다.

령은 또박또박 주소를 말해준 뒤 고지서에 찍힌 수용자번호까지 더불어 알려주었다. "연체중이시네요, 고객님! 언제까지 입금하시겠어요?" 상대방이 그렇게 물었고 령은 좀 긴장한 탓에 바들바들 이를 떨었다. 그러면서도 갑자기 은행입금이고 뭐고 다 귀찮아졌다. 령은 왼손 주먹을 꼭 쥐고 말했다. "그냥, 가스를 끊어버려요!"

약속장소 근처 약국에 들어간 령은 손톱 크기의 플라스틱 캐릭터가 붙어 있는 마스크를 사고 비타민이 든 드링크를 덤으로 받았다. 목이 타서 마시고도 싶었지만 그냥 손에 든 채 약국을 나왔다.

J는 MP3를 목에 건 채 하늘 한가운데 높이 떠 있는 달을 올려다보고 서 있었다. 달을 쳐다보는 건, 십수 년 만에 만나는 사람을 기다리는 순간의 매너로 썩 괜찮다는 생각이 들었다. 그러나 그 순간 실제 달은 보이지 않았다. 령은 혹시나 늦게 되면 J가 휴대폰으로 전화를 걸지도 모른다는 생각에 몹시 불안했다. 그

래서 약속시간에 늦지 않으려고 최선의 노력을 했다. J는 눈빛과 얼굴 모양, 심지어 목소리도 옛날 그대로였다. 두 사람은 갑자기 욕을 해댔기 시작했다.

"미친 새끼. 잘 있었냐?"

정말 얼마 만에 해보는 욕인지 감개무량한 얼굴이 된 령은 J의 입에서 바로 쏟아져나오는 욕을 듣자 너무 신이 났다.

"에이 쌍년, 잘 지냈어? 엉덩이 큰 건 여전하네."

둘은 도심 한가운데 있는 인공 스케이트장 앞을 지나갔다. 스케이트장을 감싼 작은 전구들의 왕국은 밤이면 이곳을 비추는 루체비스타였다. 새로 뚫은 하천에도, 백화점에도, 광장에도 모두 다 이탈리아에서 수입한 조명장식이 설치되었다. 이탈리아에서 온 조명 전문가들이라는 남자들이 특수차에 붙은 사다리에 올라가 여러 날 공사를 했다. 근육질에, 곱슬머리인 이탈리아 남자들은 겉보기에도 조명예술가들 같았다. 루체비스타가 유행하면서, 수강생이 없어 막 문을 닫으려던 이탈리아어 학원들이 갑자기 늘어난 수강생들로 인해 즐거워한다는 소식이 들리기도 했다.

백 개의 방이 있는 장중한 성곽들, 수십 마리의 말이 끄는 수레가 허공에 재현되었다. 도시의 밤 풍경은 어디나 루체비스타 일색이었고, 사람들은 허공에 새겨진 빛의 풍경을 보느라 추운 줄도 모르고 도시를 배회했다.

두 사람은 발표문을 만드느라 도서관에서 많은 시간을 함께 보낸 친구 사이였다. 수업시간에 늘 한 조가 되어 발표를 하고 책을 읽었기 때문에 졸업을 하고 나서도 서로의 인생에 굉장한 영향을 주고받을 거라고 짐작했다. 그런데 둘은 졸업과 동시에 자연스럽게 멀어졌다. J는 항상 령의 엉덩이에만 집착했고 령은 항상 J의 작문실력에만 집착했다. 서로 그 이상은 보려고 하지 않았다. J는 길을 걸어가다가 불시에 령의 엉덩이를 꼬집고는, 메리 크리스마스라고 말했다. 또 여러 사람이 있는 자리에서 갑자기 령의 엉덩이 생김새에 대한 전체적인 소감을 늘어놓았다. 그래서 사람들은 둘이 사귄다고 생각했다. 그러나 그 이상의 일들은 그때도 지금도 일어나지 않았다.

"넌 무슨 일 해?"

닭튀김을 먹으며 얘기하는 동안 J는 손목시계를 찬 왼손을 계속 흔들었다.

"서비스업."

"그 작문실력은 어쩌고?"

"'총각네 과일가게'에 취직했다가 게으르다고 잘렸어. 그게 직장경력 다야."

J는 물 종류를 좋아하는 습관이 여전해서 셀 수도 없이 많은 잔의 맥주를 마시면서도 좀처럼 화장실에 가지 않았다. 둘은 세상 돌아가는 얘기는 하나도 하지 않았다. 그리고 아무것도 변한 것이 없다는 듯이 대학 시절 령의 엉덩이에 대한 얘기만 했다. 한참 떠들고 처음부터 했던 얘기를 고스란히 반복하고, 술집의

모든 손님들이 거의 다 나가고, 종업원들이 빗자루를 들고 왔다갔다할 때까지 둘은 시시껄렁한 얘기만 했다. 령은 그때까지만 해도 멀쩡했다.

화장실은 빌딩 지하에 있는 맥줏집 뒷문으로 나가 오른편으로 돈 뒤 거기서 다시 왼쪽으로 가야 했다. 갑자기 길이 끊긴 것처럼 보였지만 숨어 있는 오른편 복도 쪽으로 다시 돌게 되어 있었다. 령은 어렵게 화장실을 찾아 들어갔다. 어떤 여자애가 휴대폰 문자를 찍으며 소변을 보다가 문이 벌컥 열리자 꺅, 소리를 질렀다. 그런데 정말 엉덩이 큰 여자는 바로 그 변기 위에 있었다. 변기 뚜껑과 엉덩이 뒤가 밀착된 것은 물론, 무릎 위 허벅지살이 변기 한쪽 측면을 덮고도 남았다. 령은 순간 손가락으로 여자애를 가리키며 말했다. "나 오늘 가스를 끊었어!" 여자애는 한쪽 손으로 거칠게 문을 닫으며 재수 없다고 소리를 질러댔다.

령은 쉽게 끊어지지 않는 오줌 소리를 들으며 변기 위에 앉은 채 꾸벅꾸벅 졸았다. 그리고 왜 그렇게 천장과 복도가 동그랗게 뒤섞여 뱅글뱅글 도는지 이해할 수 없어 고개를 흔들었다. 령은 복도로 나왔다. 그런데 웬일인지 령의 눈에는 맥줏집 출입문이 절대로 나타나주지 않는 것이었다. 키가 큰 여자애들이 공주처럼 차려입고 화장실로 몰려들어왔다. 여자애들의 웃음소리까지는 기억이 났지만 그 이상은 기억나지 않았다.

사람들은 아침 출근길이면 뉴스 전광판을 올려다보며 괜히 마음이 상한 듯 고개를 가로저었다. 그리고 길에서 만난 동료와 어깨를 나란히 한 채 걸으며 물었다. 밤새 무슨 일 없었지? 도대체 테러는 왜 안 일어나는 거야? 아침에도 신호등은 온통 회색에 가려 잘 보이지 않았다. 넓은 도로는 자동차로 빼곡했고 껌처럼 차도에 납작하게 눌러붙어 죽은 강아지 따위는 아무도 발견하지 못했다.

령은 어젯밤 J와 함께 지나갔던 스케이트장 앞에 섰다. 스케이트장 가드에 두 팔을 얹고 서 있던 령은 반짝거림도 미세한 균열도 없이 불투명하고 투박한 인공 얼음을 쳐다봤다. 그럴 수만 있다면 스케이트장 한복판으로 걸어나가고 싶었다. 그때, 이런 아침에, 어디선가 재즈 음악이 들려왔다. 신호대기선의 자동차 행렬 중 어딘가에서 나는 소리였다.

신호가 바뀌길 기다리는 동안 말쑥하게 차려입은 남자들이 자꾸만 령을 쳐다봤다. 심지어 어떤 사람은 신나게 걸어가다가 뒤로 돌아서서 쳐다보기까지 했다. 그러나 령은 자신에게 생긴 일들을 전혀 알아채지 못했다. 알았다면 령은 택시를 탔을 것이다. 더러워진 옷을 그대로 입은 채 버스로 도심을 통과해 강을 건너 집으로 갈 생각 따위는 하지 않았을 것이다. 버스가 다리 위를 지나갈 때 령은 강렬한 아침햇볕 때문에 선글라스를 쓸 수밖에 없었다. 무슨 영화배우라도 된 것처럼 령은 갑자기 선글라스를 벗어 한 손에 든 채 연극대사 같은 말들을 중얼거리기 시작했다. 나 오늘 가스를 끊었어!

령은 입고 나갔던 가죽점퍼를 벗어 손에 들고는 한숨을 쉬었다. 옷을 구석구석 살펴보고 나서야 횡단보도에서, 길에서 사람들이 왜 그토록 쳐다봤는지 알 것 같았다. 회색과 흰색, 붉은색과 갈색 자국들이 가죽옷을 모조리 망쳐버렸다. 가죽 위로 선명한 빗금이 가 있기도 하고 군데군데 원단 자체가 파이기도 했다. 령은 만만하게 입고 다닐 수 있었던 겨울옷 한 벌이 도무지 수선이 불가능한 상태라는 걸 인정해야만 했다. 령은 욕조에 물을 받았다. 그리고 어제 입었던 옷들을 모두 욕조 안에 던져넣고는 소독약처럼 세제를 듬뿍 뿌렸다.

몸의 어느 곳이 아픈지, 무슨 일이 있었는지 도무지 알 수가 없었다. 령은 벗은 채로 집 안을 돌아다니며 물을 마셨다. 고관절이 약간 땅기고 하체에 파란 멍이 몇 개 든 것 외에 특별한 외상은 보이지 않았다. 령은 다시 물을 마시고 속옷을 입은 뒤 침대에 누웠다. 친구들과 술을 마시고 들어오면 언제 그랬는지도 모르게 몸 어딘가에 조금씩 멍이 들어 있던 시절이 있었다. 그러나 지금은 그때와는 달랐다. 그런데도 느긋하게 령은 그냥 자고만 싶었고 자고 나면 모든 것들이 다 수면 위로 떠오를 것이라고 믿었다.

창밖은 어두웠고 미세먼지들이 고층 빌딩들을 삼켜버렸다. 령은 사라진 빌딩들 꼭대기를 꽉 끌어안고 있다가 부서질 듯 흔들리며 요동치는 순간이면 잠에서 깨어났다. 그리고 한밤중인 창밖을 살피기 위해 창을 열고 밖을 내다봤다. 비가 오는 소리였는데, 분명 비가 내리는 소리였는데 창밖 공기는 여전히 건조하고 빽빽한 상태로 웅웅거렸다. 살이 오동통하게 오른 검은 고양이 두 마리가 빌라 앞으로 지나갔다. 령은 무심코 보일러 스위치를 가동하려고 했다. 순간 령은 몹시 자존심이 상했다.

령은 거실 한쪽에 벗어둔 외투를 집어들다가 현기증을 느꼈다. 그럼에도 모자를 쓰고, 벙어리장갑을 들고 밖으로 막 나가려고 했다. 그때 갑자기 공기청정기가 저 혼자서 센서등을 반짝이며 돌아가기 시작했다.

나가지 마세요, 언니.

공기청정기가 때로 말을 하기도 한다고 령은 믿었다. 이제 전기마저 끊긴다면, 공기청정기와도 대화를 할 수 없게 된다는 한심한 생각이 들었다. 령은 거실 창 앞에 서서 불투명한 유리창을 그냥 쳐다봤다. 그러다 장난기가 발동해 공기청정기를 골려주고 싶어졌다. 령은 서랍에서 매니큐어를 꺼내 공기청정기 흡입구 앞에 앉아 손톱에 바르기 시작했다. 흡입구가 요동치며 저절로 강렬하게 움직였다. 그제야 령은 욕조를 떠올렸다.

기포로 가득 찬 욕조 표면은 천천히 모양이 바뀌는 화려한 물무늬 천지였다. 그리고 언뜻언뜻 보이는 낙엽 조각 같은 것들, 과자 부스러기 같은 것들, 종잇조각과 같은 것들이 물에 불어 수면 위에 떠 있었다.

령은 지난밤에 어디에 있었는지, 흘러내린 커튼 조각이나 침대 모서리나 희미한 창밖 풍경조차도 전혀 기억나지 않았다. 갑자기 추위를 느낀 령은 가스 스위치를 또 한번 올렸다. 그러나 역시 공무원들의 일처리는 정확했고 순간 령은 머릿속이 시원해져서 환호성이라도 지르고 싶은 걸 참았다.

령은 앞집에 사는 할머니 집의 문을 두드렸다. 령이 할머니에 대해 알고 있는 것이라고는 출생시기가 1920년대라는 것뿐이었다. 할머니는 겨울이 한 번씩 지날 때마다 몸의 부피가 한 주먹씩 작아졌다. 그러나 세기가 바뀌면서 할머니의 몸피는 더이상 작아지지도 커지지도 않았다. 몇 년 전만 해도 할머니의 머리카락은 백발이었다. 그런데 작년부터 할머니의 머리카락은 검정색으로 다시 나기 시작했다.

오래전에 지은 삼층 빌라의 맨 꼭대기층에 사는 령과 할머니는 다른 세대들이 모두 새 아파트를 분양받아 이사를 가고, 식구가 늘어나 더 큰 집을 얻어 빌라를 떠나도 절대로 집을 옮길 생각을 안 했다.

할머니는 입 안에 든 것이 아무것도 없어도 늘 소처럼 입술을 움직이며 귀엽게 입을 열었다.

"밖에 나가거든 소주 한 병 사와. 꼭 됫병으로 사와."

할머니는 구멍 난 부분을 조각조각 이어붙인 양말을 신고 있었다. 걸음을 걸을 때마다 다리가 질질 끌리고 앞으로 나가는 것 같아도 자꾸만 옆으로 걷고 있었다. 할머니는 어렵사리 냉장고 문을 열고는 검은 비닐봉지를 꺼내 령의 손에 쥐여주었다.

"밤마다 너, 바깥에 나다니는 거 내가 다 알아. 요 귀신 같은 년."

할머니가 내민 말린 밤 색깔이 노랗다 못해 갈색이었다. 령은 밤 한 개를 입속에 넣고 씹었다.

"할머니, 이거 썩었잖아. 이런 건 더이상 먹지 마."

할머니는 텔레비전을 켜고 밤 봉지를 꼭 쥔 채 텔레비전 앞에 앉았다. 입후보자들은 미디어를 의식해서인지 가슴을 내밀고 고개를 치켜든 채 도시의 이곳저곳을 찾아다니고 있었다. "테러 따위는 두렵지 않습니다." 모두들 겁나는 게 없어 보이는 얼굴로 벙긋벙긋 웃고 있었다.

령은 대로변까지 한달음에 걸어내려갔다. 빨강색 '빈 차' 등을 켠 택시들이 일렬로 늘어서 있었다. 술에 취한 남자들이 커다란 가방을 십자가처럼 어깨에 멘 채 걸어갈 방향을 정하지 못하고 갈지자로 걷고 있었다. 고속도로로 이어지는 인터체인지 쪽은 황사가 훨씬 심해 보였다. 마치 역류한 바다가 육지를 향해 삽시간에 떠밀려오는 것 같았다. 령은 슈퍼마켓에 들어가 이 리터짜리 소주와 팔각성냥 한 통을 샀다.

할머니는 늦은 여름, 설탕에 재어둔 매실을 꺼냈다. 파랗고 딱딱하던 매실이 노랗게 물이 빠져 흐물흐물하게 녹아 있었다. 할머니는 매실 위에 소주를 붓고 비닐로 입구를 막았다. 그리고 대견하다는 듯 매실병을 내려다봤다.

"봄이 오기 전에는 절대로 뚜껑을 열지 마."

할머니가 령에게 다짐하듯 말했다.

"그걸 왜 나한테 얘기해, 할머니? 그리고 그걸 누가 먹는다고?"

령은 퉁명스럽게 대답하며 부엌의 수납장 문을 열었고 순간 검고 통통한 바퀴벌레들이 화들짝 놀라 도망쳤다. 할머니는 혼자서 중얼거렸다.

"이 좋은 걸, 내가 먹지 누가 먹냐."

샤워커튼을 열자, 오랫동안 청소를 하지 않은 한적한 별장의 수영장처럼 자잘한 쓰레기로 뒤덮인 욕조가 드러났다. 령은 기다란 막대기를 찾아와 죽은 악어처럼 욕조 아래에 가라앉아 있는 가죽옷을 휘저었다. 작은 메모지 혹은 영수증 같은 것들이라도 있을지 모른다는 생각에 령은 자꾸만 죽은 악어를 건드려보았다. 그러나 이미 너무 늦었다.

J는 전화를 받지 않았다. 령은 동네에 있는 공중전화기를 다 찾아다니며 J에게 전화를 걸었다. J의 휴대폰 컬러링이 두 번이나 바뀌고 공중전화기 몇 대는 울분을 참지 못한 령의 조치로 우습게도 고장이 났다. 노란 동전들을 토해내는 전화기 숫자들이 늘어나서 나중에는 멀쩡한 전화기가 몇 대 남지 않았다.

령은 J가 술잔에 약을 탔을 거라고 확신했다. 약을 먹고 실신한 여자를 눕혀놓고 두 다리를 마음껏 벌렸다가, 또 온몸을 이리 굴리고 저리 굴리고 저 하고 싶은 짓을 마음대로 했을 거라고 생각했다. 그러나 령은 자신의 몸이 J가 자유자재로 다룰 수 있을 만큼 가볍지도, 부피가 작지도 않다는 걸 너무나 잘 알았다. 령은 또다른 사람이 개입되었을지도 모른다는 생각도 했다. 조금씩 늙어가고 있는 여자의 몸을, 그것도 불빛이 환한 곳에서 봤다면 무슨 생각을 했을까? 령은 혼자서 까르르 웃다가, 또 화를 내다가 머리채를 흔들었다. 약을 탔다는 가정은 아무래도 엉뚱했다.

작은 빌라들 앞에 세워둔 자동차들의 타이어가 죄다 터져버리는 일이 일어났다. 경찰차가 달려오고 사진을 찍고 부부들이 싸우고 동네가 아수라장이 되었다. 앞집 할머니가 령의 집으로 왔다. 할머니는 발끝을 들고 창밖을 내다보며 낄낄거리고 웃었다.

"모처럼 사람 사는 동네 같구만. 시끌벅적해서 좋다."

할머니는 조용히 집 안을 둘러보더니 하필이면 비좁은 거실 한쪽 귀퉁이에 누우려고 했다.

"할머니, 거기 추워. 우리집은 추우니까 할머니 집으로 가."

할머니는 옆으로 비스듬히 누워 꼼짝을 안 했고 령도 할머니 옆에 앉았다. 아침햇살이 비춰들고 있어서 빰이 따뜻해져 왔다. 가스가 끊어진 뒤로 아침햇살이 파고드는 이 시간이 제일 좋았다. 터진 타이어들은 더이상 달리지 못했고 창밖에서는 이제 아무런 소음도 들려오지 않았다.

빌라에서 대로로 나가는 길모퉁이의 전파상이 보이지 않았다.

아직 간판이 붙어 있는 텅 빈 전파상 안에서 베레모를 쓴 남자가 플라스틱 빗자루를 들고 거미줄을 떼어내고 있었다. 령은 전파상 옆의 비디오가게 앞에서 멈춰 섰다. 비디오가게는 여전히 비어 있었다. 령은 도망친 비디오가게 주인 남자를 이 세상에서 제일 싫어했다. 그는 비디오 일곱 편을 빌려보는 선금으로 만 원씩을 받았다. 그리고 사람들에게 잔금을 돌려주지도 않고 어느 날 가게를 비운 채 사라져버렸다. 령은 어느 날 한밤중에 텅 빈 비디오가게를 향해 돌멩이를 집어던졌다. 그래도 분이 안 풀려서 며칠 후 깨진 유리창 안으로 편지를 던져넣기까지 했다. 그건 언젠가 령이 봤던 어느 영화에서 배운 짓이었다. 비디오가게 주인은 끝내 나타나지 않았다.

미세먼지가 어느 정도 씻겨내려갈 만큼 많은 비가 내린 날 오후, 빌라에서 채 백 미터도 떨어지지 않은 개인주택에 화재가 났다. 습기를 먹은 연기가 끈질기게 피어올랐고 낮에 빈 집을 지키고 있던 여자가 질식사한 채 구급차에 실려나갔다.

"너 어젯밤에 어디 갔었니?"

할머니가 입술을 실룩거리며 령에게 물었다. 령이 할머니의 머리칼에 붙어 있는 이를 잡아 흰 종이 위에 올려놓으면 할머니가 손톱으로 눌러 죽였다.

"21세기에 이가 있다니. 할머니 때문에 나도 머릿속이 근질거려요. 제발 머리 좀 잘 감아. 아님 자식들한테 얘기해서 양로원으로 가든지."

"미쳤니, 그런 델 가게. 천국을 놔두고."

"양로원에서는 샤워도 기계로 시켜준다네. 할머니를 뜰채에 담아서 기계가 찬물에 한 번, 더운물에 한 번, 왔다 갔다 몸 건조에 드라이까지 다 해준대."

할머니는 길게 푼 머리카락을 흔들며 중얼거렸다.

"나는 이년아, 내 발로 걸어다니며, 혼자 살겠다. 야옹! 너희 젊은 것들만 살면 세상이 더 좋아질 것 같으냐? 어쩌면 늙은 것들만 사는 세상이 더 조용할걸."

령은 할머니가 떠드느라 주위가 산만해진 순간 할머니 옷장에 손을 넣어 돈을 꺼냈다.

모퉁이의 전파상 자리는 새로운 아크릴 간판을 매달고 있었다. 혁명연구소. 령은 '현' 자를 '혁' 자로 잘못 본 줄 알았는데 아니었다. 정말이지 '혁명연구소' 였다. 령은 이런 동네에 둥지를 튼 연구소의 앞날이 무척 걱정스러워져서 저절로 가슴을 때렸다.

"요즘 애들이 머리에 이가 많다고 하더라고요. 우선 한번 전체적으로 바르시고요. 애들이 몇이세요?"

약사는 친절하게도 약을 머리칼에 바르는 방법까지 설명을 해주었다. 령이 집에 도착해 발견한 것은 못 쓰는 종이며 쓰레기를 내놓은 계단 바로 위에 놓인 맥스웰 커피믹스 한 통이었다. 령은 커피를 들어 코끝에 갖다댔다. 유통기한도 많이 남아 있고 공장에서 나온 지 얼마 안 된 싱싱한 커피믹스였다. 그러나 령은 금세 우체국 직원의 발냄새를 떠올리고는 건널 수 없는 강이라는 생각이 들어 고개를 저었다.

"할머니, 도대체 이러실 수가 있어요? 어떻게 우리 애들을 할머니 집에 끌어들여 음식이며 뭐며 다 가져오라고 할 수가 있죠? 할머니 자식들 전화번호 대세요. 어디 남의 귀한 애들을 데려다 설거지를 시켜요, 설거지를. 도저히 묵과할 수 없는 일이랍니다."

빌라 밑에 폐차 직전인 커다란 포텐샤 승용차가 서 있었다. 초등학생 여자애들 두 명이 고개를 숙인 채 입을 내밀고 있었고 애들 엄마는 연신 입술을 오물거리는 할머니를 향해 삿대질을 해댔다.

"애들이 어디서 이가 옮았나 했더니, 도대체 이 할머니가. 할머니, 정신이 있어요, 없어요?"

"엄마…… 제발 그만 해."

아이들이 여자의 코트 깃을 잡으며 징징거렸다.

"무슨 일인데 저 할머니를 개 잡듯 몰아치십니까?"

커피믹스를 들고 막 들어가려는 령의 눈빛이며 몸짓이 순간 여자를 불편하게 만들었다. 령과 여자는 곧 엉켜붙어 싸울 듯 서로를 노려봤다.

"엄마, 동네 사람들 만나는 숙제가 있어서 할머니를 만났다니까. 우리가 할머니한테 재밌는 얘기 해달라고 한 거야. 우린 그냥 할머니 집에 와서 얘기 듣고 그랬어. 할머니가 불쌍해서 고구마 몇 번 갖다드린 거 말고는 없다니까. 엄마 진짜 창피하게."

한 애가 고개를 숙이고 울었다.

"아니, 도대체 너네 학교의 어떤 선생 자식이 그런 시대에 뒤떨어진 숙제를 내준다니? 그리고 애들아, 먹을 게 없긴 우리도 마찬가지야. 요즘 애들이 좀 많이 먹니? 그리구 도대체 이 할머니가 너네들한테 해줄 얘기가 뭔데? 들을 얘기가 뭐가 있냐구?"

그래도 아이들은 움직이지 않았다. 여자는 식식거리며 알아들을 수 없는 말들을 중얼거리다가 휙 돌아서서 계단을 내려갔다. 아이들은 할머니에게 빠이빠이, 손을 흔들며 여자를 따라갔다.

해질 무렵, 령은 할머니 머리에 이를 죽이는 약을 발라주었다. 할머니는 약이 독하다며 자꾸 눈을 감더니 결국은 졸기 시작했다. 령은 아이들이 할머니에게 이를 옮긴 게 분명하다고 생각했다. 얼마나 재미있게 몸을 부비고 놀았으면 머릿니가 옮을까. 령은 질투가 났다.

약을 바른 지 십 분이 지났다. 작은 의자를 욕조 앞에 놓고 할머니를 앉게 했다. 욕조 턱에 수건을 대고 할머니 머리를 뒤로 젖힌 채 머리를 감겼다. 할머니 얼굴의 검버섯이 고스란히 다 드러났다. 령은 미용실놀이라도 하지 않으면 이 순간을 넘기기가 매우 어렵다고 판단했다.

"자, 우리 예쁜 할머니 머리를 어떻게 해드릴까요?"

기절한 듯 목을 욕조 턱에 걸친 채 움직이지 않던 할머니가 입을 열었다.

"처녀처럼 해주오."

령은 할머니의 머리를 감긴 물이 욕조 배수구로 시원하게 빠져나가는 소리를 들으며 자기 집 욕조 물을 빼버리고야 말겠다고 결심했다.

선거 전날 밤, 도심 한가운데서 선거를 앞두고 벌어지는 마지막 대규모 연설회가 열렸다. 시민들은 목도리와 장갑으로 무장한 아이들을 앞세우고 도시의 명물이 된 인공 개천 위 광장으로 모여들었다. 방송국 카메라와 경비업체 사람들이 몰려오고 쥐포와 오징어 장수, 외국인 관광객들까지 모두 광장으로 모여들었다.

개천을 중심으로 양옆에 세운 거대한 루체비스타 장식물 앞에서 모두들 카메라를 들이대고 기념사진을 찍었다. 겉으로 보기엔 축제가 분명했다. 그러나 시민들은 선거 직전 날 밤이 될 때까지 아무 일도 일어나지 않은 것에 대해서 참을 수 없어했다. 그리고 자신들이 보는 앞에서 무슨 일이 일어나기만을 고대했다.

가수들이 나와 입김을 뿜어내며 노래를 불렀다. 시민들은 박수를 치며 소리를 질러댔다. 비보이 뺨치는 춤꾼들이 나와 무대를 흔들어놓았다. 귀를 때리는 음악이 영하의 날씨를 녹일 기세였다.

그때 령은 새떼처럼 꽉 몰려든 사람들 틈에서 MP3를 목에 건 J의 옆모습을 발견했다. J에게로 다가가기 위해 몸을 트는 사이 가장 당선 가능성이 높은 두 사람의 후보가 앞으로 걸어나와 브이자를 그리며 정정당당한 대결을 다짐했다. 광장을 둘러싼 경찰들은 모두 총을 들고 있었고 후보 중 한 사람은 연설을 하면서 왼쪽 가슴을 자꾸만 쓸어내렸다.

후보자들의 연설이 끝나고 텔레비전에 자주 나오는 한 여자 아나운서가 두 후보에게 질문을 하기 위해 계단을 올라오고 있었다. 아나운서의 얼굴을 보려는 사람들 때문에 령의 움직임은 순간 잠시 둔해졌다. 계단을 다 올라선 아나운서가 순간 미끄러져 넘어졌다. 아나운서의 얼굴이 잠깐 구겨졌지만 그건 그냥 높은 구두 굽 때문에 생긴 일이었다.

령은 J의 옆으로 조금씩 더 다가갔다. 이제 다섯 사람 정도만 지나면 닿을 수 있는 거리였다. 령은 아무것도 생각하지 않았다. 그리고 십수 년의 시간을 뛰어넘어 단숨에 J에게로 돌진해 갔다. 그리고 테러리스트처럼 주머니 속에 있던 칼을 J의 가슴에 분명히 찔러넣었다고 생각했다. 그때 갑자기 어디선가 대형 폭죽이 터지는 소리가 들렸다. 사람들은 모두 놀라 폭죽이 터지는 곳으로 몸을 움직였고 령은 한 남자에게 팔목을 단단히 잡힌 채 남자의 앞에 서 있었다. 칼은 쉽게 길바닥으로 떨어져 버렸다.

"돌았군."

남자는 령에게 한마디 하고는 비명을 질러대는 여자들 틈으로 사라졌다. 그 사람은 J가 아니었는데 령에게는 분명 J였다. 다시 사람들이 몰려들었다. 한 후보의 지지자들 몇 명이 갑자기 노래를 부르며 환호하기 시작했다. 그때 개천 옆 호텔 테라스에서 뭔가 와장창 떨어져내렸다. 사람들은 "폭탄이다" 소리를 지르며 광장에서 뛰어나가기 시작했다. 루체비스타 아래 잔뜩 모여 있던 사람들은 조금의 소동도 없이 정말이지 너무나 안전하게 광장을 빠져나갔다. 경비업체 사람들의 민첩한 대응으로 이미 후보들은 피신을 마친 뒤였다.

루체비스타 혼자서 이국적인 색감으로 반짝거렸다. 땅바닥에 떨어진 카메라 잔해를 중심으로 외국인 두 명과 한국인 한 명이 둘러서 있었다. 테라스에서 사진을 찍던 사람들 중 한 사람의 삼각대가 추위에 나동그라져 부러진 것이었다. 카메라맨은 부러진 삼각대 다리를 손으로 들고 호호 입김을 불어넣었다.

령은 개천 산책로를 따라 걸었다. 수면과 보도의 높이가 같아 거의 물에 떠 있는 기분이었다. 반짝이는 빛이 개천 위로도 흘러갔다. 사람들이 흩어지고 없는 광장 주변으로 다시 자동차가 다니기 시작했다. 령은 교복을 입은 학생들 둘이서 키스에 열중하고 있는 모습을 오래 바라보았다. 기분이 몹시 이상해졌다.

령은 사람들이 보이지 않는 곳까지 걸어내려갔다. 개천은 이어졌지만 더이상 루체비스타의 불빛은 보이지 않았다. 그런 걸로 도시를 다 감쌀 수는 없었다. 령은 쪼그리고 앉아 가만히 물속을 들여다보았다. 그리고 자리에서 일어나 바지를 내리고 솨솨, 소리를 내며 한참 동안 개천을 향해 오줌을 누었다.

두 시간 후, 령은 집으로 돌아갔다. 어두운 대문 앞에는 어느새 또 싱싱한 커피믹스 한 상자가 놓여 있었고 그 위에 노란색 포스트잇 한 장이 붙어 있었다. 현관문은 걸려 있지 않았다. 현관문을 걸고 나오지 않는 날이 점점 많아졌다.

가스는 들어오지 않았지만 거리의 냉기와 집 안의 냉기는 냄새가 달랐다. 전기는 아직 싱싱해서 티딕, 소리를 내며 불이 들어왔다. '주민 여러분께 인사드립니다. 보다 나은 세상을 만들어가기 위한 앞선 기획. 개원 혁명연구소 소장 피터 강 드림.' 령은 포스트잇에 인쇄된 글자를 보고 깔깔깔 소리내어 웃었다.

따뜻한 볕이 들어오는 거실 앞마루에 누워 자고 있는 할머니가 보였다. 그러나 지금은 분명 밤이었다. 령은 할머니의 몸을 금세 만지지 못했다. 그리고 자기의 숨소리를 낮춘 채 할머니에게서 들려오는 숨소리를 들으려고 애썼다. 조금씩 할머니의 숨소리가 들려왔다. 령은 가방을 뒤졌다. 약국에서 받은 드링크 한 병이 가방 속에 그대로 들어 있었다. 령은 그걸 꺼내 할머니 옆에 가만히 내려놓았다. 령은 할머니가 숨을 쉬는 것만으로도 모든 것이 제대로 돌아가고 있는 증거라고 믿었다. 령은 그제야 할머니의 마른 엉덩이를 찰싹 때리며 말했다.

"할머니, 제발 할머니 집으로 좀 가줘. 여긴 우리집이야."

지난해의 요란한 폭우로 천변의 물길은 또 달라졌다. 폭우가 한 번씩 지나갈 때마다 물길이 바뀌고 천변의 지형이 변했다. 건조한 날씨가 계속되고 있어서 아무도 또 폭우가 닥쳐올 거라고는 생각하지 않았다. 이상한 기류 따위는 눈치챌 수 없는 날들이 이어졌다. 나는 왠지 늘 그랬다. 다른 사람도 다 아는, 내일 바로 닥쳐올 일을 혼자만 몰랐다.

천변에 눕다

그 무렵 엄마는 늙은 호박처럼 미어터질 듯 살이 불거진 허리에 손을 얹고 성경 구절을 암송하며 해질 무렵의 천변을 걸었다. “너희는 헬라인이나 유대인이나 종이나 자유인이나 여자나 남자나……” 엄마는 유대인보다 헬라인을 먼저 말하거나, 남자보다 여자를 먼저 말했다. 그리고 순서가 뒤바뀐 것을 알아차릴 때마다 숱이 한 줌도 안 되는 긴 머리칼을 잡아 배배 말아 꼬며 배를 출렁거리고 웃었다.

폭이 백여 미터 정도 되는 천변은 운동화를 신고 뛰거나 자전거를 탄 사람들로 붐볐다. 날씨가 좋은 날은 앞뒤 사람이 다닥다닥 붙어서서 걸어야 하는데도 불구하고 사람들은 천변으로 모여들었다. 이십육 년 동안 천변에서 살았지만 왜 하필 천변에 와서 살게 되었는지 그 이유는 들은 적이 없다. 나는 태어나면서부터 줄곧 이곳에서 살았고 이곳에서 죽었다.

개천 양쪽에 일렬로 서 있는 집들은 복잡하게 얽힌 전기선과 거미줄을 겹겹이 매단 채 천변과 고층 아파트들 사이에 벨트처럼 떠 있었다. 그나마 대낮에는 일렬로 주차해놓은 차들에 가려 건너편 둑 위의 집들은 보이지 않았다. 낮은 담장 너머로 빨래집게로 꼭꼭 집어 널어놓은 속바지와 러닝셔츠들이 보였고 지붕 뒤로는 새로 들어선 고층 아파트의 맨 꼭대기층이 보였다. 할머니들은 마당이 경사진 오래된 여인숙 마당에 앉아 입에 담배를 물고 붉은 고추를 다듬었다.

대문에 '월세방 있음' 팻말을 매단 여관은 긴 복도 양편에 늘어선 빈 방들을 보여주기 위해 하루 종일 대문을 열어두었다. 비좁은 둑방길 모퉁이와 집 앞 골목 입구에는 누가 그랬는지 예쁘고 작은 꽃들을 심어놓았다. 줄이 죽죽 간 담벼락은 자연스럽게 자리잡은 곰팡이들의 숙주가 된 지 오래였다. 아이들은 하루 종일 담벼락 아래 모여앉아 놀았다.

그 둑방길의 중간에 망사 창문을 단 우리집이 있다. 아버지가 살아 있을 때는 가끔 수리도 하고 칠도 했지만 지금은 적나라한 맨얼굴로 남아 있는 우리집. 창틀에 올려놓은 맥스웰 커피병과 카네이션이 그려진 커피 크림병, 그보다 작은 후추병이 나란히 서 있고, 땅바닥에서부터 기어올라간 담쟁이가 망사 창문의 오른쪽 면 반쯤을 초록으로 물들였다.

엄마는 산책이 끝나면 천변에서 둑으로 오르는 계단을 천천히 밟아올라 집으로 돌아갔다. 뭉텅이진 어둠이 엄마를 좁은 둑방길 아래 천변으로 밀어 떨어뜨릴 듯 뒤에서 바싹 쫓아갔다. 엄마는 대문 안으로 들어서서 좁은 마당에 떨어져 발에 밟히는 대추들을 씻지도 않고 입속에 넣었다. 집은 마당에 있는 대추나무 그늘의 무게조차도 견디지 못할 정도로 조금씩 더 주저앉았고, 담벼락과 집채 사이의 작은 틈새에서는 식물원의 후미진 구석처럼 이름 모를 풀들이 무성하게 자라났다.

"아들아, 난 이제 막 저녁 산책을 마치고 돌아왔단다. 너는 하나뿐인 부모인 나를 위해 저녁식사로 뭘 준비했니?"

엄마는 입속에 있는 대추씨라도 꼴깍 삼켜버릴 것 같은 배고픈 얼굴이었다.

"아들아, 아무리 바쁘고 힘들어도 우리가 하루 한 끼는 함께 앉아서 먹어야지!"

엄마와 남동생은 어깨동무를 한 채 널따란 식탁이 놓여 있는 망사 창문을 단 방으로 들어갔다. 주전자에서는 물이 끓었지만 식탁 위에는 수저도 젓가락도 없이 유일한 소품처럼 물컵만 두 개 놓여 있었다.

엄마는 망사 창틀 위에 있는 커피병과 커피 크림병을 식탁 위로 내려놓았다. 머리를 밝은 노랑으로 물들인 남동생은 상체를 숙여 가랑이 사이에 머리를 집어넣고 소리를 질렀다.

"꼭 같이 먹어야 됩니까? 난 배가 고프지도 않구 더이상 커피를 저녁으로 먹고 싶지는 않은데요."

남동생은 언제나 하고 싶은 말은 다했다.

"기도하게 조용히 해라, 아들아. 그리고 부모님이 주시는 대로 감사하게 먹어라. 오늘도 우리가 맛있는 식사를 하게 하시고, 늘 감사하게 하시는 주님 정말 감사드립니다."

엄마는 눈을 꼭 감고 기도했고, 그 사이 남동생은 커피를 다 마시고 방에서 나가버렸다. 엄마도 남동생도 밥보다 맥스웰 커피를 더 좋아했다. 크림이 잔뜩 들어간 커피를 마시면 마음이 따뜻해지고 영혼이 정화된다나. 두 사람은 정말 이상한 사람들이었다.

엄마와 남동생이 설탕과 크림을 잔뜩 넣은 커피 한 잔으로 저녁을 때우던 그 시간에 나는 그와 함께 있었다. 호텔에서 나와 늦은 저녁을 배불리 먹고 난 직후였다. 우리는 도시의 이곳저곳을 돌아다니다가 사람들의 발길이 끊기고 자동차만 오가는 밤이 되면 천변 위 다리 한가운데 섰다. 그는 담배를 피웠고 나는 검고 넓게 펼쳐진 천변을 내려다봤다. 담배연기가 내 얼굴 쪽으로 몰려오면 그 틈을 타 천변에서 눈을 돌려 어두운 도시를 쳐다봤다. 도시도 천변도 아닌 그 다리 위만이 내가 마음놓고 밟을 수 있는 유일한 장소였다.

지난해의 요란한 폭우로 천변의 물길은 또 달라졌다. 폭우가 한 번씩 지나갈 때마다 물길이 바뀌고 천변의 지형이 변했다. 건조한 날씨가 계속되고 있어서 아무도 또 폭우가 닥쳐올 거라고는 생각하지 않았다. 이상한 기류 따위는 눈치챌 수 없는 날들이 이어졌다. 나는 왠지 늘 그랬다. 다른 사람도 다 아는, 내일 바로 닥쳐올 일을 혼자만 몰랐다.

그는 이 도시에서 특정 외제차를 소유한 여섯 사람 중의 한 사람이었다. 그 외제차를 타면 유니폼을 입고 비좁은 신용협동조합 사무실에서 직원들과 어깨를 붙이고 앉아 있을 때와는 달리 숨통이 트이고 느긋해졌다. 그러다가 주행이 시작되면 허리에서 힘이 빠지고 이내 잠이 쏟아졌다. 그러나 차 안에서 마음 편하게 잠든 적은 한 번도 없었다. 코를 골거나 침을 흘리거나 다리가 벌어질까봐 늘 신경을 써야 했다.

다리 위에 서 있던 어느 날 밤에, 그가 나에게 이상한 얘기를 했다. 열한 살 때 개울 위의 둑방길을 걸어가다가 같은 학교에 다니는 친구를 일부러 밀어 떨어뜨렸다고 했다. 쌍둥이 중 형이 떨어졌는데, 그 쌍둥이들이라면 둘 다 싫었기 때문에 형이든 동생이든 누가 떨어져도 상관없었다고 했다. 쌍둥이 중 동생의 허리가 에스자로 휘어지며 비명을 지를 틈도 없이 둑방 아래 개울에 처박혔다고 했다. 그는 현기증 때문에 자기도 모르게 몸이 앞으로 쓰러졌다고 거짓말을 했고, 그의 엄마는 명절이나 크리스마스도 아닌데 계속해서 쌍둥이네 집에 과자상자를 보냈다고 했다. 그 일이 그렇게 싱겁게 끝나지 않고 떨어진 쌍둥이가 죽거나, 앞에 멀쩡하게 가던 형 쌍둥이가 충격을 받아 같이 떨어져 죽기라도 했다면 자기 인생은 백팔십도 달라졌을지도 모른다는 이상한 얘기였다.

그날 밤, 우연인지 남동생도 이상한 이야기를 했다. 남동생이 갑자기, 벽 쪽으로 얼굴을 돌리고 자고 있는 내 어깨를 뒤에서 안았다. 봄부터 눈만 감으면 시멘트를 먹는 환상에 시달렸다고 했다. 사실은 자다가 눈을 뜨고 일어나 앉아서 벽 아래에 저절로 떨어져 쌓인 시멘트가루를 손가락으로 찍어먹는다고 했다. 그러고 나면 울렁거리는 속 때문에 참지 못하고 천변으로 나가 날풀이며 꽃잎들을 마구 뜯어 먹는다는 거였다. 남동생은 등뒤에서 내 몸을 꼭 끌어안은 채 팔을 풀지 않고 말했다.

"유전자가 확 바뀐, 전혀 다른 사람이 되고 싶어."

그 순간 남동생의 몸이 돌덩어리처럼 딴딴해졌고 나는 등이 간지러워 실실 웃기만 했다.

남동생은 천변에서 소동을 일으키기도 했다. 동네 꼬맹이가 집으로 뛰어들어와서 엄마 손목을 잡고 천변 다리 아래로 끌고 갔다. 무전기를 찬 경찰 두 명이 땅바닥에 엎드려 있는 남동생을 내려다보고 서 있었다. 그들은 경찰이 아니라 보안업체 캡스에서 일하는 남자들이었다. 우람한 체구의 캡스들이 남동생을 훑어보더니 엄마에게 말했다.

"혹시 가족분이 평소에 본드나 대마초를 했습니까?"

캡스들이 물었고 엄마는 경찰인 줄 알고 완강히 고개를 저었다. 엄마는 남동생을 집으로 옮겨가게 도와달라고 했고 캡스 한 사람이 동생을 업었다. 엄마를 데리러 갔던 꼬맹이는 양쪽 손에 남동생의 신발을 들고 또 엄마를 따라갔다. 남동생은 뭔가 이상했다.

가뭄과 홍수는 이 도시의 트레이드마크였다. 봄과 가을은 점점 짧아지고 늘 덥거나 춥거나 둘 중 하나였다. 가뭄이 해갈되는 순간이 곧 폭우가 시작되는 순간이었다. 폭우는 홍수로 이어져 호수 일부가 범람하기도 했다.

지금의 천변은 지난여름의 폭우에 할퀴고 쓸린 자국을 고스란히 품고 있다. 천변 주변에 세워놓은 자동차들은 플라스틱 장난감처럼 두둥실 떠내려갔다. 어떤 집은 흔적도 없이 감쪽같이 사라지고, 집이 있던 자리에는 채 딸려가지 못하고 남은 전선 더미들만 허공에 뭉쳐진 채 땅은 동굴처럼 폭 파였다. 복구된 지 반 년도 되지 않아 북쪽 천변을 가로지르는 다리가 또 끊어졌다. 그럼에도 하천의 피라미들은 어둡고 얕은 물의 표면을 깨고 빛처럼 용솟음쳐오르며 가볍게 움직였다. 그리고 천변 주변의 들꽃들도 매일매일 싱싱하고 새롭게 자라났다.

아무런 예고도 없이 현미이모라는 사람이 둑방길을 걸어 우리집으로 왔다. 늙긴 했지만 아이라이너로 눈매를 새까맣게 칠했고 검은 스타킹에 검은 원피스, 검은색 하이힐을 신었다. 어두워서인지 그녀는 마치 도시로 잘못 날아들어온 야생의 검은 여왕새 같았다. 이층집 여자는 스웨터 주머니에 손을 찔러넣고 선 채 담배를 피우느라 자기 집 쪽을 향해 걸어오는 현미이모를 보지 못했다. 현미이모는 이층집 여자 옆으로 가 적당한 거리를 두고 섰다. 두 여자는 해가 지는 천변을 바라보며 말없이 서서 담배를 피웠다.

"선숙아, 너 어딨니?"

오랜만에 듣는 엄마의 이름은 무척이나 낯설었다.

"아니, 어떤 우라질 년이 밤중에 남의 본명을 부르고 지랄이야."

엄마는 문 밖에 서 있는 친구를 보고도 시큰둥한 얼굴로 빗자루에 붙은 머리카락이나 골라내고 있었다. 엉덩이를 붙인 채 자리에서 일어나려고 하지도 않고 얼굴을 들어 미소 지을 생각조차 안 했다. 현미이모는 인사도 하지 않는 옛 친구의 둥그렇고 호박 같은 실루엣만 가만히 쳐다보고 서 있었다.

"물집 섰겠다, 구두 벗어라 이년아. 환갑이 다 된 년이 웬 하이힐이야."

현미이모는 친구의 말이 떨어지자마자 가방을 내려놓고 그 자리에 조용히 앉았고, 그제야 엄마는 엉덩이만 두어 번 앞으로 움직여 늙은 친구에게 다가갔다. 그리고 눈물이 맺힌 듯한 친구의 눈은 외면한 채 딱딱하고 차가운 발바닥만 계속해서 꾹꾹 주물러주었다.

현미이모의 가방 속에서 순대 한 봉지와 오징어튀김 한 봉지, 소주 두 병이 나왔다. 모두들 망사 창문이 있는 방으로 모여서 흰 봉지 속을 들여다봤다. 두 여자는 컵에 소주를 반잔쯤 부은 뒤 사이다 마시듯 금세 마시고는 소금만 두어 번 찍어 먹었다. 남동생은 오징어튀김을 먹으면서 자꾸만 고개를 갸우뚱거렸다.

"초면에 이런 말 하긴 죄송한데요 아줌마, 아무리 찾아봐도 오징어튀김에 오징어가 안 들어 있네요."

현미이모는 무슨 큰일이라도 난 듯 깜짝 놀라며 튀김 봉투를 헤집었고 두 잔째 소주를 들이키던 엄마가 잔을 내려놓으며 대답했다.

"오징어는 동해안에 있단다, 아들아. 그리고 우리가 속은 게 어디 한두 번이니. 또 아줌마가 뭐니, 이모라고 불러야지. 여자들한테 아줌마라고 불렀다가는 사탕 하나 못 얻어먹는다."

어느새 현미이모가 긴 머리칼을 풀고 스타킹을 벗었다. 그녀의 발가락과 무릎에서 딱딱 경쾌한 뼈마디 소리가 들려왔다. 그녀는 방바닥에 엎드린 채 남동생에게 다리를 밟으라고 했다. 남동생은 한쪽 발로 현미이모의 다리를 번갈아가며 밟아주었고 현미이모의 입에서는 좀 지나치다 싶은 느낌의 신음이 흘러나왔다.

시간이 흘렀지만 그녀들은 얘기도 별로 나누지 않았다. 엄마는 입고 있던 스웨터를 벗고 가슴골을 다 드러낸 채 손바닥으로 가슴을 여러 차례 쳤다. 현미이모는 웃으며 울며 눈가를 자꾸 비벼댔고 그 탓에 눈가에서 새까만 비가 죽죽 내렸다.

"내가 선물 가져왔는데."

선물을 가지러 나가는 현미이모의 날렵한 뒷모습에다 대고 엄마가 말했다.

"저년이 우리 친구들 중에서 제일 많이 배운 년인데. 많이 배우면 뭘 하냐. 저 나이 되도록 집도 없이 떠돌아다니고."

현미이모는 분홍색 병에 든 향수와 야자나무가 그려진 티셔츠 한 장을 내놓았다. 남동생은 티셔츠 속의 풍경을 한참 들여다보다가 티셔츠로 얼굴을 덮고는 "으앙"하고 소리를 질렀다.

"필리핀에서 사왔어. 니 마음에 들었으면 좋겠다."

시간이 얼마나 지났을까. 현미이모는 상 밑에 누워 자고, 우리 엄마 선숙씨는 아직도 벽에 등을 기대고 앉아 소주를 마셨다. 선숙씨는 무슨 말인가를 하려다가 말할 기운이 없는지 고개를 떨어뜨린 채 졸았다. 그러다 다시 정신이 들면 얼굴을 번쩍 들고는 허공에 대고 입술을 실룩이며 알 수 없는 말들을 했다. 잠시 후 쿵 소리가 나며 엄마의 상체가 벽을 타고 저절로 방바닥으로 쓰러졌다. 방 안에서는 소주 냄새가 진동했고 그사이 천변은 아주 검고 어두워졌다. 현미이모가 사온 티셔츠로 쿨렁거리는 엄마의 배를 덮었다. 저 대문을 닫아걸어야 하는데! 아버지가 살아 있을 때에도 죽은 뒤에도 우리집의 문단속은 늘 내가 했었다.

아침에 눈을 떴을 때 늙은 여자들이 자던 방은 깨끗하게 치워져 있고 싱크대 위에는 삼양라면 두 봉지가 놓여 있었다. 집 안은 고요하고 야채장수의 딸랑이 소리도 야쿠르트 아줌마의 목소리도 들리지 않았다.

정오가 지나 나타난 두 여자, 거의 곰 덩치만한 비닐봉지를 양손에 하나씩 들고 씩씩거리며 돌아왔다. 갑자기 대문 밖이 소란해지면서 팔걸이 의자와 전신거울을 든 가구점 점원들이 집 안으로 들이닥쳤다. 남자들은 비좁은 마당에 그것들을 부려놓고 둑방에 나가 줄 맞춰 앉아 담배를 피웠다.

"이봐 총각들, 마무리는 해주고 담배를 피워도 피워야지! 젊은 사람들이 이렇게 책임감이 없어가지고서야. 이런 걸 꼭 말로 해야 아나?"

엄마의 호통에도 가구점 점원들은 쭈그려앉아 담배만 피웠다. 그럴 수밖에 없는 것이 그들은 동남아 사람들이었다.

"헤이, 빨리 빨리."

현미이모가 허리에 손을 올리고 말했다. 현미이모와 엄마의 지시에 따라 철망이 달린 방의 벽을 따라가며 팔걸이 의자와 전신거울이 사이좋게 마주 보도록 놓였다. 현미이모는 의자의 오른쪽 사이드에 달린 버튼을 누른 뒤 그 위에 달랑 올라앉아서 뱅글뱅글 의자를 돌리며 웃었다. 팔걸이 의자는 마당에도 설치되었다. 의자 뒤에 높다란 철제 받침대를 놓고 그 위에 세숫대야를 얹었다.

"누구나 이 의자에 앉아 머리를 뒤로 젖히기만 하면 시원하게 두피마사지도 해주고 향 좋은 샴푸로 머리도 시원하게 감겨준다는 것이지."

현미이모가 모처럼 밝은 표정이 된 남동생의 얼굴을 쳐다보며 말했다. 현미이모와 남동생이 키득거리고 웃으며 안으로 들어갔다. 나는 사람들이 없는 틈을 타 빙글빙글 돌고 있는 의자에 냉큼 올라가 앉았다. 머리를 뒤로 젖히자 눈부신 햇살이 고스란히 쏟아져내렸다. 눈을 마주친 태양은 따갑지도 눈부시지도 않았다. 머리카락이 따뜻해지면서 졸음이 밀려왔다.

현미이모는 철망 앞에 놓인 커피병과 커피 프리마병 옆에 투명 화병을 올려놓고 매일 꽃을 한 송이씩 꽂았다. 창틀에는 레이스가 달린 푸른색 커튼도 달았다. 바람에 커튼이 일렁거릴 때마다 자잘한 꽃무늬들이 벽에 어른거렸다. 현미이모는 미용기구 도매상에서 사온 플라스틱 수납행어를 꺼내 화장품과 미용도구들을 잔뜩 채워넣었다. 그리고 남동생에게 간판을 써붙이라고 했다.

'머리끝부터 발끝까지 토탈 케어 천변미용센터.'

천변미용센터의 망사 창문으로 하루 종일 은은하면서도 붉은 빛이 새어나왔다.

저녁의 천변은 이상하게 고요하다. 하천의 양 옆길에 깔아놓은 우레탄 바닥은 산산조각이 났고 물길은 또 뒤죽박죽 바뀌고 군데군데 물웅덩이엔 토사와 쓰레기가 모여 부글부글 끓고 있다. 양쪽 어깨와 양쪽 팔꿈치, 무릎에 구멍이 숭숭 뚫린 흰 옷을 입은 여자들이 자전거를 타고 천변을 지나갔다. 여자들은 지난 홍수 때 사라진 어린애들의 사진이 실린 포스터를 등에 붙이고 있다. 선생님을 따라 산책 나온 종일반 유치원생들이 옆 친구들과 한덩어리가 되어 천변을 지나갔다. 몸의 한쪽이 마비된 남자와 그 뒤를 따르는 여자도 아주 천천히 걸어가고 있다.

"그렇게 늦게 걸을 거면 당장 엎어져 죽어버려, 이 불구대천의 원수놈아."

여자가 남자의 뒤통수에 대고 소리를 지르자 남자가 허공에 대고 엉킨 혀를 풀어 힘겹게 말했다.

"여보야, 화내지 마. 그래도 내가 해줄 때는 앙앙거리구 좋아하면서."

큰길에서부터 날아온 광고지들이 시멘트 바닥 위에서 팔랑거렸다. 몸에 흰 얼룩이 있는 물새들이 뭘 잘못 먹었는지 천변 옆 물웅덩이에 고개가 비틀린 채 빠져 죽어 있다. 높은 하늘에 떠 있는 단 한 개의 빛나는 별. 천변을 떠나지 못하는 뜨거운 밤바람.

그가 나보다 나이가 열 살은 많아 보이는 여자와 허리를 꼭 안고 도시를 싸돌아다니기 시작했다. 도시가 그리 크지 않았으므로 그들의 모습은 쉽게 눈에 띄었다. 나와 함께 갔던 식당에도, 호텔에도 그 여자와 함께 갔다. 그들이 호텔에 들어가는 순간에는 그 단단한 호텔의 벽마저도 뚫고 들어갈 수 있을 것처럼 화가 났다. 그러나 그들이 도시에서 모습을 감추고 나면 나는 다시 할일이 없어졌다.

폭우가 시작되려고 그랬는지 짙은 습기가 천변을 떠돌았다. 밤마다 천변에 서서 도시의 중심부로 나가는 교차로와 연결되는 높다란 다리를 올려다봤다. 어두운 하늘이 도심의 소음을 스펀지처럼 빨아들이고 나면 도시는 아주 고요해졌다. 개 몇 마리가 초점을 잃은 어긋난 듯한 눈길을 주고받으며 사람들이 사라진

다리 위를 지나 어딘가로 몰려갔다. 그 다음은 살찐 고양이들이 지나갔다. 코로, 눈으로, 하루살이들이 마구 쳐들어왔고 나는 일시적으로 눈이 멀었다가 정신을 차리곤 했다.

중국집 스쿠터, 냅킨을 잔뜩 실은 커다란 짐자전거, 작전차량 팻말이 붙은 군용트럭, 여행 온 이방인들이 탄 소형 버스, 커다란 가방을 든 학생들이 무리지어 지나갔다. 다리 위에 선 군인들은 담배를 피우며 다리 아래로 침을 뱉었다. 여학생들 둘이 턱을 바짝 붙이고 서서 언성을 높여가며 싸웠다. 그러다 손에 들고 있는 종이를 찢어 다리 아래로 흩뿌렸다. 다리 위를 아무리 쳐다봐도 그는 보이지 않았다.

문제는 그에게 있는 것이 아니었다. 때로 나는 묵직하고 달짝지근한 스테이크를 먹던 식당에서 종업원이 그의 어깨에 뜨거운 수프를 쏟아붓기를 바랐다. 질 좋고 신선한 커피를 마실 때도 그가 혓바닥을 데어 물집이 잡히고 그것 때문에 신경질을 내길 바랐다. 엉뚱하게도 접촉사고가 나 번쩍거리는 회색 자동차 표면에 스크래치가 나길 바랐고, 그가 하는 사업이라는 게 하루아침에 망하길 바라기까지 했다. 누군가 앙심을 품은 사람이 그를 죽여버리는 일이 일어나지 않나 기대한 적도 있었다.

벨벳리본이 달린 여성스러운 옷, 현실에서는 신기 어려울 거라고 생각했던 색깔의 구두도 여러 켤레 사줬지만 나는 단 한 번도 고맙다는 생각도, 고맙다는 말도 안 했다. 그런 것들 외에도 많은 것을 사주어 비좁은 집에는 쇼핑백을 다 들여놓을 수도 없었다. 웬만한 옷가게나 액세서리 숍에서는 내 얼굴을 알아보고 인사까지 했고 이 작은 도시에서는 더이상 사고 싶은 물건이 없을 정도였다.

그와 호텔에서 나올 때마다, 호텔 로비 기둥에 달린 커다란 유리에 비친 내 모습을 보았다. 어깨까지 내려오는 긴 머리에 작은 핸드백을 앞으로 들고 얌전하게 고개를 숙인 채, 끈에 매달린 듯 그의 뒤를 따라가는 내 모습. 바로 막 거울 앞을 통과하는 순간 내 그림자는 풍선껌처럼 길게 늘어났고 결국 눈도 코도 없이, 가로 세로 방향도 없이 자꾸만 늘어지다가 거울 속에서 사라져버렸다. 어차피 오래 사귀기는 힘들 거라고 생각했었다. 그래서 천변에 서 있는 내 몸은 자꾸만 소리내어 울었고 내 울음소리가 천변에 폭우를 불러왔는지도 모르겠다.

천변미용센터는 나날이 손님이 많아졌다. 엄마는 숙달된 보조가 되어 손놀림도 빨라진 듯했지만 말이 너무 많아 크게 도움이 안 됐다. 남동생의 발전 속도는 대단했다. 일체 바깥출입을 안 하기로 소문난 동네 점집 보살까지 손님으로 왔다. 현미이모는 보살의 어깨에 수건을 두르고 의자에 편안히 눕혔다. 그리고 머리도 자르고 손톱도 다듬어주고 매니큐어도 칠해주었다. 한 가지 행동이 끝나고 다음 행동으로 이어지는 순간에는 반드시 남동생의 현란한 서비스가 뒤따랐다. 검은 바지에 검은 셔츠를 입고 검은 앞치마를 두른 현미이모의 검은 눈매에 힘이 들어가면, 의자에 앉은 사람들 모두 마술처럼 잠에 빠져 코를 골았다. 현미이모는 손님이 자는 동안 '토탈 케어'라는 원칙을 지켜야 한다며 자기가 하고 싶은 모든 짓을 다 했다.

"이제 뭘 할까. 언니, 마사지 좀 할까? 전신도 되고, 상반신도 되고, 여긴 안 되는 게 없어. 언니들이 원하는 건 다 된다니까."

천변 건너편에서 온 신경질적인 성격의 한 여자는 인조속눈썹 시술을 받고는 눈물을 똑똑 흘리며 울었다.

"내가 달라졌다니까. 내가 아니라 딴 사람이라니까. 다 해줘요. 마사지든 뭐든."

자신의 얼굴에 감동한 여자는 거울을 보며 울다가 돌아갔다. 남동생은 열심히 커피를 타고 머리를 감기고 바닥에 떨어진 머리카락을 쓸어 천변의 허공에 대고 날려버렸다. 제시간에 밥도 못 먹고 쉴 틈조차 없는 천변미용센터. 피자를 시켜 먹고 자장면을 시켜 먹으며 일해도 고객들의 요구사항은 점점 많아졌으며 현미이모는 할 수 없이 드디어 손에 칼까지 잡았다.

"난 평생 쌍꺼풀은 꼭 하고 싶었다니까."

나이 육십이 넘은 슈퍼마켓 주인 여자는 결혼도 안 한 아들이 회사 다니며 꼬박꼬박 보내준 용돈을 일회용 비닐봉지에 담아 보관했다가 현미이모의 검은 치마폭에 던져버렸다. 결국 현미이모는 간단한 레이저 치료 도구까지 갖다놓고 박피 시술에 점도 빼기 시작했다. 그래서 그랬나. 오후에 산책 나온 천변 여자들의 미용스타일은 왠지 모두 다 똑같았다.

어느 날, 천변에서 그나마 돈이 좀 있는 집이라고 알려진 쌀

집 딸이 부어터진 얼굴로 천변미용센터로 들어섰다. 굴곡이라고는 없는 일자 몸매에 표정도 우울하고 기운도 없어 보이고 도무지 나이를 가늠할 수 없는 얼굴이었다.

"어떻게 해드릴까?"

현미이모가 묻자 그녀는 말은 하지 않는 대신 두 손을 동그랗게 만들어 유방 위에 갖다댔다. 현미이모는 그녀를 따라 똑같이 가슴에 손을 대고는 고개를 끄덕거렸다. 이틀 후 그날이 왔다. 그녀는 긴장한 탓인지, 밥을 굶어서 그런 건지 얼굴이 새하얗게 얼어 두 다리를 달달 떨었다. 현미이모는 아로마 향을 피우고, 시술에 들어가기 전 늘 하는 딱 한 가지 주의사항을 당부하는 걸 잊지 않았다.

"사람들이 어디서 했냐고 물으면 서울 청담동 가서 하고 왔다고 해."

며칠 후 실리콘을 주입해서 가슴이 빵빵해진 그녀가 가슴을 당당히 내놓고 천변을 산책했다. 사람들은 갑자기 풍만해진 노처녀의 가슴을 쳐다보며 황홀해했고, 그 사실을 안 일대의 밋밋한 가슴 가진 여자들이 현미이모의 시술을 기다리는 대기자 명단에 이름을 올리길 원했다.

천변에서는 표백제 냄새가 난다. 폭우 뒤에는 시청 소속의 트럭이 와 대량의 소독약을 뿌리고 갔으니까. 길이가 십이 킬로미터에 이르는 하천의 원지류는 우레탄 아래, 시멘트로 덮어놓은 하천 바닥 아래로 흘러가는지도 모르겠다. 그러니까 지금 눈에 보이는 건 진짜가 아닌지도 모른다. 내 그림자가 호수로 잘 떠내려간 것처럼 소독된 하천도 더 먼 곳으로 흘러갈 것이다. 표백제 냄새를 단 채로.

폭우로 인해 한쪽 둑 정중앙의 십 미터 정도 되는 넓이가 감자에 난 송곳자국처럼 거대한 브이자로 파였다. 원래 파인 둑 앞 허공으로는 전력장치를 달고 있는 거대한 원통 모양의 기둥이 꽂혀 있었다. 폭우는 기둥도 꺾어버렸다. 폭우는 마치 감정이 섞인 듯, 정해진 방향이 있는 듯 퍼부어댔다. 내 몸에는 상처가 없는데 둑 정중앙에는 상처가 남았다. 노란색 표지판 몇 개로 우그러지고 패인 치부를 가린 둑은 이 도시를 강타한 폭우를 증언했다.

나는 밤마다 천변을 걷는다. 한참을 걷다보면 천변의 습기가 온몸에 배어 걸으면 걸을수록 몸이 무거워진다. 열린 창틈으로, 혹은 열린 대문을 열고 들어가 집 안을 들여다본다. 점집 보살은 앞에 앉은 손님의 운명은 낱낱이 까발리길 원하면서 자신의 집은 단 일 밀리미터의 틈도 없이 비닐과 스티로폼으로 꽁꽁 봉쇄해놓았다. 여자는 혼자 앉아 있지만 혼자가 아니다. 도무지 알아볼 수 없는 글자를 종이 위에 쓰며 자신의 손가락마디를 폈다 접었다 반복한다. 그 집 방 안의 허공에는 미처 자신의 얘기를 다 하고 가지 못한 사람들의 주름진 얼굴로 가득 차 있다.

작은 봉고차가 대문을 가린 길 끝의 어떤 집. 텔레비전에서는 한창 유행하는 이종격투기 경기가 나온다. 아이들 둘이 작은 밥상을 펴놓고 사각 노트에 글씨를 쓰고 있고 아이들의 엄마는 앉아서 졸고 있었다. 아이들의 아버지는 방바닥에 소주병을 놓고 구운 노가리를 뜯어 먹으며 텔레비전 화면을 뚫고 들어갈 듯 쳐다본다. 경기가 끝나고 멀쩡하던 집 안이 난장판이 됐다. 아이들의 책상이 아버지의 발길질에 의해 허공으로 날아갔다. 흔들리는 문짝, 잘 세워져 있는 자전거, 정리가 덜 된 채 부엌에 놓여 있던 밥상이 시차를 두고 허공으로 날아갔다. 아이들의 엄마는 계속해서 졸고 있고 아이들은 고개를 숙인 채 카드를 손에 들고 소곤거린다.

"형 책상 날아갔잖아."

작은아이가 눈을 치켜뜨며 형을 꼬집는다.

"방바닥에서 하면 되잖아, 병신새끼야. 카드나 똑바로 쳐다봐."

큰아이가 작은아이에게 말하며 눈에 힘을 준다.

천변에 있는 집들 중에서 제일 반듯한 이층집. 나는 옛날부터 늘 담배만 피워대는 허리 가늘고 얼굴 긴 이 집 여자가 궁금했었다. 새들은 모두 탈출하고 없는 빈 새장은 왜 이렇게 많이 매달려 있는 것인지, 마당은 구석구석 지저분하고 을씨년스러웠다. 문을 여는 순간 여자는 부스스한 머리통을 왼쪽으로 숙여 가스레인지에 갖다대고 담뱃불을 붙이고 있었다. 머리칼에 가스불꽃이 살짝 붙어 냄새가 났다. 여자는 담배를 입에 물고 싱크대로 다가갔다. 고춧가루와 라면가닥들이 떠다니는 싱크대에 세 살쯤 되어 보이는 아기가 들어가 앉아 있고 아기의 허리께까지 수돗물이 차 있었다. 아기는 별 재미있는 욕조도 다 있다는 듯 엄마의 입에 물린 담배를 뺏으려고 텀벙거리며 몸을 일으켰다. 전화가 울리고 여자가 전화를 받으러 갔다. 그 사이 싱크대 위로 생쥐 한 마리가 기어간다. 생쥐는 식용유를 올려놓은 가스레인지 위에서부터 싱크대 라인을 따라 살금살금 기어간다. 싱크대 물 위를 앞발로 건드려보면서 들어가도 되는지 안 되는지를 가늠하는 생쥐와 아무 생각 없이 첨벙거리기만 하는 아기. 순간 아기가 먼저 손으로 생쥐를 덮치고 생쥐는 쏜살같이 달아난다.

도시에서는 더이상 그를 찾을 수 없어졌다. 국소마취제, 진통소염제, 항생제 같은 것이 온몸에 뭉근하게 퍼진 듯한 상태로 입을 앙다문 채 하루 종일 집 안에 누워 있었다. 낮에는 빗소리가 그리 심하지 않았지만 밤에는 빗소리를 참을 수가 없었다. 지붕과 둑방으로 떨어지는 가벼운 빗소리는 텅 빈 천변으로 형체도 일정하지 않게 흩뿌리는 빗소리와는 게임이 안 됐다. 음산하고 조용하고 그러면서도 거센 천변의 빗소리는 그냥 맨발인 채로 둑으로 걸어나가게 만들었다. 그런 순간이면 빗줄기에 비에 의해 들쑤셔져 표면으로 퍼져올라오는 천변의 냄새들, 숨어서 몰래 썩고 있던 것들이 표면으로 떠오르며 뿜어내는 거품들, 요동치는 생활하수 찌꺼기들이 검은 밤하늘 아래 만천하에 드러났다. 그 잠깐의 순간이 지나면 백 미터 폭의 천변은 그냥 온통 싯누런 빗물만이 흘러가는 통로로 변했다.

어느 날 오후 의자에 누워 자고 있는 현미이모의 코에서 페인트 같은 붉은 코피가 흘러내렸다. 창업 이후 이 모든 광경을 지켜본 남동생이 현미이모의 곁으로 다가가 코피를 닦아주고는 그녀의 허벅지에 얼굴을 묻었다. 엄마는 외출중이었고 손님도 없었다.

"이모, 부탁이 있어요."

남동생의 말에 현미이모가 언제 피곤했냐는 듯 눈을 반짝 뜨고 허리를 세워 앉았다.

"그래, 말해. 다 말해."

현미이모는 갑자기 생기를 띤 얼굴로 남동생의 볼을 손등으로 쓰다듬었다.

"엄마한테는 비밀로 해야 해, 내 인생이 걸린 문제니까."

현미이모의 눈동자는 점점 발갛게 젖어갔다.

"빨리 말하기나 해, 그 인생이 걸린 문제. 비밀로 해줄 테니까. 근데 무슨 말을 하려고 하는지 내가 먼저 말해볼까? 너도 연상녀가 좋은 거지?"

이모는 갑자기 눈을 동그랗게 뜨고는 남동생의 어깨에 손을 얹어 자기의 가슴 쪽으로 끌어당겼다.

"그래서 너, 여자의 손길이 필요한 거지?"

남동생은 차분하게 현미이모의 얼굴을 들여다보더니 현미이모의 손을 끌어다 깍지를 끼고는 눈에 힘을 주어 말했다.

"나를 여자로 만들어주세요. 난 여자가 좋아. 여자로 사는 게 편할 것 같아."

현미이모는 말없이 남동생의 얼굴을 한동안 들여다봤다. 그리고 웃으며 말했다.

"있잖아, 그건 미용성형과 재건성형의 결합이 필요한 일이고 거의 새로운 영역이야. 신이 할 일이고 청담동의 유명한 박사들이 할 일이지 내가 할 일이 아냐. 난 못 해. 잘못되면 네 엄마가 날 고소할지도 몰라. 너도 알다시피 난 사이비잖아."

남동생이 갑자기 현미이모의 두 손을 꼭 모아쥐었다. 그리고 아주 간절한 얼굴로, 목소리를 떨며 호소했다.

"이모는 세상에서 못 할 게 없잖아. 머리끝부터 발끝까지 전부 다 바꿔줘. 배에 임신선도 그려주고 여자애들처럼 예쁜 똥꼬도 만들어줘. 제발 해줘."

현미이모는 갑자기 허리를 구부리고는 눈물을 찍어내기 시작했다.

"이래서 가족이 아니면 소용없다니까. 너, 내 코에서 코피 난 거 안 보여? 피곤해 죽겠구만. 해달라고 떼를 쓰네."

하늘에 올라가서 천변을 내려다보면 두 개의 상판을 이어붙인 다리 아래에 있는 게이트볼장은 잘 보이지 않는다. 환한 햇볕이 있는 날에도 게이트볼장은 검은 그늘에 가려 비밀스럽게 보인다. 하늘에서는 못 쓰는 가구며 송판들을 켜켜이 쌓아놓은 검은 그늘의 측면만 보이고 게이트볼장은 보이지 않는 것이다. 검은 그늘 옆에서 주홍색 불길이 피어오르고 다리 위로 흰 연기가 퍼져 올라간다. 슈퍼마켓, 여관, 자전거 수리점, 스포츠용품 가게

들이 늘어선 쪽으로 연기가 올라가고 여전히 다리 위로는 사람들이 걸어다닌다.

지난 폭우로 만신창이가 된 천변에서 제일 먼저 복구된 곳은 게이트볼장이었다. 천변을 비추던 조명이며 구불텅한 지형이며 물새가 지나가던 하천이며 들꽃이며 모든 것들이 다 날아가버리고 없지만 게이트볼장은 다시 세워졌다.

네모반듯한 운동장으로 다가가 다져진 땅을 만져봤다. 아주 단단해서 푸석한 구석이라고는 한 군데도 없는 압착된 상태의 흙이었다. 반듯한 운동장은 흰 자루에 담긴 모래주머니들로 예쁘게 테두리를 쳐놓았다. 순간 천변을 지나가는 사람들이 하는 말이 들려왔다. "아니 여기가 언제 복구된 거야. 할일 없는 노인네들 하루 종일 게이트볼이나 치고, 다들 오래 살겠구만. 팔자들 좋네."

오십 평 정도 되는 운동장에서 노인들이 골프채처럼 생긴 짧은 게이트볼 채를 들고 흰 공을 치고 있다. 다리 밑 전체가 네모반듯한 운동장이고 그 옆의 인도로 사람들이 지나다닌다. 천변 한가운데로 다소 마른 듯한 물길이 흐르고, 노인들 둘이 다리 기둥 앞에 빨간 소파를 놓고 앉아 미동도 하지 않고 눈앞에서 펼쳐지는 게임만 관전하고 있다.

다리 안쪽의 벽면에는 사람 이름이 적혀 있고 못 위에 게이트볼 채를 하나씩 걸어놓았다.

"짱구엄마, 커피 끓이고 있는 거여?"

한 노인이 소리를 질렀다. '짱구엄마'는 우리 엄마의 별명인데 정작 우리집에는 짱구라고 불리는 애가 없다. 엄마가 다리 아래에 지은 가건물 안에서 커다란 쟁반에 커피를 받쳐들고 나왔다. 엄마는 입을 벌리고 웃고 있다. 엄마가 난로 옆 평상 위로 커피를 가져가고 노인들이 모여 커피를 마셨다. 모두들 한쪽 팔뚝에 일부터 십까지 숫자 열 개의 버튼이 달린 휴대폰 같은 전자기기를 차고 있었다. 한 할머니가 커피를 마시다 말고 벌떡 일어났다. 팔에 찬 기계에 불이 들어오면 자기 차례라는 뜻이다.

열 개 정도의 공들이 편편한 땅 위에서 굴렀다. 한 할머니가 알파벳 T자 모양으로 생긴 채를 신중하게 휘둘러 흰 공을 때렸다.

"이번엔 꼭 통과시키라구. 아니 왜 그걸 못 쳐. 아, 밥 먹은 힘은 다 어디다 쓰나!"

평상에 있던 할아버지가 소리를 질렀다.

"치때려, 치때리라니깐."

다음 순서의 할아버지가 다리를 어깨 너비로 벌리고 흰 공을 왼쪽 발로 밟은 상태에서 공을 쳐 땅 곳곳에 꽂아놓은 작은 게이트 속으로 굴려넣었다.

"야, 치는 소리가 정말 좋다. 잘했어, 잘했어 다음 일번 나가라고."

허리가 구부정한 노인들이 하루 종일 이곳에 와서 게이트볼을 쳤다. 용돈을 모아 커피도 사고 휴지도 사고 모래자루도 샀다. 오른쪽에 쌓아놓은 나무들은 한겨울에 땔 땔감들이고 그 위에 쌓아놓은 원통 모양의 천막용 비닐은 게이트볼장을 싸맬 보온용구다. 그런데 현미이모는 어디로 간 걸까. 반복되는 생활이 지겨워 여행이라도 떠난 걸까. 요즘은 이모가 통 보이질 않는다.

해가 지자 게이트볼장 위에 매단 조명이 켜진다. 한쪽에서는 계속해서 나무를 태우고 노인들은 주홍 불빛 아래서 작은 문을 향해 단단한 공을 쳐넣기를 멈추지 않는다. 밤이 되고 주전자에서는 보리차가 끓는다. 천변으로 산책 나온 사람들이 빠른 걸음으로 게이트볼장 앞을 지나가고 어느새 다리 위는 오도가도 못하고 서 있는 자동차들 천지다. 다리 기둥 앞 빨간 소파에 앉아 있는 노인들은 우리 엄마가 내다준 담요를 어깨에 덮고 미동도 하지 않고 게이트볼만 구경한다.

폭우가 극에 달해 모두들 도시의 완전 침수를 걱정하며 덜덜 떨고 있던 밤, 나는 다리 위에서 천변의 강물을 내려다보고 있는 그를 보았다. 그가 입고 있는 흰 와이셔츠가 무슨 백기처럼 흔들렸다. 나는 둑방을 달려 뛰어갔다. 그때 그가 서 있던 다리 아래로 무너진 제방 콘크리트 더미가 무슨 비스킷 조각처럼 선 채로 떠밀려왔다. 제방 콘크리트 더미가 그의 등뒤에서 다리를 강타하고 지나갈 것만 같았다. 그러나 그건 착시였다. 나는 자살 같은 건 전혀 할 생각이 없었다. 그 순간 둑방을 범람하려는 불어난 물과 물 아닌 곳의 경계를 잃었던 것뿐이었다. 그것뿐이었다. 나는 물속으로 빨려들어갔다. 잠깐 현기증이 나기도 했지만 하나도 아프지 않고 잘 떠내려갔다. 한참을 떠내려가다가 어디선가 나처럼 떠내려오고 있는 사람들을 만났고 무게중심을 잃지 않기 위해 다른 사람의 손을 잡았다. 강물은 뜨뜻미지근했으며 정말이지 하나도 아프지 않았다. 나는 그렇게 천변에서 사라졌다.

천변미용센터의 주인은 어디서 많이 본 젊고 섹시한 여자로 바뀌었다. 망사 창문 위 창틀에는 맥스웰 커피병과 커피 크림병 그리고 파란 구슬이 든 유리병이 놓여졌다. 거울이 걸린 한쪽 벽면에는 온통 블랙으로 치장을 한 현미이모의 독사진이 걸려 있다. 블랙 망사 스타킹과 블랙 원피스를 입고 옆으로 선 채 포즈를 취했다. 천변미용센터의 새 주인은 손님들에게 몸의 세포가 굳지 않고 유연해진다는 비타민을 소개하며 하루 종일 수다를 떨었다. 그녀의 수다에 힘입어 천변 주변에 사는 많은 사람들이 나날이 예뻐졌다. 그녀가 힘주어 말할 때마다 인중이며 뺨에 커다란 땀구멍이 살짝살짝 드러나 전체적인 밸런스에 흠이 생겼지만 그녀는 예뻤다. 천변에 해가 질 무렵이 되자 한쪽 골목에서 자동차 소리가 들리며 한 무리의 미녀들이 둑방길로 걸어들어왔다. 또각거리는 하이힐 소리에 놀라 새들도 나뭇가지들도 몸을 떨었다. 핑크, 보라, 검정, 빨강. 언니들의 민소매 원피스 색깔은 현란하기 그지없다. 언니들은 짧은 머리 위에 인조가발을 쓰고 있어 뒤쪽으로는 맨머리가 다 드러났고 울퉁불퉁한 근육도 살아 있었다.

"오늘 바람 시원하네."

한 언니가 허스키한 목소리를 내며 쓰고 있던 가발을 벗었고 천변미용센터 주인은 그 머리통에 바리캉을 갖다댔다.

"손님들은 내 머리가 짧아야 더 좋아해. 가발을 벗었을 때 내가 머리가 한 올도 없는 남자란 걸 단번에 알아야 한다구."

"안 벗어도 다 아니까 걱정하지 마, 자식아."

언니들은 본분도 잊고 남자처럼 편하게 말했다. 볼일이 끝난 언니들은 둑방에 나가 쭈그리고 앉아 지는 해를 쳐다보며 담배를 피웠다. 언니들의 떡 벌어진 어깨하며 다리 알통이 깡총한 드레스 밖으로 튀어나올 것만 같았다. 어두운 천변이 밤꽃처럼 피어나는 순간이었다. 생각해보면 천변에 사는 일은 너무나 흥미진진했다.

그녀는 바다 너머 저 먼 곳의 육지와 이곳의 육지를 연결하는 깊은 바다를 오래도록 바라보았다. 쓰나미의 성난 숨소리가 들려오는 것 같았다. 몇십 년 만에 한번씩 그렇게 들끓어올라 바다를 두 동강 내고, 해일로, 지진으로 나타나 육지의 지형을 바꿔놓지 않으면 안 되는 사정은 뭘까. 바다야, 너는 몇살이니? 그녀는 신고 있는 신발을 벗고 납작하게 엎드려 바다의 소리를 들어보려고 했다. 아직도 쓰나미는 바다에 머무르고 있었다.

해안 없는 바다

사진작가가 들고 있는 검은색 카메라 보디에 적힌 '하셀 블라드'라는 글자가 보였다. 삼각대 위의 커다란 카메라와 우산처럼 생긴 검고 둥근 소프트 박스, 커다란 스트로보와 다양한 크기의 은빛 사다리, 사람도 들어가 누울 만큼 크고 검은 가방들. 사진 스튜디오는 놀이공원의 마술의 방처럼 어둡고 아늑했다. 요란한 촬영장비와 낯선 스튜디오의 분위기가 그녀의 눈빛을 어린애처럼 만들었다.

"내년 1월이면 내가 만으로 육십이 된다는 거 아니니? 이럴 땐 뭘 하면 좋을까?" 얼마 전 친구와 전화통화를 할 때, 프라이팬 위에 올려둔 은행알이 다 타버렸다며 소란을 피우던 친구가 갑자기 진지해지며 말했다. "내가 작년에 그 환장할 회갑이었잖니. 돈이 좀 있었으면 얼굴 전체를 팽팽하게 당겨올리는 수술이라도 받았을 텐데. 난 그냥 사진 한 장 찍었어, 영정사진. 내가 아는 사진작가가 있어. 전화번호 받아적어."

사진작가의 일을 돕는 젊은 청년 하나는 염색한 머리가 온통 병아리색이고, 또다른 청년은 튤립처럼 붉은 색깔의 트레이닝 바지를 입었다. 둘은 커다란 덩치에 시무룩한 표정으로 있다가도 사진작가의 명령 한마디면 화들짝 놀라 민첩하게 움직였다. 청년들이 저희들끼리 소곤거리는 사이 사진작가가 그녀에게 말했다. "한 장만 더 빼보고 가겠습니다." 병아리색 머리의 청년이 일 분 삼십 초 전에 찍은 폴라로이드 사진을 겨드랑이에 끼운 채 주변을 정리했다. 사진작가는 그전에 찍은 사진들을 탁자 위에 늘어놓고 들여다보고 또 들여다봤다. 그녀는 사진 찍는 일이 이토록 번거롭고 시간이 오래 걸리는지 전혀 몰랐다. 그래서 청년의 겨드랑이에서 나오는 폴라로이드 사진이 어떻든, 이번엔 무조건 마음에 든다고, 오케이하겠다고 마음먹었다.

사진작가가 테스트용으로 찍은 마지막 폴라로이드 사진의 비닐커버를 벗겨냈다. 그녀는 손바닥보다도 작은 사진 속에서 희미하게 웃고 있었다. 사진작가가 오른손 검지로 사진을 톡톡 튕겼다. 그리고 안경을 쓴 그녀의 눈 밑에다 사진을 들이댔다. 그때 스튜디오 한쪽에서 요란한 소리가 났다. 점심식사로 시켜 먹은 밥그릇을 치우던 빨강 트레이닝 바지를 입은 청년이 테이블 위에 놓여 있던 김치 접시를 떨어뜨린 것이다. 사진작가는 얼굴이 붉어져서는 탕탕, 하고 한쪽 발을 굴렀다. "애들아 애들아, 내가 늘 말하잖아, 조수는 사람이 아니고 신(神)이어야 한다니까. 제발 떨어뜨리지 말아줘, 렌즈든 카메라든 김치 그릇이든 난 뭘 떨어뜨리는 게 제일 싫어." 빨강 트레이닝 바지를 입은 청년이 마룻바닥 위에 튄 붉은 김칫국물을 굼뜨게 닦아냈다.

"그 카메라 좋은 건가요?" 머리를 숙여 카메라 안을 들여다보는 사진작가의 포즈가 너무나 진지해서 콧속에서부터 나오는 숨소리가 그녀에게까지 다 들렸다. 그녀는 사진작가의 포즈가 무척이나 근사하다고 느꼈다. "이거요, 좋은 겁니다. 갖고 계신 디지털카메라보다 열 배쯤은 예민하다고 보시면 맞을 겁니다. 자, 이제 다시 촬영하자."

그녀는 스튜디오에서 총 세 시간을 보냈다. 사진작가와 일주일 후에 다시 만나기로 하고 약속 날짜와 시간을 잡았다. 지하 스튜디오에서 나오다가 밥그릇을 치우고 있는 빨강 트레이닝 바지 청년을 또 봤다. 청년은 스튜디오에서 떨어뜨린 김치 접시를 계단에 또 떨어뜨리고는 난감한 표정으로 서 있었다. 바깥 날씨는 바람도 차고 겨울답게 아주 짱짱했다.

그녀는 연말 분위기로 들뜬 저녁 무렵의 지하철역 주변 대로를 걸어 스시집에 도착했다. 남자는 원탁테이블 옆에 외따로 놓인 조용한 자리에 앉아 길 쪽을 내다보고 있었다. 젠 스타일로 장식한 스시집은 외양은 깔끔했지만 채 가시지 않은 페인트 냄새가 많이 났다. 그녀는 남자를 한눈에 알아봤다. 남자의 옷차림은 아주 깨끗했다. 딸아이의 간청이 아니었다면 그녀는 이런 맞선이란 걸 도무지 하고 싶지가 않았다. 남자는 자리에서 일어나 몇 발짝 앞으로 나와 두 팔을 허리에 붙인 채 상체를 숙여 인사했다. 그녀 또한 남자 앞으로 가 가슴에 손을 얹은 채 공손히 인사했다.

닥스 체크무늬 셔츠 위에 무스탕 반코트를 입고 작은 가죽 손가방을 테이블 위에 올려놓은 이 남자는, 한 번 결혼했다 사별한 조건 좋은 아저씨였다. 남자는 그녀의 작은딸이 다니는 회사에서 지난해에 정년퇴직을 한 딸아이의 상사였다. 부인이 병으로 죽고 내내 혼자 지내온, 아주 성실하고 괜찮은 사람이라고 했다. 그녀는 '아주 괜찮다'는 말을 너무 많이 들어서 그런지, 얼마나 괜찮은가 어디 한번 볼까, 하는 심정도 없지 않았다. 작은딸이 가장 강조한 것은 무엇보다 여행을 좋아하니까 여행파트너로 제격이라는 것이었다. 그녀는 육십 세가 넘어서 맞선이란 걸 보게 되는 상황을 상상하지 못했었지만 뭔가 흥분되는 건 사실이었다.

천장에서 테이블을 향해 내려온 부분 조명이 무척 밝았다. 얼굴을 들면 앞에 앉은 사람의 상반신 전체가 낱낱이 다 보였다. '흰머리가 다 보이겠지, 입가의 주름은 말할 것도 없고, 눈가 주름은 또 어떻고, 에이 몰라, 할 수 없어. 그래도 내가 손은 예쁜데 손을 보이자.' 그녀는 손을 보이기 위해 팔짱을 낀 채 오른손으로 왼쪽 볼을 살짝살짝 비볐다. 회정식이 나오기 시작했다. 여자 종업원이 옆으로 와서 조용조용하게 서빙을 했다. 육십 세인 그녀도 긴장했지만, 칠십 세인 남자도 무척 긴장한 것 같았다. 식당 문이 열리며 사람들이 들어올 때마다 더 올 사람이라도 있는 것처럼 두 사람 다 동시에 문 쪽을 쳐다봤다.

"제가 그쪽보다 열 살이 위군요. 저는 지금도 매일매일 등산을 하고 구청에 나가 컴퓨터를 배웁니다. 언젠가 자서전을 쓰는 게 소원이죠."

그녀는 남자가 구청 이층에 있는 주민자치센터에 나가 안경을 쓴 채 컴퓨터 자판을 두드리는 모습을 상상했다. '1934년이나 1935년 생! 그때는 무슨 일이 있었더라. 전쟁이 났을 때 이 남자는 열다섯 살, 나는 다섯 살이었겠군.' 전쟁 때라고는 해도 오히려 더 많은 초콜릿이며 사탕을 먹었다는 기억밖에는 없었다. 그녀는 탁자 아래로 팔을 뻗어 손톱 끝으로 탁자를 톡톡 올려쳤다.

"전에는 일을 도와주러 오는 아주머니가 계셨어요. 제 딸이 결혼해 외국에 사는데 혼자 있는 아버지를 위해서 친구들에게 수소문해 사람을 보냈죠. 그런데 제가 아주머니더러 그만 오라고 했어요. 이젠 제 손으로 반찬도 합니다. 물론 만들기 어려운 음식은 못 만들죠. 된장국 같은 건 못 끓이지만 미역국 정도는 끓입니다. 빨래도, 청소도 제가 하고 불편한 건 없습니다."

남자는 달변이었고 식욕도 좋았다. 한 사람 앞에 두 점씩 전어회가 나왔는데 남자는 아주 빠른 속도로 먹어버리고는 금세 잔을 비웠다. 남자는 얘길 하는 도중에도 끊임없이 음식들을 입으로 가져갔다.

"왜 재혼 안 하셨어요?" 남자가 물었지만 그녀는 씩 웃고 말았다. 잠깐 사이에 남자가 그 웃음을 간파했고 두 사람은 어색하게 눈이 마주쳤다. 그러나 그걸로 웃음도 마주침도 끝이었다.

볕이 잘 드는 어느 신도시 아파트에 그녀는 남자와 함께 있다. 남자는 신문을 보고 여자는 마트에서 사가지고 온 찬거리들을 꺼내 식탁 위에 올려놓는다. 남자는 친구들과 전화통화를 한 뒤 케이블 텔레비전의 바둑채널이나 의료채널을 쳐다본다. 그녀는 남자가 주문한 대로 우엉조림을 만들어 남자 옆으로 다가가 앉는다. 드세요, 맛이 어떤지. 남자는 그녀가 만든 우엉조림을 먹어보고는 맛있다고 한다. 그녀는 곧 세탁실로 가 세탁기를 돌리고 베란다로 나가 지난번에 와 빨아 널어놓은 이불 홑청을 걷어 방으로 들어간다. 이불 홑청에 그려진 자주색 꽃무늬가 어지럼증을 일으킨다. 왜 우리나라 이불 디자인은 죄다 자주색 꽃무늬일까. 그녀는 홑청 위에 얼굴을 묻고 엎드린다.

붉은색 마구로 한 점이 그녀의 입속을 꽉 채웠고 그녀는 꼭꼭 씹어 먹었다.

"저는 전 세계, 그러니까 아프리카만 빼고 거의 다 가봤습니다. 아, 시베리아 횡단열차는 아직이군요. 그러고 보니 횡단열차, 그게 남아 있었네. 와이프가 살아 있을 때는 같이 갔지만 나중엔 아이들과 같이 갔습니다. 역시 크루즈 여행이 좋더군요. 그때는 동창들과 같이 갔죠. 영국 도버 해협을 건너 네덜란드, 벨기에, 프랑스, 노르웨이까지. 그래서 사실 이젠 별로 가보고 싶은 곳도 없어요."

그녀는 남자가 따라준 술을 반잔쯤 마시고는 연두색 미역줄기를 입속에 넣고 오래 씹었다. 작은딸이 정말 괜찮다고 한 이 남자에게 왜 이토록 인간적인 친화력을 발휘할 수 없는 것인지, 그녀는 순간 난감해졌다. 그리고 뭔가 물어본다는 것이 결국은 이상한 말만 하게 됐다.

"대단히 죄송합니다만, 혼자서도 잘 지내시는 것 같은데 왜 여자가 필요하세요?"

남자의 얼굴이 조금 붉어졌다. 순간 그녀도 갑갑증을 느껴 목을 감고 있는 터틀넥 스웨터를 손가락으로 끌어내렸다.

"따님이 어머님 얘기를 했어요. 그 친구는 별로 말이 없이 열심히 일하는 친구였는데, 얼마 전에 회사의 홈 커밍데이 파티에 갔을 때 만났더니 어머님 얘기를 하더군요. 엄마한테 좋은 남자친구가 있었으면 좋겠다구요. 사실 그 친구가 저한테 자기 얘기를 한 게 처음이었어요. 그렇지 않습니까? 매일 보는 사람일수록 더 모르기 쉽죠."

그녀는 잠깐 웃었다. 엄마한테 좋은 남자친구가 있었으면 좋겠다는 건 두 딸의 공통된 희망이었다. 큰딸은 일본에 가 있어 자주 볼 수는 없었지만, 그 둘은 전화로 이메일로 늘 그런 얘기를 하는 모양이었다.

"글쎄요. 난 와이프랑 사이가 좋았어요. 십 년을 앓다가 세상 떠났는데 아직도 생각이 많이 나요. 제가 꼼꼼한 성격이라 하나부터 열까지 다 챙겨주곤 했어요. 지금도 그 여자 물건을 못 버리고 있어요. 쓰다 만 가계부, 머리 묶던 핀, 운전할 때 쓰던 낡은 가죽장갑 같은 소소한 것들이죠. 병원에 있는 동안에도 간병인 한번 안 쓰고 제가 혼자 병수발을 다 들었죠. 글쎄요. 친한 여자가 있어서 가끔 산에도 같이 가고 맛있는 음식도 해주고 하면 좋겠죠. 이 나이에 열렬한 연애를 할 것도 아니지만. 글쎄요, 그러고 보니 저한테 왜 여자가 필요한지 잘 모르겠네요."

그녀는 다시 한번 어느 신도시 아파트에 남자와 자신이 함께 있는 장면을 생각했다. 청소를 하다보니 남자의 전처가 쓰던 물건들이 자꾸 보인다. 그녀는 그것들을 다 모아 박스에 넣은 뒤 널찍한 테이프로 꼭꼭 싸맨다. 박스를 들고 한참을 걸어서 그 아파트 쓰레기장이 아닌 다른 단지의 쓰레기장에 갖다버린다. 박스를 절대로 찾지 못하게 하기 위해서다. 그녀는 씩 웃으며 물잔을 잡는다.

한 얘기 또 하고 한 얘기 또 하고. 그녀는 남자가 말할 때마다 '글쎄요'가 몇번 나오는지 세고 있었다. 그러다가 남자보다 먼저 코트를 집었는데, 순간 남자가 황급히 계산대로 걸어갔다. 스시집에서 나와 근처 커피숍으로 들어가서도 대화는 별로 진전이 안 됐다. 그래서 두 사람 다 이제 서서히 화제를 돌리기 시작했다. 작은딸이 근성도 있고 일을 잘한다는 것, 혼기가 되었는데 왜 결혼하지 않는지 궁금하다는 것, 엄마가 훨씬 미인이라는 것까지. 이번엔 남자가 먼저 가죽 손가방을 잡았고 찻값은 그녀가 계산했다.

마른 나뭇잎들이 희끗한 눈 속에 파묻혀 있는 대로를 따라 걷던 그녀는 파하, 하고 웃었다. 대형 마트에서 산 속옷은 아래위 디자인이 같은 분홍색이었다. 목욕탕에서 손톱 손질도 받았고, 오랜 시간 공들여 때도 밀고 겨드랑이 면도도 했다. 오랜만에 섹스를 할지도 모르겠다고 그녀는 생각했었다. 그리고 섹스를 하고 나서 해줄 말까지 곰곰이 생각했다. 아무리 생각해도 생각이 나지 않아서 로맨틱한 영화도 한 편 보았다. 그 영화 제목은 '러브 어페어'. 그녀가 하품을 하며 영화를 다 보고 나서 고른 근사한 대사는 '당신의 움직임을 보는 게 좋아' 였다.

창밖에 가느다란 눈발이 날렸다. 그사이 아홉시 뉴스는 스포츠뉴스로 넘어갔다. 그녀는 갑자기 아침에 읽고 치워둔 조간신문을 찾았다. 그리고 안경도 쓰지 않고 아주 정확하게 아침에 스치듯 읽고 지나간 기사를 다시 찾아냈다. 그리고 문구매장에서 산 신문스크랩용 칼로 기사를 오려냈다. 거실 책꽂이에 꽂힌 파일을 꺼냈다. 파일은 한 해 동안 국내외 주요 기사들을 모아둔 신문스크랩북이었다. 그녀는 양면테이프를 기사 뒤에 붙인 뒤 흰 종이에 밀착시키고 날짜를 썼다. 그리고 비닐에 끼워넣은 뒤 파일을 다시 책꽂이에 꽂았다.

그녀는 고등학교를 졸업하고 한 연구단체의 자료실에서 신문스크랩하는 일을 했다. 보수는 많지 않았지만 일은 만족스러웠다. 연구원들이 뭔가 안 풀린다는 얼굴로 앉아 있으면, 그 연구원에게 필요한 게 무얼까 골똘히 생각했다가 신문자료를 모아 책상 위로 갖다주었다. 제법 똘똘하다는 소리도 들었고 성격이 차분해서 그 일에 적당했다. 그녀는 비록 연구실 보조직원이었지만 언제나 우리 사회의 앞날을 걱정했다. 아무도 그녀에게 한국사회의 미래가 어떻게 될 것 같으냐고 묻지는 않았지만 그녀는 나름대로 항상 대답을 찾아보려고 노력했다.

연구소에서 떠난 뒤 결혼을 했고 한 시민운동단체에서 일했다. 국내외 학술세미나의 준비작업과 뒷정리를 도왔는데, 주로 복사를 하거나 전화를 걸거나 회의 내용을 녹음한 녹취록을 정리하는 일이었다. 국내외의 분쟁현장에 가 있는 스태프들이 보내는 텔렉스를 받아 담당스태프에게 전해주고는 가슴이 뛰었다. “저는 지금 전쟁의 현장에서 죽어가고 있는 사람들을 바라만 보고 있습니다.” 그러면 그녀는 어린 딸들 생각도 잊고 당장이라도 떠날 사람처럼 부르르 떨며 일어났다. 가방 속에는 언제나 여권과 치약, 칫솔과 양말 한 켤레를 곱게 접어 넣어가지고 다녔지만 실제로 어딘가로 떠난 적은 없다.

그녀는 지금도 아프가니스탄이나 아프리카에서 헐벗고 굶주리는 어린애들에게 매달 얼마씩 돈을 보냈다. “후원자님의 사랑으로 제가 이렇게 컸습니다.” 아이들은 매년 한 번 크리스마스 때마다 사진과 편지를 보내왔다. 그녀는 그것 또한 스크랩을 했다. 국가만 달랐지 보내오는 편지의 내용은 거의 다 비슷했다.

그러다가도 아무도 알아주지도 않는데 뭐 하러 용돈을 아껴가며 이런 일을 할까 갑자기 후회스럽기도 했다. 그러면 구호단체에 전화를 걸어 아주 냉정한 목소리로 기부금 송금을 중지하겠다고 통보했다. 그렇게 하시면 안 된다고 만류를 하거나 호들갑을 떨 것이라 기대했지만 한 번도 그런 반응은 없었다. 그렇게 몇 달이 가면 그녀는 다시 이상한 죄책감에 시달렸고, 자진해서 전화를 걸어 후원국을 새로 배정받고 후원아동을 지정했다. 그렇게 해서 알게 된 아이들의 이름이 아주 많았다.

그녀는 신문스크랩을 끝내고 늦게까지 텔레비전을 보다가 잠을 청했다. 낯선 남자와 섹스를 하는 상상, 그 집에 놀러가는 상상 따위가 정신건강에 어떤 영향을 미칠 것인지를 생각하면서. 모처럼 생긴 기회를 왜 이렇게 싱겁게 마무리했는지 은근히 화가 나기도 했다. 그때 휴대폰이 울렸다.

"엄마, 어땠어? 괜찮지, 괜찮지? 엄마랑 딱 어울린다니까."

"너 어디니?"

"나야 회사지 어디야. 상무님한테 내가 먼저 전화해볼걸 그랬나?"

"미쳤니, 너. 그냥 가만있어. 그쪽도 내가 맘에 드는 눈치는 아냐."

"그래? 되게 외롭다고 그러셨는데. 여자친구 필요하다구, 나 붙들고는 눈물까지 흘리셨어. 그러지 말고, 엄마는 어땠는지 솔직하게 말해주라."

"그럼 내가 아니라 젊은 너가 맘에 든 모양이지."

"엄마는 하여튼, 말해보세요 빨리, 느낌을."

"제목은 생각 안 나는데 예전에 본 중국영화가 있어. 젊어서 남편을 잃은 여자가 돈 많은 남자를 만나 재혼을 했어. 미인이었겠지. 시집가는 날은 정말 대단했어. 온몸을 휘감는 근사한 치파오가 수십 벌에 귀한 화장품들, 꽃과 나비를 수놓은 신발과 장신구까지. 그런데 그 여자는 그날 딱 하루만 빼고 그 집 부엌 밖을 영원히 나오지 못했단다. 아시아의 많은 여자들이 아직 그렇게 살아."

"엄만 하여튼, 영화도 좀 그만 보고, 잘난 척도 그만 좀 해."

전화를 끊고 그녀는 사지를 늘였다 조이는 스트레칭을 잠깐 하고는 멍하니 앉아 있었다. 창밖에서 자꾸 바람 소리가 들려왔다. 눈발이 그친 하늘은 진한 청색이었다. 문득 오래전 그때가 생각났다. 남편이 '내 인생 최고의 여자를 만났다'고 선언했을 때, 여자들 셋이서만 했던 가족회의 장면이 떠올랐다. 작은딸은 그야말로 불같이 화를 내고 난리를 피웠다.

"아랍에선 딸이 부모나 오빠 말을 안 듣고 멋대로 남자를 만나 연애를 하면, 가족회의를 열어서 그 딸을 죽이기로 결정한대. 우리도 아빠를 죽이자. 내가 죽일 거야. 우리 셋 중에서는 내가 형량이 제일 가벼울 테니까, 그 인간을 내가 죽일 수 있으면 좋겠어. 그렇게 해줘."

큰딸은 그 무렵 매일 최루탄 시위에 따라다니느라 언제나 몽롱해 보였다. "너도 말 좀 해." 동생의 채근에 겨우 한마디 하기는 했다.

"아버지 방이 빠지고 나면 너가 그 방으로 가. 내 짐은 하나도 손대지 마, 종잇조각 하나도."

그래서 남편이 이사를 가고 나면 작은딸이 제 방을 갖게 되는 것으로 그 가족회의는 끝이 났었다.

그녀는 딸들에게 바라는 것이 별로 없었다. 아이들 성격이 지나치게 개방적이고 이기적인 게 다 엄마 탓이라고 몰아붙이던 남편의 말도 일리가 없지는 않다고 생각했다. 한 번씩 예의로라도 너희들은 왜 결혼하지 않느냐는 얘기를 했을 때 큰딸은 아주 짧게 대답했다. "가족, 지연, 학연 그런 것들이 싫어. 피범벅, 한통속, 한핏줄 그런 걸 왜 만들어? 싫어 난."

큰딸이 일본에 간 지 정확히 구 년 팔 개월이었다. 일본에 정착해 살 것도 아니라면서 한국으로 돌아올 생각은 없다고 했다. 대신 한국이 아닌 다른 나라로 가서 하던 일을 계속하고 싶다고 했다. 너무 힘들다, 지겹다, 몸살이 났다, 뭔가 볼멘소리를 하기보다는 늘 담담하게 도쿄의 날씨나 빈번한 지진 소식을 전하는 게 다였다.

"엄마, 도쿄에서 제일 잘 팔리는 책이 뭔 줄 알아요? 지진이 났을 때 걸어서 자기 집으로 돌아가는 길을 알려주는 지도와 방법이 실린 책이에요. 여기 백화점에 가면 지진과 관련된 이백여 종의 물건들을 팔고, 집집마다 비상식량과 모포가 준비되어 있어요. 사람들의 머릿속에는 자기가 살아 있는 동안 반드시 한

번은, 일본열도의 오른쪽이 반쯤은 무너져내리는 지진이 다가온다는 것을 예감하고 살아요. 일본의 자연재해의 역사가 그것이 곧 임박했음을 말해주고 있대요. 땅 밑이, 바닷속 깊은 곳이 부글부글 끓고 있다고 생각하며 사는 사람들을 떠올려보세요. 제가 있는 일본은 또 그런 곳이기도 해요, 엄마."

그녀는 두 딸이 집 한 채를 사기 위해 이십 년을 허비하고, 그렇게 산 집 안에 남편과 아이들을 모아놓고, 어떤 경우에도 자기 가족밖에는 모르는 사람으로 살지는 않기를 바랐다. 그런 의미에서 큰딸은 어느 정도 자신의 바람과 일치하는 삶을 살고 있다고 생각했다. 그러면서도 최근에는 같은 한국말로 얘기하면서도 서로 말이 잘 통하지 않는다고 느낄 때가 많았다.

새벽에 잠이 깬 그녀는 케이블 텔레비전의 채널을 아무 생각 없이 돌리다가 CNN 화면에서 잠깐 멈췄다. 그녀는 순간 '매미'라는 말을 생각해냈다. 몇 년 전 한반도를 강타했던 태풍의 이름이 매미였다. 그러나 지금 화면으로 보이는 건 태풍도 아니었고 뭔지 잘 알 수 없었다. 그녀는 안경을 꺼내 쓰고 텔레비전 볼륨을 높였다. 뉴스는 똑같은 화면을 반복해서 내보내고 있었다. 먼저 야자수 몇 그루가 서 있는 심심해 보이는 해안가가 잠깐 비춰졌다. 선글라스를 낀 사람들이 왔다갔다했다. 해안가에 있는 흰색 리조트 건물이 잡혔다. 갑자기 케이크가 우그러지듯 리조트가 우그러졌다. 리조트가 우그러지기 직전 멀리 바다에서부터 밀려오는 해일의 끝자락이 캠코더의 화면을 채웠다. 선글라스를 낀 사람들이 미니어처처럼 간단히 사라지면서 비명소리가 들렸고 리조트는 금세 바다의 일부가 되어 출렁거렸다. 그녀는 한동안 그 화면을 쳐다봤다. 화면은 적어도 스무 번 정도는 반복되어 상영됐다.

다음날 새벽부터 텔레비전은 남아시아를 강타한 지진해일 소식으로 시끌벅적했다. 십오만 명의 인명피해, 막대한 재산피해, 자연재해가 역사를 바꾸고 인류를 바꾼다는 파국이론 등장…… 공항에 나가 있는 여행객들은 예약을 취소하게 된 심경을 토로했고, 동남아로 여행을 나간 가족이 있는 사람들이 안절부절못하고 현지 소식을 기다리는 모습이 카메라에 잡혔다.

그녀는 아침 아홉시에 당장 여행사로 전화를 걸었다. 해가 바뀌는 1월에 친구들과 함께 여행을 가기로 한 곳이 태국이었다. 그녀는 그곳의 상황을 물었고, 여행사에서는 아주 밝은 목소리로 안심하라고 했다. 몇 차례 더 질문을 하자 약간 뜸을 들였고, 자기들도 어느 정도 시간이 지나야 현지 상황을 알 수 있겠다고 했다.

스크랩, 어쩌면 스크랩만이 그녀의 유일한 역사였다. 동남아를 덮친 지진해일의 이름이 일본어의 '쓰나미'라는 것을 안 그녀는 쓰나미에 관한 기사들을 스크랩하기 시작했다.

연말이 금세 갔고 새해가 왔다. 큰 눈이 두 번쯤 내렸고 그녀는 새해에 쓸 스크랩북을 같은 디자인으로 한꺼번에 구매했다.

광복 육십 주년을 맞아 올 한 해 동안 열릴 대규모 기념행사들에 관한 홍보기사가 연일 쏟아져나왔다. 스리랑카며 인도네시아의 쓰나미 복구현황이 가끔 텔레비전에 나오긴 했지만, 시간이 가면서 관련 기사들은 점점 줄어들었다.

생일날, 그녀는 일본의 큰딸이 인터넷을 통해 보내준 장미꽃바구니와 통장으로 넣어준 용돈을 선물로 받았다. 낮에는 친구들을 만나 점심을 먹었고 그 자리에서 사진작가한테서 받은 영정사진을 공개했다. 사륙 사이즈 크기로 인화해준 사진을 보고 모두들 한마디씩 했다. "이제 남은 건 죽는 일뿐이네, 나도 찍어야겠어. 실물보다 낫다, 이거 보고 남자 귀신들이 프러포즈하러 오는 거야?" 옆에 앉아 식사하던 젊은 여자들이 소곤거렸다. "시끄러워서 밥을 못 먹겠네!" 그녀 옆에 앉아 있던 친구가 젊은 여자들 쪽을 향해 나직하게 말했다. "이년들아, 네년들도 그리 멀지 않았어."

그날 저녁엔 종로 네거리에 삐딱하게 서 있는 국세청 건물 꼭대기의 레스토랑에서 작은딸이 사는 밥을 먹었다. 기분전환에는 도움이 됐지만 음식 맛은 그저 그랬다. 작은딸은 지하 서점에서 샀다며 『늙지 않고 인생을 즐기는 법』이란 책 한 권과 용돈을 주었다.

1월 말, 전형적인 삼한사온의 한파가 지속되던 어떤 날, 일 년에 한두 번씩은 전화통화를 하는 아이들의 고모가 전화를 했다. "오빠가 식구들하고 동남아에 놀러갔는데 큰일을 당했어요. 언니도 뉴스 봤죠? 그렇게 예뻐하던 아들 녀석은 실종되고 오빠도 많이 다쳤어요. 사람 구실하며 살 수 있을지 모르겠어요. 잘살더니 이게 웬 날벼락이죠? 그 꼬맹이가 눈에 밟혀 죽겠어요."

전화를 끊고 그녀는 냉수를 마셨다. 식욕이 없을 것 같았지만 자꾸만 뭔가가 먹고 싶어져서 저녁밥을 먹고 나서도 안절부절 못했다. 그후에도 멍청한 얼굴로 집 안을 돌아다니던 그녀는 현관에 쌓아놓은 날짜 지난 신문들을 가지고 들어와 뭔가를 찾기 시작했다.

2월 중순, 그녀는 골프여행을 떠나는 그룹과 대학생 배낭여행 그룹에 섞여 비행기를 탔다. 다른 친구들은 그런 재수 없는 일이 일어난 곳에는 가고 싶지 않다고 해서 취소했고 그녀 혼자만 출발했다. 카메라를 든 잡지사인지 방송국 기자들이 잔뜩 탄 비행기 안은 시끄럽고 답답했다.

방콕 공항에서 만난 가이드는 키가 작고 허릿살이 통통한 서른 살 안쪽의 여자애였다. 서울이 집이라고 했고 태국에 온 지 이 년이 되었다고 했다. 그녀는 가능하면 혼자 다니고 싶었다. 게다가 딸들이 준 용돈이 많아 걱정은 없었다.

가이드가 그녀를 데리고 파통 거리로 갔다. '반 림 파'라는 식당에서 타이 식의 저녁식사를 하고 거리로 나왔다. 거리는 번화했고 등이며 넓적다리를 시원하게 내놓은 서양 관광객들이 게이바며 나이트클럽 앞에 앉아 있었다. 그녀는 어지럼증이 일어 현란한 조명 때문인가 했지만, 낮부터 쓴 색안경을 여전히 끼고 있어서였다. 그녀는 안경을 벗고 느릿느릿 파통 거리를 걸었다. 가이드의 말로는 쓰나미 때문에 태국이 무척이나 한산해졌고 특히 해변 쪽은 완전히 죽었다고 했다. 가이드는 비교적 조용한 술집으로 그녀를 안내했고 그곳에서 맥주 한 캔을 마셨다. 그 동안 가이드는 휴대폰을 붙들고 이마를 비비며 영어로 떠들었다.

그날 밤 그녀는 파통 비치의 리조트에서 하룻밤을 묵었다. 아침햇살이 강렬해서 창밖이 온통 하얗게 보였다. 실눈을 뜨고 길이 오 킬로미터가 넘는 해변을 보았다. 아침이라 리조트 가까이 있는 파라솔과 선베드는 비어 있었다. 해안가는 한 줄은 산호색 바다, 한 줄은 모래사장으로 길게 누워 있었다. 모래사장 옆으로는 융털처럼 붙은 초록색의 코코넛나뭇잎들이 보였다.

로비에서 만난 가이드는 얼굴이 퉁퉁 부어 보였다. 그녀는 연유를 넣은 진하고 단 커피를 마셨고, 가이드는 차가운 우유를 마시며 얼굴에 선크림을 발랐다. "쓰나미 피해를 제일 많이 당한 곳으로 데려다줄래?" 그녀가 말하자 가이드는 두어 군데 전화를 걸어 태국말로 떠들었고 곧 파통 거리로 나가 택시를 잡았다.

해안도로를 따라 달리다가 갑자기 가이드가 택시를 세웠다. 그녀도 택시에서 내렸다. 그리고 뭔가가 다 사라져서 눈 둘 곳이 없는 휑한 느낌의 바다를 오래도록 바라보았다. "아니 여기가 이렇게 되다니. 이쪽은 해안이 다 없어져버렸네." 가이드가 통곱구두 소리를 내며 통통 뛰어다녔다. 그녀는 바다 너머 저 먼 곳의 육지와 이곳의 육지를 연결하는 깊은 바다를 오래도록 바라보았다. 쓰나미의 성난 숨소리가 들려오는 것 같았다. 몇십 년 만에 한번씩 그렇게 들끓어올라 바다를 두 동강 내고, 해일로, 지진으로 나타나 육지의 지형을 바꿔놓지 않으면 안 되는 사정은 뭘까. 바다야, 너는 몇살이니? 그녀는 신고 있는 신발을 벗고 납작하게 엎드려 바다의 소리를 들어보려고 했다. 아직도 쓰나미는 바다에 머무르고 있었다.

카말라 비치는 파통 비치로부터 북쪽으로 십 킬로미터도 안 되는 거리로, 택시로 이십 분이 채 안 걸렸다. 가족 단위로 오는 관광객이 많은 유명한 리조트라고, 경치도 좋고 볼거리가 많은 곳이라고 했다. 가이드는 나무들 몇 그루와 뒤집힌 배 파편들이 보이는 해변 오른편을 가리키며 "저기 있던 방갈로가 다 없어져버렸네" 했다. 해변 곳곳에 쓰레기를 실은 바지선이 묶여 있었고, 현지인들이 느릿느릿 쓰레기를 모아 트럭에 싣는 중이었다. 뿌리째 뽑힌 나무들이 통째로 해변가에 누워 파란 하늘을 올려다보고 있었다.

가이드를 따라 리조트 쪽으로 갔다. 하트 모양의 케이크처럼 생긴 수영장은 새로운 물로 교체하는 중이었다. 중앙에 있는 분수 꼭지들은 거의 부러지고 한 개만 달려 있었다. 리조트는 꼭대기층만 남기고 아래는 모두 물에 잠겼다고 했다. 건물 정중앙의 기둥들이 부러져 사라지고 휑하니 뚫려 있었다. 가이드는 리조트 이층을 가리키며 작년에 왔을 때 자기가 묵었던 방인 것 같다고 했다.

수영장에서 리조트의 아래층 난간을 따라 걸었다. 난간 곳곳이 W자 모양으로 떨어져나갔다. 텔레비전에서 사람들이 난간 끝에 매달려 고개만 내민 채 소리를 질렀었다. 그녀의 눈앞으로 난간 끝에 매달린 사람들의 얼굴이 지나갔다. 그녀는 태국의 싱싱한 태양 아래서 눈을 감은 채, 부서진 난간의 까끌까끌한 표면에 손바닥을 대고 서 있었다.

작은 시장이 있던 골목은 텅 빈 쓰레기들의 거리였다. 가게들은 모두 부서졌고 여기저기 쓰레기 더미뿐이었다. 사진이 들어간 신분증 조각도 굴러다녔고 머리카락이 흙덩어리가 된 바비 인형도 굴러다녔다. 인기척이 나서 돌아보면 외국의 자선단체 사람들이 똑같은 티셔츠를 입고 지나가고 있었다. 그들 외에 다른 관광객은 없었다.

골목 끝에 이르러 가이드가 말했다. "저기 해변 끝에 푸켓에서 제일 유명한 판타시 공연촌이 있어요. 코끼리도 나오고 정말 환상적인 쇼를 하는 곳이죠. 제때에 오셨으면 그 쇼를 봤을 텐데. 매일 밤 아홉시에 쇼를 했어요. 매일 밤, 매일 밤 아홉시에."

그녀는 오후 내내 택시를 탄 채 푸켓을 돌아다녔다. 바닷물은 말 그대로 산호색이었고 '항구로 몰려오는 파도'라는 뜻의 쓰나미의 흔적은 끝없이 높아만 가는 쓰레기 더미에서나 찾을 수 있었다. 사람들은 여전히 태양 아래서 스노클링을 즐겼고 선베드에 누워 책을 읽었으며, 여전히 여행가방을 든 채 분주히 푸켓을 들고 났다.

그후 이틀을 그녀는 파통 비치의 리조트에서 보냈다. 하루는 편두통 때문에 고생을 했지만 가이드가 사다준 약을 먹고 씻은 듯이 나았다. 뭔가 화끈한 일이 없었느냐고 물어볼 친구들 생각에 뭔가 해보고 싶기도 했지만 자꾸만 잠이 왔다.

난간에 붙어 서서 물속에 잠겨 떠오르지 않는 어린 아들의 머리꼭지를 찾고 있는 남편의 모습이 비몽사몽간에 계속 보였다. 남편은 농촌 출신이었다. 어렵게 대학을 갔고 토목공학을 전공해 사우디아라비아에서 오랜 시간을 일했다. 겉으로 보기에는 씩씩한 남자였지만 겁이 많은 사람이었다. 그녀는 꿈속에서 코끼리가 나오는 민속공연을 보고 있는 남편을 보았다. 코끼리의 다리가 그를 찰까봐 그녀는 온 신경을 곤두세웠다. 코끼리 다리가 움직이는 순간마다 그녀는 잠에서 깨어났다. 따뜻한 햇볕을 따라 남아시아에 왔다가 온몸으로 지진해일을 맞이한 사람들은 그 순간 얼마나 아팠을까.

그녀는 배와 가슴을 쓰다듬었다.

태국을 떠나기 전날 밤, 그녀는 극심한 허기를 느끼고 가이드와 함께 식당으로 갔다. 과식하는 체질이 아니었지만 엄청나게 많은 음식을 먹었다. 코코넛 밀크를 바른 돼지고기 꼬치구이에, 새우와 콩나물을 넣고 볶은 쌀국수, 칠리를 넣어 조리한 닭살요리까지. 그러나 정작 허기에 들뜬 사람은 가이드였다. 가이드는 접시에 남은 음식들까지 다 먹어치우고는 시원하게 트림까지 했다.

리조트 로비에서 그녀는 환전해 가지고 있던 백 달러와 태국 돈 천사백 바트를 가이드에게 주었다. "리조트에만 계셔서 제가 특별히 한 일도 없는데요." 가이드는 콧등에 주름이 잡히도록 웃으며 머리를 숙여 인사했다.

영정사진을 찍은 사진작가한테서 전화가 왔다. 영정사진 전시회에 그녀의 사진을 걸어도 좋겠느냐고 물었다. 그녀는 좋다고 했고, 친구들을 모두 데리고 구경가겠노라고 했다. 그날 밤 그녀는 작은딸 집에 갖다줄 김치와 밑반찬들을 담아 냉장고에 넣었다. 그리고 오랜만에 자막이 있어 보기 편한 〈오프라 윈프리 쇼〉를 보았다. 오늘의 주제는 '나이보다 열 살 젊어 보이는 법'이었다. 쇼가 끝난 시간은 새벽 한시경이었다. 그녀는 엽산 한 알과 어린이용 아스피린 두 알을 먹었다. 작년 언젠가 오프라가 방송중에 암에 걸리지 않는 방법 중 한 가지로 추천한 비법이었다.

그 다음날은 토요일이었다. 작은딸은 출근하지 않기 때문에 집에 있겠다고 했다. 작은딸의 아파트 현관에 들어서자마자 '지지배'라고 불리는 강아지가 그녀를 보고는 와락 달려왔다. 집 안에선 알 수 없는 냄새가 났다. 그녀는 가방을 내려놓고 싱크대로 가 고무장갑을 끼고 설거지를 시작했다. 설거지가 문제가 아니었다. 작은 아파트가 온통 쓰레기와 악취 천지였다. 강아지는 그녀의 치마 끝을 물고 놀아달라고 졸라댔다. 그녀는 강아지의 엉덩이를 찰싹 때리고는 방으로 갔다. 딸은 침대에 누워 정신없이 자고 있었다.

화장실 바닥은 개똥과 과자 부스러기, 피자 조각이 뒤섞여 발 디딜 틈이 없었다. 세탁통 안에는 빨래가 잔뜩 들어 있어서 제대로 가동시킬 수도 없었다. 거실 매트를 들추자 강아지 오줌 냄새가 진동했다. 결정적으로, 싱크대 위에 놓인 냄비 뚜껑을 열자 구더기가 핀 반찬이 보였다. 강아지는 바람 소리만 들려도 힝힝거렸다. 그녀는 그로부터 다섯 시간 동안 줄곧 집 안을 치웠다.

밖이 조금 정리가 되고 딸이 자고 있는 방으로 들어갔다. 침대 옆에 놓여 있는 콘솔 안은 세상의 모든 피임기구 전시장이었다. 옷장 안에는 돈 주고 샀다고 하기에는 아까운 쓰레기 같은 옷들이 그득했다. 온갖 반짝이와 레이스와 가죽과 니트와 모든 종류의 옷감들이 다 망라되어 있었다. 벨트도 종류별로 벨벳, 링, 가죽까지 모두 스무 개는 되었다.

이게 도대체 집이야! 그녀는 침대 위 책장 한구석에서 어디서 많이 본 사진액자를 발견했다. 가족사진이었다. 그때의 유명배우였던 장미희나 유지인의 머리 모양처럼 그녀의 머리 또한 사자머리 스타일이었다. 네 사람 다 환하게 웃고 있었다. 그러나 백 년을 간다는 컬러사진의 색깔은 벌써 누렇게 변해가고 있었다.

"좀 일어나봐." 그녀는 딸의 엉덩이를 때렸다. 부스스 눈을 뜨고 상체를 일으켜세웠다가는 다시 누웠다. 그녀는 밖으로 나가 집에서 가져온 김치를 꺼내고 재료라고는 달랑 계란만 들어간 계란찜을 만들었다. 딸이 밥 한 그릇을 놓고 강아지 한 번 떠먹이고, 저 한 번 떠먹었다. 그사이 그녀는 방으로 들어가 침대 위를 치웠다. 침대 위는 요란한 것들 천지였다. 그녀는 내내 태국 여행 얘기는 꺼내지 않았다.

얼굴이 퉁퉁 부은 딸은 계란찜 한 그릇을 다 비웠고 모처럼 깨끗해진 집 안을 보더니 환호성을 질렀다. 그리고 지나가는 말처럼 물었다.

"엄마가 다른 집 엄마들처럼 좀 착하면 언니나 내가 낳은 애들도 봐줄 텐데. 혹시 그럴 마음 있어?"

"결혼도 안 하고? 이런 집에?"

"아기가 뭐 결혼했는지 안 했는지 알고 생기나?"

그녀는 뭔가 말하려다가 피식 웃었다. 그 닥스 체크무늬 같은 늙다리랑 사고친 거만 아니라면 다 괜찮지. 생각은 그렇게 했지만, 새해도 되었고 뭔가 일관된 태도를 보이는 것이 좋겠다 싶어 한마디 했다.

"요즘은 딸이 많으면 딸년이 낳은 애들 봐주다가 싱크대 앞에서 장렬히 전사한다는 말이 있다더라. 내 친구들이 그랬어, 절대로 딸년이 낳은 애는 봐주지 말라고. 내가 미쳤니."

"엄마 친구들은 어쩌면 그렇게 다 이상해. 엄마가 당분간 이 지지배 좀 맡아주라. 난 곧 출장이 있을 거 같아."

그녀는 강아지를 데리고 나왔다. 밤공기가 차가워 강아지가 파르르 떨었다. 상가의 애견센터에 들러 강아지를 맡겼다. 강아지가 낑낑거리면서 눈을 껌벅거렸지만 그녀 생각에 자신의 집보다는 애견센터가 훨씬 나았다.

3월이 시작되고 인사동에 있는 한 화랑에서 영정사진 전시회가 열렸다. 다 늙은 사람들이 뭐가 바쁜지 전시회 마지막 날에야 구경을 갔다. 사진작가는 아래위 검은색 옷을 입고 현관에서 있었다. 검은색 옷인데도 너무나 말끔하고 세련되어 보여서 한 마리 제비가 날아와 앉아 있는 것 같았다. 다만 제비가 너무 피곤한지 입술 한쪽에 작은 혹을 매달고 있었다. 검은색 리본을 달고 사진 앞에 촛불을 켜놓았지만 영정사진이라고 하기에는 표정이 너무 좋았다.

그녀는 사진작가에게 같이 간 친구들을 소개시켰다. 그녀의 친구들은 "예술가들은 너무 멋있다!"는 말을 자꾸만 했다. 그녀는 감사하다는 인사를 어떻게 할지 몰라서 사진작가의 눈만 가만히 쳐다봤다. 그랬더니 사진작가가 그녀에게 말했다.

"사진이 너무 좋으셔서, 정말 감사해요. 허락해주셔서 감사하구요. 전시회 준비하느라고 너무 신경썼더니 제 얼굴이 이 모양이에요. 피곤해 죽겠어요."

그녀는 순간 키가 자기보다 머리 두 개는 큰 사진작가를 덥석 안았다. 그리고 담배 냄새가 나는 목덜미에다 대고 고맙다고 말했다. 그녀의 친구들도 덩달아 줄줄이 사진작가를 안아주었고,

사진작가는 나이 든 여자들의 포옹에 다행히도 황홀한 표정을 지었다.

화랑에서 나오다가 그녀는 멀쩡하게 양복을 차려입은 한 청년을 보았다. 스튜디오 바닥에 떨어진 김치 그릇을 치우던 그 빨강 트레이닝 바지 청년이었다. 청년은 바닥에서 사방으로 굴러다니는 종이컵을 열심히 주워모으는 중이었다. 영정사진 도록이 담긴 봉투를 가슴에 안은 여자들이 긴 스카프자락을 등뒤로 휘날리며 화랑 골목을 걸어가고 있었다.

그 동안 너무나 듣고 싶었던 이 음성, 나는 허공에 대고 손을 흔들었다. 이 목소리는 내가 상하이의 와이탄 거리의 야경을 감상한 뒤, 휘황찬란한 도심 속의 호텔방으로 들어가 샤워를 하고 잠자리에 들 때까지 줄곧 날 따라왔다. 아주 깜깜한 잠 속까지도.

K에게

공단지역 출장은 영업부에서 일하는 K와 나에겐 전혀 새로운 일이 아니었다. K와 나는 지금까지의 출장들과 다를 바 없지만 꽤나 비중 있는 출장길에 서 있었다. 각자 분신처럼 끼고 다니는 노트북 가방을 하나씩 들었고, 나는 무난한 줄무늬 양복에 무난한 줄무늬 셔츠를 받쳐 입었다. K는 늘 그렇듯이 옆트임이 있는 감색 스커트 정장에 굽이 낮은 단화를 신었다. 걸을 때마다 스커트 옆트임 사이로 뾰족하게 나온 무릎이 살짝살짝 보인다. 만약 K에게 그 스커트 옆트임마저 없다면 숨이 막혔을 것이다. 어쩌면 K도 내게서 팡, 하고 튀어올라 시원하게 열리는 자동차의 선루프 같은 곳을 찾아내고 싶었는지도 모른다. 날씨가 덥다는 이유를 들어 소프트아이스크림을 하나씩 물고 서울역 대기실 안에 있는 우리. 신설된 고속철도의 개통을 알리는 애드벌룬 다발이 우리들의 머리 위로 떠다녔다.

"오늘도 저희 열차를 이용해주시는 승객 여러분께 감사의 말씀을 드립니다."

열차 좌석번호와 관계없이 K는 언제나 사전양해도 구하지 않고 먼저 창 쪽 자리에 가 앉았다. 지정된 대로 앉자고 말하고 싶었지만 한 번도 말할 기회를 주지 않았다. 그럴 때 보면 K는 대단히 무신경하고 제멋대로이다. 목적지인 공단까지는 세 시간가량 걸린다. K는 추어블 정 형태의 비타민을 꺼내 녹여 먹으면서 내가 보고 있는 스포츠신문을 흘끔거렸다. 열차가 출발하기까지 몇 차례의 안내방송이 더 나왔고, 그사이 승무원들이 통로를 휙휙 가르고 지나갔다. K는 생수병을 꺼내 물을 마시고 의자 깊숙이 몸을 기댔고, 나는 시디플레이어 이어폰을 귀에 꽂았다. 열차는 출발했고 나는 사이키델릭한 음악 소리에 머리를 맡겼다.

"넌 평생을 싸돌아다닐 팔자란다." 오래 전, 대학 졸업을 앞둔 내게 어디서 무슨 얘길 듣고 왔는지 엄마는 그 말을 하면서 자꾸만 코를 풀었다. "왜, 객사라도 한대?" 엄마는 대답 대신 부엌으로 나갔고 양은냄비며 바가지가 부엌 바닥에 떨어져 뒹구는 소리가 들렸다. 그리고 취업 대비 시험을 위해 할부로 산 실용영어회화 테이프 첫 장의 '공항에서 생긴 일' 부분을 들을 때마다 묘한 기분이 들었다. '어텐션 플리즈'로 시작되는, 웅웅거리는 넓은 공항 건물 안에서 나오는 그 안내방송 소리, 그 소리를 들으며 공항을 당당히 누비는 내 모습. 나는 그때 아주 자주 공항에 가 있곤 했다. 어쨌든 지금 공항은 내가 늘 거쳐가는 곳이 되었고 엄마의 그 말은 결국 예언이 되었다.

다국적 전자회사에 입사한 지 십오 년이 되었다. 모닝커피를 마시고 나면 사무실에서 나와 공항으로 가거나 고속도로 위에 있는 날이 많았다. 늘 적당한 안개가 끼어 있고 시멘트 냄새가 진동하는 곳, 하늘을 나는 새들이 있고 멀리 섬이 보이는 공항 전용도로를 나는 특히 좋아한다. 얼마 전까지만 해도 신공항 주변지역 섬 주민들이 통행료 때문에 시위를 했었다. '공항 인접 구역'이라는 커다란 표지판이 보이기 시작하면 내 몸은 이미 삼만 피트 상공에 떠 있었다. 어두운 산 그림자에 둘러싸인 해 진 뒤의 고속도로, 벌레조차도 살 수 없이 차갑고 깔끔한 공장의 실내, 넘치는 전자파의 바다 같은 사무실. 나는 집을 떠난 후 늘 그런 곳에 있었다. 내가 가장 애처롭게 여기는, 온갖 종류의 균들이 기생하는 나의 불쌍한 두 발과 함께.

봄이 온 게 확실했다. 시야가 온통 옥수수수염 빛깔의 연녹색으로 가득했다. 갑갑증을 느끼고 이어폰을 빼버렸다. 귀가 막혔다 뚫렸다 하는 먹먹한 저압상태 속에서 연이어져 있는 몇 개의 터널을 통과했다. 차창 밖으로 선로 주변에 들어선 고층 아파트들이 보였다. 복도 난간에 내다 널어놓은 이불이며 옷가지들의 색깔이 산뜻하지는 않았다. 주변 골프연습장의 초록색 그물망 안에서 골프 스윙을 하는 다부진 체구의 남자들도 보였다. 나는 오늘 회의에서 거론해야 하는 주요한 어젠다들을 떠올리며 휴대폰을 그러쥔 K의 손등을 쳐다보았다. K는 걸려온 전화 한두 통을 받았으며 어딘가로 전화를 걸어, 날씨가 이렇게 좋은데 아직도 방구석에서 자고 있느냐고 묻기도 했다. 그러는 사이 많은 사람들이 내리고 또 새로운 사람들이 올라탔다. 드디어 수다를 떨기 시작하는 K.

"저기, 그 사람 알지 왜?"

나이는 두 살 어리지만 K와 나는 입사동기였다. 그래서 K는 늘 나를 과장님도 아니고, 딱 부러지게 아무개씨도 아닌 어중간한 호칭으로 불렀다. 나 역시도 K의 직책인 대리라는 호칭을 정확하게 부르지도 않지만.

"왜 있잖아, 영업 3부 민과장. 나, 그 사람 어떤 여자랑 한강에서 유람선 타는 거 봤어. 회사 야유회 때 그 사람 와이프를 본 적 있거든. 그 와이프랑 분위기가 확 다른 아주 화사한 여자였어. 그런데 유는 주말에 뭘 했어? 난 한강서 인라인 탔는데. 잠수교까지 갔다 왔어. 엄청 멀리 갔지. 허리가 아파서 사실 지금 몸이 말이 아냐."

주말에 난 뭘 했나. 백화점에 가서 사각팬티 몇 장을 샀고 이태리제 가죽구두를 신어봤지만 너무 비싸 사지는 않았고, 흐드러진 꽃무늬 원피스를 입은 여자들의 옆모습을 봤고 지하 식품부에 가서 토마토와 호밀빵을 샀다. 집으로 돌아와서 훈제꽁치 통조림을 반찬으로 밥을 먹었고 남은 통조림은 쓰레기통에 버렸다. 선거홍보전화 몇 통을 받았고 스팸메일을 정리했다. 나이 마흔이 다 된 여자가 한강에서 인라인을 타는 풍경을 상상하자 웃음이 나왔다.

“난 집에 있었어.”

“주말에 여행 다닌 지도 정말 오래됐네.”

K만 그런 게 아니었다. 월요일부터 금요일까지 늘 싸돌아다니는 사람들은 주말에는 집에 있고 싶어한다. 그러면서도 늘 돌아다니던 습성이 있어 또 빨리 주말이 가기를 기다린다. 난 얼마나 더 싸돌아다녀야 하지. 왜 나 자신에게 그런 질문을 하는지 모르겠다. 경사 때문에 막 차창 밖 풍경 너머로 잘려나가는 길, 길들. 선로 주변은 온통 줄지어 선 전봇대들의 숲이다.

“미안해, 나 좀 잘게.”

“마음대로 하시죠.”

자라고 말은 하면서도 뭔가 불평이 가득한 K의 얼굴표정. 우리는 세 시간 만에 어김없이 공단지역에 도착했고, 점심시간 이전이었지만 늘 그랬던 대로 역 근처의 식당에 가서 밥을 사 먹었다. 메뉴는 둘 다 생태찌개. 택시를 타면 공단 식당에서 밥을 먹을 수 있는 충분한 시간이 되지만, 전자공학과 출신의 공돌이들과는 함께 식사하고 싶지 않다는 게 공통된 이유. K는 평소대로 밥 반그릇을 먹었고 나는 K가 남긴 밥까지 다 먹었다. K는 간밤에 만났던 친구들 얘기를 하면서 스커트 위로 떨어진 밥풀들을 떼어 생수병에 붙였다. 달그락거리는 주방의 그릇 소리, 옆자리에 앉은 젊은 남녀가 티격태격하는 소리 때문에 K의 목소리가 뚝뚝 끊어졌다.

"한 남자와 오래 사귄 친구가 있는데, 옛날에 비교적 느낌이 좋았던 교회 친구가 이혼하고 혼자서 미국 가 산다는 걸 최근에 알게 된 거야. 그래서 그 남자를 만나러 미국에 갔고 결혼하기로 했어. 그런데 한국에 있는 오래 사귄 남자친구가 미국에 가겠다고 하면 죽여서 땅속에 묻어버리겠다고 협박을 한다는 거야. 그래서 내가 걱정하지 말라고 그랬어. 난 책임질 사람도 없으니까 내가 먼저 그놈을 묻어버리겠다고 했거든. 우선 좋은 삽을 사야겠어. 친구를 위해서라면 그 정도는 해야겠죠? 같이 할까?"

K는 치아 사이에 낀 고춧가루를 치실로 빼내며 내가 무슨 말을 할까 반응을 기다리는 눈치다. 도대체 내가 왜 그런 말도 안 되는 소리를 들어줘야 하는지, 이 여자가 아는 사람들은 다 왜 이렇게 한심할까. 이럴 땐 자리를 피하는 게 최고, 나는 자리에서 일어섰다.

"과장님, 난 설탕 빼고."

또 자연스럽게 나한테 커피 심부름을 시킨다. 인스턴트 커피의 꼭지 부분에서 설탕이 나오지 못하도록 꼭 잡고 있는데 온몸이 화끈거렸다. 하필이면 왜 이렇게 시끄러운 여자와 한 팀이 되어 출장을 다녀야 하는 건지. 차라리 군내 나도록 입 꽉 다물고 있는 사내놈들이 그리웠다.

기차역에서 공단 입구까지는 택시로 사십 분가량이 걸렸다. 반듯한 네모들을 줄지어놓은 듯한 공단 건물 주위는 지나치게 고요했고, 공단 저 너머로는 높고 우람한 굴뚝들이 빼곡하게 둘러쳐져 있었다. 택시에서 내렸을 때 작은 빗방울이 떨어져내리기 시작했다.

회의 준비는 그쪽도 우리도 더할 수 없이 완벽했다. K와 나는 한국 중국 일본 세 나라를 오가며, 신제품으로 개발된 향기 나는 에어컨의 성능과 부품 가격 등에 관해 설명했다. 1992년 브라질의 리우데자네이루에서 열린 유엔환경개발회의에서 지구온난화를 가속화시키는 물질들의 사용을 규제하는 리우환경협약이 이루어졌고, 그에 따라 프레온가스의 사용도 금지하는 것이 당연했으나 장사하는 사람들에게 그런 국제협약들은 약간의 소음에 불과하다. 에어컨에 필요한 프레온가스 대체물질이 개발되고는 있는 걸까. 우리가 첫번째 미팅을 마치고 회의실에서 나와 잠깐 쉬는 동안, K는 회사로 전화를 걸어 중간보고를 했다. 나는 예의상 그들의 틈새대화에 끼어들지 않을 수 없었다. 그들 중 한쪽은 북한에 대한 미국의 선제공격 가능성을 우려했고, 또 다른 한쪽은 일본 민간인 납치사건이 일본이 줄곧 견지하고 있던 북한에 대한 적대적인 태도에 불을 당겼다고 했다. 분위기는 좀 썰렁해졌고 거세진 빗줄기가 창문을 뚫고 공장 실내로 쳐들어올 기세였다.

커피 브레이크가 끝나고 열린 두번째 미팅. 시작한 지 얼마 되지 않아 도저히 상상할 수 없는 일이 일어났다. K는 다리가 벌어져 스커트 옆트임이 팽팽하게 벌어지는 줄도 모르고 계속

졸았다. 나는 혼자서 한국 중국 일본을 다 감당하느라 종횡무진. 중국이 먼저 양복을 벗고 셔츠 소매 단추를 풀었고, 이어 일본이 안경을 벗고는 눈자위를 오래 문질렀다. 나는 K에게 사람들의 시선이 가지 않게 하려고 마치 웅변하듯 두 팔을 치켜들고 열심히 설명했다. 어쨌든 그 순간에 잠이 깬 K. 그 동안 함께 일해온 구력이 있어 회의의 흐름을 단번에 알아채고 대화에 끼어들었다. 그런 능숙함마저 없다면 같이 다닐 이유도 없겠지만.

널찍한 시멘트 바닥이 비에 흠뻑 젖은 걸 보고 공단을 나왔다. K와 나는 다시 서울행 기차를 탔다. 또 창 쪽 자리에 먼저 앉은 K가 갑자기 킥킥거리며 웃기 시작했다. 맞은편 선로에 서 있는 화물차 뒤에 사람이 보였다. 화물차 뒤에서 자주색 한복치마를 꽃처럼 부풀려 들고 걸어나오는 할머니. K는 속없이 계속해서 킥킥거리며 웃었다. 어느새 곯아떨어진 K의 얼굴 위로 떨어지는 대각선의 햇살. 내가 K에게 뭔가를 해줄 수 있다면 해가 들지 않게 커튼을 가려주는 정도일 것이다.

금세 노을이 들었다. 산처럼 쌓인 쓰레기 더미 위에 서 있는 사람들이 보였다. 선로 옆으로까지 흘러내려온 쓰레기는 비닐봉투 더미였다. 저 멀리, 경계가 모호한 쓰레기 더미의 한 지점에서 회색 연기 기둥이 치솟아올랐고 연기 속에서 천천히 움직이며 일하는 사람들이 보였다.

열차가 달리면서 풍경은 바뀌었다. 파란 지붕을 얹은 집. 자전거며 요강이며 농기구며 가구들까지, 집 전체가 모두 다 내려다

보이는 마당이 너른 집. 한 여자아이가 그 집 마당에서 꽃을 가슴에 안고, 열차에 있는 나를 향해 얼굴을 쳐들고 손을 마구 흔들고 있다.

K의 얼굴을 감싸던 노을 조각들이 사라지고 주변은 어느새 어두워졌다. 검은 덮개를 씌워놓은 밭에서 일하고 있는 사람들 위로 짙은 어둠이 내렸다. 태양과 홍수와 냉해를 알몸으로 받으면서 사는 사람들. 회의가 없어도, 신문을 보지 않아도, 대학을 나오지 않아도 살아가는 사람들을 나는 무서워했다. 지난번 승진에서 미끄러진 이후 부서장은 나에게 진취적인 기상이 부족한 게 큰 단점이라고 했다. 태권도나 검도를 배워볼까 생각도 했지만 뾰족한 대안이 없었다. 무덤가에 심어놓은 꽃나무 줄기에서 작은 꽃잎들이 떨어져 막 검게 변한 밤하늘로 날아가고 있었다. 뒤통수 한가운데가 납작해진 K가 내 무릎 앞을 지나 객차 문 쪽으로 걸어갔다. 나는 무심코 K의 뒷모습을 봤다. K의 두 다리 굵기가 조금, 아주 조금 다르다는 걸 십수 년 만에 처음으로 알았다.

*

"어서 오십시오. 필전자 직원 여러분, 항상 수고가 많으십니다. 당신의 열정은 우리 필전자를 성공시킵니다. 자, 오늘도 힘냅시다."

사무실에 도착했을 때 내게 제일 먼저 말을 거는 건 회사 건물 현관에 설치된 신분확인시스템에서 들려오는 또랑또랑한 목소리다. 이 목소리를 내가 좋아하는 여배우의 목소리로 교체한다면 얼마나 근사할까. 조금은 낮고 울림이 깊고 중성적이며 가능하면 예의 바른 목소리 말이다. 이런 걸 상품화하지 않다니 도무지 다들 센스가 없다.

필전자는 회의공화국이다. 모든 회사들이 그렇지만 내가 속한 회사도 지겹도록 회의가 많다. 아침 일찍 출근하자마자 오 분간 열리는 스탠딩 미팅부터, 오후에 열리는 부서별 업무협조 회의, 주간 업무보고 회의, 월례회의, 정기 워크숍 등등.

오늘의 회의도 방음이 완벽한 유리칸막이 안에서 진행되는 그렇고 그런 부서별 회의였다. 아무도 그런 일이 일어날 거라고는 예상할 수 없는 사무적이면서도 발랄한 분위기였다. 후배 E의 얼굴이 오전부터 좋지 않았다는 걸 나중에 듣긴 했지만, 부서장의 말에 계속해서 삐딱한 반응을 보이고 있는 E의 얼굴이 점점 뜨거워지는 걸 눈치채는 건 어렵지 않았다. 별 얘기도 아니었다. 거래처 직원들에게 더 친절하게 대하고 쓸데없이 오버하지 말라는 정도의 얘기였다. 갑자기 E가 자리에서 일어나 부서장의 목을 두 손으로 졸랐다. 너무 순식간에 일어난 일이었고, 그 순간 부서장의 인격과 사회적 신분 따위는 단숨에 일그러졌다. 방음이 확실한 유리칸막이 안에서 벌어지는 상황을 본 다른 부서 직원들은 저게 뭐지, 하고 있다가 급하게 달려왔고 뜯어말리느라 한판 아수라장이 벌어졌다. 직원들 여럿이 E의 팔을 뒤로 꺾어 건물 밖으로 들어냈다.

"야, 난 이런 일로 사람 안 잘라. 그리구 요즘 애들 다 그렇잖아. 게임과 현실이 구분이 안 된다구. 충동적인 그런 행동 얼마든지 가능하다고 봐, 난."

E가 빠진 저녁회식 자리. 부서장은 충격에서 좀 벗어난 건지, 멋지게 보이고 싶었는지 E를 이해한다는 말만 반복했다. 어색한 분위기를 푸는 데는 술이 최고라며 술잔이 돌고 번갈아 노래를 부르고 하는 사이, K가 엉뚱하게도 R차장 옆에 앉아 있는 게 보였다. R차장의 손이 K의 어깨에 올라가 있고 두 사람은 고개를 숙인 채 무슨 말인가를 열심히 주고받고 있었다. 두 사람의 눈동자는 이미 풀려 있었고 K의 셔츠 단추는 평소보다 한 개가 더 열려 있었다.

"차장님, 내가 어제 공단 출장 갔다가 회의중에 좀 졸았어. 자꾸 졸리더라구. 얼마나 쪽팔렸는지."

K는 날 한 번 쳐다보고는 무용담이라도 들려주듯 R차장에게 자랑스럽게 떠들었다. 그리고 취해서 머리를 아래로 숙인 채로 흔들며 사람들을 향해 아주 큰 소리로 떠들어댔다.

"차장님, 언제 비 오는 날 출장길에 저랑 동행하실래요? 같이 가서 제가 화장실 간 사이에 제 음료수에 뭘 넣으세요. 그리고 빗줄기가 좀 거세지면 절 강간하세요."

사람들은 울지도 웃지도 않았다. 정작 그 말을 들은 R차장만 표정관리를 못 하고 허둥거렸다.

“야, 너 그러다 니가 먼저 차장님 덮치는 거 아냐?”

누군가 말했고 사람들 사이에서 억지웃음이 터져나왔다. 목을 졸린 부서장도 가만히 있지 않고 나섰다.

“야 미스 권, 너 오늘따라 굉장히 섹시하다. 그런데 말이지 맨 정신으로는 안 될까?”

취한 K. 부서장의 어깨를 툭툭 건드린다.

“저는 미스 권이 아니라 권대리, 나도 당신들과 똑같이 영어 상식 시험보고 들어왔잖아.”

갑자기 테이블 한쪽이 부산해지면서 여자 동료 M이 가방을 들고 일어선다.

“분위기도 이상하구, 술도 안 받네요. 먼저 일어날게요.”

나도 그 순간 자리에서 일어섰다. 순간 K가 날 뚫어져라 쳐다봤고 그러거나 말거나 밖으로 나왔다. M이 먼저 택시를 탔고 나는 지하철역을 향해 걸었다.

어느 더운 여름 출장길, 승용차를 타고 K와 함께 고속도로를 달리고 있었다. 나는 자고 있었고 운전대는 K가 잡고 있었다. K의 여러 가지 능력들 중에서 내가 가장 높이 사는 것이 운전실력이었다. 유연하게 운전을 꽤나 잘해서 아무 걱정 없이 편안히 자도 괜찮았다. 그런데 어쩌다 침이 흘러 눈을 떴는데 자동차는 반대편 차선들과 같은 방향으로 가고 있는 역주행상태였다. 백색의 햇빛이 내리쬐던 고속도로 위에서 K가 날 쳐다봤고, 그 눈빛은 조금 전 술집에서 나올 때 나를 보던 눈빛처럼 좀 이상했다. 나는 그때 꿈을 꾸고 있는 줄 알았다. 그 역주행의 이유에 대해서 K는 뒷날 이렇게 말했다. "같이 죽으려구요. 맨날 같이 출장 다니는데 같이 죽는 것도 자연스럽잖아."

"당고개, 당고개행 열차가 들어오고 있습니다. 승객 여러분께서는 안전선 밖으로 물러나주시기 바랍니다."

머리칼을 부풀리며 바람이 불고 지하철이 왔다. 나는 목소리가 시키는 대로 안전선 밖으로 물러났고 곧 환하게 불 켜진 객차 안으로 들어갔다. 술에 취해 얼굴을 떨군 채 자고 있는 사람들 앞으로 껌을 파는 키 작은 할머니가 생글생글 웃으며 지나갔다. 이인 일조인 시각장애인도 지나갔고, 넋 나간 표정의 소년이 무릎 위로 때가 탄 종이 한 장을 귀찮다는 듯 던지고 지나갔다.

"이 열차는 당고개행 마지막 열차입니다."

나는 갑자기 중국 상하이 지하철에서 들었던 중성적인 느낌의 안내방송 음성이 그리워졌다. 지하철역에서 역사 밖으로 완전히 빠져나갈 때까지 계속해서 뒤따라오던 그 목소리. 그 목소리는 배고픈 사람에게는 레스토랑 위치를 알려줬고 뭔가를 사야 하는 사람에게는 쇼핑센터 위치를 알려줬다. 감정이 섞여 있지 않았으나 부드러웠고 문장 또한 명료했다. 그 목소리를 들으며 걷고 있으면 저절로 리듬이 생겨났고, 다른 여타의 자극에 대해 나를 보호할 여유가 생겼다. 상하이 출장은 언제로 잡혀 있더라! 창밖은 어두워졌고 사람들은 다시 깨어나지 않을 것처럼 점점 더 깊이 잠들었다.

집으로 돌아와서 K로부터 전화를 받았다. 조금 전에 직원들과 헤어졌다고 했다. 저녁을 사겠다며 개인적으로 한번 만나고 싶다고, 중요한 회의 중에 졸아서 미안하다고 했다. '개인적으로' 라는 표현이 재미있어 나는 좀 웃었다. 며칠 후 있을 파리 출장 때 나를 마중하러 공항에 나와 있겠다며, 비행기 편과 도착시각을 이메일로 알려달라고 했다. 마침내 K와 나는 오래 지속된 냉랭한 관계를 깨고 도킹이란 걸 하게 된 것이다. 같은 회사에 십 년이 넘게 다니면서도 이런 순간을 상상한 적이 없는 걸 보면 우린 서로에게 호감이 없었거나 대단히 냉담했다. 내가 이혼했다는 게 최근에 알려졌기 때문에 K의 도전정신이 고취된 것인지도 모른다. 전화기에서 슈퍼마켓인지 편의점인지 모를 삑삑거리는 전자음이 들렸다. "손님 계산하셔야죠, 안녕히 가십시오"라는 소리 안에 더이상 K의 목소리는 섞여들지 않았다.

*

파리에 있는 동안 K 생각을 많이 했다. 파리의 국내상사 라인쪽 사람들은 불친절하고 무덤덤했다. 겨우 이런 정도의 회의를 하기 위해서 장거리를 날아왔다는 게 싱거울 정도였다. 요구르트 맛, 아니 화장품 맛이 나는 벨기에산 맥주를 마시고 난 후에 설사병이 났다. 유로는 더럽게 비쌌으며, 다른 때와 달리 송아지고기 요리도 역겨웠다. 파리 사람들은 또 북한 핵 얘기를 꺼냈다. 국내에서는 아무도 하지 않는 얘기를 꼭 밖에 나와서 들었다. 왜 북한 핵의 위험성에 대해서 너희 나라 국민들이 그다지도 무관심한지 모르겠다는 게 그들 이야기의 요지였다.

북한 핵이야 위험하든 말든 나는 K에게 줄 여러 가지 선물을 생각했다. 향수, 속옷, 만년필, 아니면 차라리 정말 갖고 싶은 걸 사라고 돈을 줄까. 이혼한 지 오 년, 내년이면 나도 마흔이었다. 이젠 다시 결혼한다고 해도, 혹시 자살한다고 해도 내 인생에 대해 왈가왈부할 사람은 없는 나이였다.

돌아오는 날. 드골 공항에서 수속을 하는 짧지 않은 시간 동안 나는 잠영을 하듯 천천히 물속으로 가라앉으며 K를 향해 나아가는 내 마음을 느꼈다. 그리고 K에게 매일매일의 식사메뉴는 물론 저금통장을 포함한 모든 미래를 떠넘겨버리겠다고 마음먹었다. 내가 아는 한 K는 그 정도면 훌륭한 직장인이었고 인간적인 데도 있는 여자여서 투항하듯 결혼해도 좋을 것 같았다.

스카이 팀의 비행기를 탔다. 모든 안내방송이 한국어와 불어 순서로 나왔다.

"가방 들어드릴까요? 좌석번호가 몇번이십니까?"

단정한 화장에 밝게 웃는 승무원들의 얼굴을 대하자 비로소 나는 안정감을 찾았다. 잔잔한 음악 소리, 신문을 펼치고 접는 소리, 잔기침소리가 끊임없이 들려왔다. 안 들렸으면 하는 건 아기 울음소리. 오늘도 어김없이 국적이 다른 아기들이 소리를 내며 울었다. 비행기 이륙 전에 들려오는 엔진 소리가 점점 더 커지고 아기들의 울음소리도 더 커졌다. 그 아이들을 보살피는 엄마들의 움직임 또한 커질 수밖에.

입사 초기에 K의 모습이 어땠는지 잘 기억나지 않는다. 우린 둘 다 지방대 출신이었고, 운 좋게 서울에 있는 직장을 얻었다. 언젠가 술자리에서 "고향에선 제가 그래도 수재 소릴 들었죠"라고 말한 뒤 머쓱해진 나를 K가 도와준 적이 있다. "저도 그랬어요, 제가 지나가면 저기 천재 지나간다 그랬다니까요"라고 말해서 사람들이 모두 웃었다. 그 숱한 주말, 그 숱한 명절, 꽤나 긴 여름휴가를 지내고 와서도 나는 K의 안부에는 관심이 없었다. 그러나 K는 나한테 와서 자신에게 일어난 일들을 재잘재잘 말하곤 했다. "집엘 다녀왔다, 하루 종일 빗소리를 들었다, 영산홍을 봤다, 아버님이 돌아가셨다……"

"승객 여러분, 기내 안전에 관한 내용을 설명드리겠습니다. 화면을 주목해주시기 바랍니다. 컴퓨터 통신과 휴대폰, 라디오 등 항법장치에 영향을 미치는 전자장비는 사용하지 마시기 바랍니다."

그리고 이륙을 알리는 소리, 땡땡땡, 종소리가 세 번 울렸다.

"승객 여러분, 오랫동안 기다리셨습니다. 저희 비행기는 곧 이륙하겠습니다. 다시 한번 안전벨트를 확인해주시기 바랍니다."

파리 시간 밤 아홉시 이십분. 파리의 야경이 아름다웠다. 엄마가 한 말이 생각났다. "널 따라서 외국에 한번 나가보면 좋겠다.

널 따라다니면 훨씬 편할 텐데. 왜 난 너 같은 남자와 결혼하지 못했을까." 나도 엄마와 함께 여러 곳을 돌아다니는 상상을 했었다. 엄마의 말이 맞다면 나는 마흔이 넘어서도 지금처럼 파리의 야경을 볼 수 있을 것이다. 상하이에도 베이징에도 도쿄에도 여러 차례 갈 것이다. 그리고 저승에 앉아 자장가를 부르고 있는 엄마를 불러내 밤거리로 나가 연인들처럼 즐겁게 놀 것이다.

그러나 이혼한 아내를 부르기는 쉽지 않을 것이다. 그사이 그녀는 결혼했고 다른 남자의 아이를 낳았다. 그리고 최근에 또 한 명의 아이를 더 낳았다고 들었다. 한 남자의 아이를 두 명씩이나 낳는다는 게 어떤 의미인지 나는 잘 모른다. 내가 고속도로로 공항으로, 공단으로, 국도로 신발이 닳도록 열심히 돌아다닐 때 그녀는 그렇게 새로 시작한 일상에 몸을 밀착시켰다. 결혼 초기에 그녀가 내게 말했었다. "난 절대 아이는 낳지 않을 거야." 그건 내 아이는 낳지 않겠다는 말이었던 모양이다. 그렇다면 무엇이 다른 남자의 아이는 두 명씩이나 낳게 했을까. 가끔 목구멍에서 뜨거운 것이 치밀어올랐다. 국도변의 저수지가에 앉아 병신처럼 울다가 온 적도 있었다. 생각할수록 재수 없는 일이지만.

"운항중의 날씨는 괜찮을 것으로 예상되나 간혹 기류 변화가 있을지 모릅니다. 좌석에 앉아 계실 때는 안전벨트를 매주시기 바랍니다."

비행기가 얼마나 오래 난 걸까. 기내식을 준비하는 달그락거리는 소리, 음식을 나르는 소리, 일회용 비닐포장지를 벗기고 손을 닦고 음식을 먹는 소리가 들려왔다.

객사를 한 건 내가 아니라 엄마였다. 열 명 중 두 명이 암으로 사망하는 세상에 꽃놀이 갔다가 버스가 전복되어 사망한 경우는 그리 대단한 것도 아니라는 투였다. 다친 사람은 많았지만 죽은 사람은 단 둘이었다. 버스 안에 있던 부녀자들은 대부분 일어서서 춤을 추고 있었고 운전기사도 약간의 술을 마셨다고 했다. 엄마의 초록색 바지와 흰 꽃무늬가 그려진 스웨터는 아주 깨끗한 상태 그대로였다. 그래도 엄마가 꽃을 보고 오는 길이었다는 게 다행스러웠다. 나는 엄마의 뒤엉킨 머리칼을 가지런히 해주었고 스웨터에 달려 있던 브로치도 바르게 달아주었다. 이것저것 보험을 들어둔 탓에 장례를 치르고도 돈이 남았다.

어디에 숨어 있었는지 우는 아기들 소리가 더 많이 들렸다. 다리도 저리고 허리도 아팠다. 아기들은 여전히 헐떡거리며 울고 옆자리에서는 너무하다 싶을 정도로 크게 드르렁거리며 코 고는 소리도 들렸다. 비행시간이 길면 어쩔 수 없이 나타나는 현상들이었다. 한 흑인 여자가 자지러지게 우는 아기를 달래기 위해 아주 작은 목소리로 노래를 부르기 시작했다. 엄마도 그때 영어회화공부를 하는 내 옆에서, 재울 아기도 없으면서 자장가를 불렀다. 아가의 새 이불은 꽃사슴 이불…… 꽃사슴 꽃사슴 타고 놉니다.

"승객 여러분, 저는 부기장입니다. 즐거운 여행 되셨습니까.

우리 비행기는 사십 분 후면 인천공항에 도착하게 되겠습니다. 서울의 현재 날씨는 영상 육 도로 보도되었습니다. 지금 현재시각은 세시 삼십분입니다."

비행기가 공항에 도착했다. 나는 곧 K를 만날 것이다. 십수년 만에 우리는 도킹할 것이고 함께했던 출장길에서 있었던 여러 가지 일들을 상자 안에 넣어놓고 가끔 꺼내볼 수도 있을 것이다. 칭얼거리던 아이들은 지쳐서 잠이 든 건지 울음을 그쳤고, 대형 건물의 보일러실 소리 같은 엔진 소리가 엄청난 압력으로 온몸을 휘감았다. 나는 K의 스커트 옆트임을 생각했으며, 푸른 하늘에 걸려 있는 듯한 까슬까슬한 촉감의 여자들 속옷을 생각했다.

"이 비행기는 방금 착륙하였습니다. 현재시각은 네시 칠분이며 잊으신 물건 없는지 확인하시기 바랍니다. 자, 그럼 안녕히 가십시오."

웅웅거리는 공항 소음. 얼마나 많이 들었던 소린가. 그 옛날, 미래에 대한 기대로 가슴이 뻐근했던 때로 돌아간 기분이었다. 입국절차를 끝내고 게이트로 나오기까지 나는 뚫어지게 출구 쪽만 쳐다봤다. K가 날 보는 순간 어떤 표정을 지을까 궁금했다. 게이트를 나간 즉시 나는 장기자랑대회에 출전한 사람처럼 아무 곳이나 쳐다보며 웃고 있었다. 게이트를 응시하고 있는 사람들을 천천히 다 둘러봤다. 그런데 K가 보이지 않았다. 나는 다시 로비를 돌며 K를 찾았다.

그럭저럭 약 삼십 분이 지나갔다. 나는 회사에 도착했다는 전화를 걸었고 전화를 받은 직원에게 혹시 K가 사무실에 있느냐고 물었다. K는 직원들과 간식으로 햄버거를 먹고 있다고 했고, 나는 별일 아니므로 내일 회사에 가서 얘기하겠다고 했다. 나는 그때야 그날밤 K의 전화를 받은 것이 맞는지 의심하기 시작했다.

*

"오늘도 저희 열차를 이용해주시는 승객 여러분께 감사의 말씀을 드립니다."

공단지역 출장은 영업부에서 일하는 K와 나에겐 전혀 새로운 일이 아니었다. K와 나는 지금까지의 다른 출장들과 전혀 다를 바가 없는 나른하고 지루한 출장길에 서 있었다. 각자 분신처럼 끼고 다니는 노트북 가방을 하나씩 들었지만 전과 달리 K의 어깨엔 발랄한 색동무늬의 천가방도 한 개 들려 있다. 화장실 간 사이에 살짝 들여다본 가방 안에는 화장품과 휴지, 향수와 머리핀 같은, 여자들에게 필요한 알록달록한 물건들이 들어 있었다. 나는 여전히 가장 무난한 줄무늬 양복에 무난한 줄무늬 셔츠를 입었다. K는 이제 옆트임이 있는 감색 스커트 정장 대신에 몸매를 드러내는 바지 정장에 목선이 시원하게 드러나는 톱을 받쳐 입었다. K가 걸을 때마다 옆트임 사이로 드러나던 뾰족하게 나온 무릎뼈를 볼 수 없다니, 소금 없이 찐 계란을 먹을 때처럼 속이 거북해지곤 했다. K는 이제 날씨가 덥다는 이유를 들어 소프트아이스크림 같은 걸 먹지는 않았다. 시원한 맥주를 사 벌컥벌컥 마셨으며, 조금만 더우면 과감하게 윗옷을 벗었다. 맑은 설렁탕이나 우거지탕 대신에 매콤한 복어요리나 낙지요리를 먹자고 했다. 식당에서도 K는 전처럼 수다를 떨기보다는 맵고 진한 복어탕 국물 맛을 음미하며, 이마며 콧등에 땀이 송글송글 맺히도록 열심히 음식을 먹었다. K는 확실히 뭔가 변했다.

날씨는 벌써 초여름이었다. 공단지역 풍경도 달라졌다. 창밖에 보이는 나무들은 바람을 따라 팔랑팔랑 흔들렸고, 기온도 높아졌다. 날씨가 더워지자 회의 속도는 점점 느려졌고 별로 중요하지도 않은 것들에 신경이 쓰여 집중이 잘 안 됐다. 회의 내용을 떠나 나는 아까부터 자꾸만 거슬리는 남자 향수 냄새 때문에 계속해서 코끝을 만지작거렸다. 일본 상사 직원이 뿌린 버버리 향수 냄새였다. 어쨌든 일본과 중국간의 제품 가격 조율이 힘들었다. 중국 쪽이 끈질지게 물고 늘어지며 나 몰라라 나자빠지려고 했다. 그럴 때마다 이해할 수 없는 건 K의 태도였다. 그전처럼 졸기는커녕, 의자를 움직여가며 일본 상사 직원 옆에 붙어 차근차근 상황에 대한 부연설명을 해주고 있었다. 전에 없던 지나친 친절이었다.

두번째 미팅이 예상보다 빨리 끝나서 서류를 챙겨 가방 안에 넣고 있을 때 K가 내 옆으로 다가왔다.

"아직 기차 시간 있죠? 역에 먼저 가 계실래요. 난 약속이 좀 있거든요. 어디 가서 영화라도 보세요."

이상한 건 깍듯한 존댓말이었고 K가 이런 상황을 만든 건 처음이었다. 공단지역 하늘은 이상할 정도로 맑았다. 기차 시간까지 특별히 할 일도 없고 해서 콜택시를 불렀다. 내가 부른 택시 뒤로 또다른 택시 한 대가 거의 동시에 따라오고 있었다. K와 일본 상사 직원이 공단 응접실 로비에서 뛰어나가 택시를 탔다. 나도 뒤이어 온 택시를 탔다.

택시는 공단지역을 한참 달려 플라타너스 거리를 지나 남서쪽으로 달리고 있었다. 택시기사와 나는 아무 말도 하지 않고 계속 앞차를 따라 달렸다. 택시기사는 우리가 당연히 일행인 줄로 알고 있었다.

철조망이 있고 군사경계선 표지가 있는 바닷가에 도착하자 그들의 차가 섰다. 나는 택시에서 내리지 않고 일단 그들의 행동을 지켜봤다. 일본 상사 직원은 K보다 적어도 스무 살은 위였다. 일본에서 그의 집에 초대받아 간 적이 있는데, 그의 부인은 동네에서 주민자치활동을 열심히 하는 아주 당차고 자신감 넘치는 여자였다. 아쉽게도 나는 일본 상사 직원이 천하에 나쁜 놈이라는 단서를 하나도 갖고 있지 못했다.

"더 볼일 있습니까?"

택시기사가 물었고 나는 오 분만 기다려달라고 말한 뒤 택시에서 내렸다. 택시에서 나오는 순간 갑자기 갯내가 확 끼쳤다. 사실 바다는 가까운 곳에 있지 않았다. 그들은 손을 잡은 채 신발을 한 손에 들고, 저기 먼 서쪽에 있는 바다를 향해 뛰다 멈추고 걷다 멈췄다. 나는 서쪽에서 흐르는 불투명한 바다를 봤고 흰 물새들의 엉덩이를 봤으며 넓디넓은 갯벌을 봤다. 두 사람은 깔깔거리고 웃기도 했고 빙글빙글 돌기도 했다. K가 바다를 향해 뭐라고 외치는데 처음에는 잘 들리지 않았지만 나중엔 그 소리가 들렸다.

"오겡끼데스까."

"오겡끼데스까."

그러고는 저희들끼리 좋다고 막 웃었다. 둘의 키는 거의 똑같았고 그들은 먼 바다를 보며 또 서로를 보며 활짝 웃었다. 오겡끼데스까라니, 유치한 것들. 택시를 타고 기차역으로 오는 내내 그 말이 머리에서 맴맴 돌았다.

K는 열차 출발시간 직전에 역에 도착했다.

"찐 계란 있습니다, 찐 계란."

차창 밖은 벌써부터 해질 무렵의 열기로 이글거렸다. 나도 E가 상사에게 했던 것처럼 K의 목을 조르고 싶었다. K의 몸에서는 당연히 그 버버리향수 냄새가 났다. 그 지독한 향수 냄새만 아니었어도 나는 그녀의 인생에 대해서 끝까지 모른 척할 수 있었을 것이다. 그러나 난 말해야 했다.

"내가 너, 고속도로에서 역주행할 때부터 알아봤어."

K가 고개를 돌려 한참을 날 쳐다봤다. 아무 말도 하지 않고 K는 한참을 날 쳐다봤다.

"내년에는 제발 한 팀이 안 되길 바랄 뿐이야."

나는 마지막으로 한마디 더 하지 않을 수 없었고 K는 창 쪽으로 고개를 돌려버렸다. 너른 개울가에서 낚시질을 하고 있는 사람들도 보였고 길고 고불고불한 밭고랑 끝에서 일하고 있는 사람들도 보였다. 풍경도 다 귀찮았고 잠도 오지 않았다. 서울에 도착했다는 안내방송이 한국어 영어 일본어 중국어 순으로 다 들려올 때까지 K는 짐승처럼 잤고, 나는 창밖만 쳐다보며 앉아 있었다. 도킹은 실패한 것이었다.

*

"승객 여러분, 이 비행기는 방금 상하이 푸동 공항에 착륙하였습니다. 상하이의 현재시각은 밤 아홉시 칠분이며 기온은 영상 십육 도로 좀 높은 편입니다. 잊으신 물건 없는지 확인하시기 바라며 안녕히 가십시오."

나는 다시 상하이에 왔다. 상하이에서는 얼마 전 중국과 독일이 합작 개발한 자기부상열차의 시험운행 기념식을 가졌다. 최고속도 시속 사백삼십 킬로미터의 이 열차는 상하이 푸동 공항에서 상하이 도심의 중심구간을 달린다. 바퀴와 레일 사이에 약 일 센티미터 가량의 허공이 있다는 것이 매력이라면 매력이다. 이 자기부상열차가 상용화되면 나는 중국에 와서 이 열차를 탈 것이고, 이 열차의 노선을 연장해 중국대륙 횡단을 꿈꾸는 중국 정부의 계획은 아마도 성공할 것이다.

여기 있는 삼 일 동안 엄청나게 많은 중국 사람들을 볼 것이고, 불친절한 상하이 사람들의 사투리를 들을 것이며, 기름에 지지고 튀긴 음식들을 먹을 것이다. 그러나 나는 향이 좋은 차도 사고 거실에서 신을 슬리퍼도 한 켤레 살 것이다. 달라진 건 아무것도 없으며 세상은 아직도 건재하다. 특히 중국엔 사람들이 너무나 많고 도시도 징그럽게 크다. 그러므로 할일 또한 많을 것이다.

"쩌리스 상하이 띠테짠(상하이 지하철입니다)."

중성적이고 다정한 상하이 지하철의 안내방송 목소리다. 이 목소리에 대해서는 할말이 많다. 그 동안 너무나 듣고 싶었던 이 음성, 나는 허공에 대고 손을 흔들었다. 이 목소리는 내가 상하이의 와이탄 거리의 야경을 감상한 뒤, 휘황찬란한 도심 속의 호텔방으로 들어가 샤워를 하고 잠자리에 들 때까지 줄곧 날 따라왔다. 아주 깜깜한 잠 속까지도.

갈색 눈물방울

밤마다 뒤를 돌아보는 꿈을 꾸었지. 뒤에는 밀림 천지였고 코끼리 소리와 북소리가 들렸어. 난 거기 서서 생각했어. 북소리가 들리지 않는 곳으로 가보자. 그냥 가보자. 그리고 난 이리로 왔어. 그런데도 난 아직 밀림을 돌아보며 거기 서 있는 거 같아. 난 영원히 거기에 서 있을지도 몰라. 난 원래 스리랑카에서 태어났어.

그들의 기이한 동거의 이유를 아는 사람이 있는지 모르지만 사람들은 그들을 '저기 빌라에 사는 것들'이라고 불렀다. 유신 개발독재시대의 끝 무렵에 지었다는 이층짜리 빌라는 골조 속속들이 이끼와 부식으로 뒤덮인 채 잊혀진 사원처럼 도심의 한가운데 버려졌다. 검누른 빛깔의 세로줄들이 줄줄이 박힌 낮은 시멘트 담벼락, 그 담벼락 아래, 한여름에 잘못 쏟아져내린 우박 알갱이들처럼 불투명한 회색으로 피어 있는 작은 꽃들. 사람들은 대로변에서 바로 한 블록 뒤에 있는 낡은 빌라에는 관심 없다는 듯 지나다녔다. 그러다가도 날씨가 흐린 날에는 집에서 들고 나온 쓸모없는 물건들을 눈에 잘 뜨이지 않는 담벼락 틈새에 억지로 쑤셔넣고는 황급히 사라졌다.

죽은 엄마가 남긴 유산인 빌라가 무슨 이유 때문인지는 모르지만 재개발이 되지 않고 있다는 걸 나는 한참 후에야 알았다.

이삼십층이 넘는 새로 지은 주상복합건물들이 즐비한 곳에 왜 유독 그 빌라만 재개발이라는 행정력이 미치지 않은 채 방치되어 있었는지, 사 년에 한 번씩 돌아오는 선거 때 투표나 하는 것으로 권력을 행사하고 사는 사람들로서는 알기 힘든 일이었다.

그들 셋은 빌라 이층의 왼쪽 끝 집에 살았고 나는 오른쪽 끝 집에 살았지만 같은 계층이라는 연대감도, 이렇다 할 교류도 없었다. 그들 중 가장 먼저 눈에 들어오는 사람은 작고 몽탕한 체구의 동남아 여자였다. 여자의 피부는 흑설탕물을 뒤집어쓴 것처럼 까무잡잡했고 커다란 갈색 눈자위는 아무 때나 휘둥그레졌다. 여자는 제 몸보다 훨씬 큰 헐렁한 원피스만 입고 있어서 언제나 가슴골이 다 드러나 보였다. 항상 그 보라색 슬리퍼를 신은 채 한 치 앞도 못 보겠다는 멍한 얼굴로 빨랫줄에 턱을 걸고 흘러가는 구름을 쳐다보거나, 밤이면 알아들을 수 없는 소리를 중얼거리며 빌라 주변을 배회하는 게 일이었다. 그 여자에 대해 아는 건 그게 전부였다.

그들의 동거가 더 이상하게 느껴지는 건 함께 사는 두 명의 남자들 때문이기도 했다. 언젠가 새로 문을 여는 맥줏집 앞을 지나가다가 여자 모델들과 함께 서서 어깨를 좌우로 흔들고 있는 피에로를 본 적이 있다. 피에로는 고깔모자에 팔다리를 길게 늘여붙인 물방울무늬 옷을 입고, 지나가는 아이들에게 막대사탕을 나눠줬다. 얼굴에 쓴 가면의 동그랗게 뚫린 구멍 안에서 움직이는 피에로의 눈빛은 낯설지 않았고, 다음날 빌라에서 남자를 봤을 때 그 피에로가 누구였는지를 대번에 알아봤다. 풀밭에서 경중경중 뛰는 방아깨비. 피에로 남자의 인상은 그랬다. 그러나 누구보다도 이상한 사람은 늘 같은 색깔의 등산점퍼에 야구모자를 쓰고 다니는 키 작은 남자였다. 나는 한 번도 그의 목소리를 들어본 적이 없었다. 어쨌든 그들 셋이 동거하던 집 쪽에서는 언제나 묵직한 솔향기나 쓰디쓴 차 맛 같은 이국의 냄새가 감돌았다. 그러나 그 집에 대해 아는 것 또한 그게 전부였다.

일층에는 그 빌라의 소유권자가 파견한 것이 분명한 관리인 자격의 노인 내외가 살았다. 밤나무 아래서 밤을 줍다가 온몸에 고스란히 번개를 맞아 옴짝달싹도 못하는 몸이 된 할머니는, 체크무늬 모포 위로 늦가을 잎 떨어진 나무 같은 얼굴을 내놓은 채 휠체어에 파묻혀 지냈다. 할머니의 남편이자 보호자인 할아버지는 매사에 불만투성이의 얼굴이었지만 할머니를 끔찍하게 사랑했고 낡은 빌라를 무척이나 아꼈다. 그들은 언제나 아침 일찍 일어났고 휠체어와 함께 좁은 마당을 돌고 또 돌았다. 그런 새벽이면 어디서 뭘 하다 오는지 이층의 키 작은 남자가 빠른 걸음으로 빌라로 걸어들어오곤 했다.

그즈음 나는 오 년간이나 만났던 애인과 헤어졌다. 그가 우리 엄마의 장례식에 오지 않은 걸 표면적인 이유로 내세웠는데, 그건 단지 구실이 아니라 그 사실을 넘어서서 계속 만나기에는 내가 너무 평범했기 때문이다. 직사각형으로 파놓은 땅속으로 엄마의 시신이 들어가고, 사람들이 그 위에 올라가 흙을 다지는 동안에도 나는 입구 쪽의 언덕만 뚫어져라 쳐다봤다. 검은 양복을 입은 여러 명의 그가 수차례 이쪽으로 걸어오는 듯하더니 모두들 뒷걸음쳐 사라져버렸다. 결국 엄마를 영원히 보관하게 될 작은 봉분만 남겨놓고, 장례식에 참석한 사람들 모두 언덕을 넘어 버스에 오를 때까지도 그는 나타나지 않았다. 그때 나는 뒤돌아서서 또렷하게 보았다. 엄마의 시신 옆에 나란히 누워 있는, 흙빛 얼굴로 젖병 대신 탯줄을 손에 쥔 채 빨고 있는, 아직 태어나기도 전에 죽은 그와 나의 아이들을.

단호하고도 덤덤하게 헤어질 때와 달리 상황은 이상하게 돌아갔다. 나는 시도 때도 없이 그가 사는 동네를 배회했다. 그러나 아무리 그 동네에서 서성거려도 그와 우연히 마주치는 영화 같은 일은 일어나지 않았다. 그래서 나중에는 그의 집으로 매일 밤 전화를 걸어 아무 말도 하지 않고 수화기만 들고 있었다. 처음엔 그도 나를 불쌍하게 여겨주기도 하고, 자신도 괴로워서 미치겠다고 하소연을 하는 등 헤어진 애인에 대한 예의를 갖추는 것 같았다. 그러나 거의 매일 밤 그 짓이 계속되자 아예 수화기를 방바닥에 내려놓은 채 밥도 먹고 화장실도 가고 텔레비전도 보는 대담성을 보였다.

내가 그때까지 알고 있었던 인생 최대의 고통은 다름 아닌 치통(齒痛)이었다. 그러나 실연의 아픔을 치통보다 우위에 놓을 시간이 온 것이 분명했다. 가슴에 구멍이 뚫려 몸속의 수분이란 수분이 좔좔 빠져나가는 듯한 통증을, 씹어 먹는 아스피린으로 다스리며 정말이지 온갖 생쇼를 다 하며 시간을 보냈다. 밤이 되면 수화기를 가랑이에 끼운 채 엉엉 소리를 내어 울기도 하고 그런 스스로가 한심해서 웃기도 했다. 그렇게 몇 시간을 방 안에서 헤매고 나면 두피가 욱신거렸고 머리카락이 한 움큼씩 빠졌다. 그런 식의 통증은 곧 불면으로 이어졌고 죽은 엄마가 즐겨 입던, 발끝까지 내려오는 두꺼운 초록색 스웨터를 몸에 감고, 마법을 걸다가 실패한 처참한 마녀 꼴로 빌라 앞마당에 서서 파란 새벽하늘을 멀뚱히 바라보곤 했다.

그런 식의 실연의 후유증은, 밤에만 피었다가 아침이 되면 서둘러 지는 옥잠화가 처음으로 피어났던 날 거짓말처럼 끝났다. 나는 손목을 그을 칼을 찾느라 집 안에 있는 서랍이란 서랍은 모두 뒤지고 있었다. 그러다가 싱크대 창문으로 키 작고 잎 넓은 옥잠화 앞에 쭈그리고 앉아 있는 동남아 여자를 보았다. 여자는 흰 꽃에 얼굴을 묻고는 계속해서 머리를 앞뒤로 흔들고 있었다. 그러거나 말거나 나는 애인과 연결되어 있다고 믿는 수화기에다 대고 마지막 키스를 보내고, 입술을 꼭 깨문 채 예리한 칼날을 들고 마침내 손목을 그어버렸다.

피로 물든 끈적거리는 바닥 위에서 버둥거리고 있을 거라 상상했던 내 뒷머리를 탁 때린 것은 바이올린인지 통기타인지 알 수 없는 악기 소리와 소프라노로 일관되는 이상한 노랫소리였다. 자해를 하고 있다는 사실에 흥분한 나는 잠깐 기절을 했다가 몸에 기운이 없어 잠이 들었던 것이다. 창문은 열려 있었고 방

안 공기는 차가웠다. 방바닥에 나뒹구는 수화기를 집어들어 귀에다 갖다댔다. 내 생명의 바이털사인이라도 되는 듯 늘 애인을 향해 열어두었던 전화기는 이쪽과는 단절된 지 오래인 것 같았다. 그런데 놀랍게도 그 순간 실연으로 인한 방황이 딱 멈췄다.

대로변 쪽 창문을 활짝 열었다. 각진 골목들 사이로 쌩쌩 달리는 자동차들이 보였다. 왼쪽 끝의 그들의 방에서는 아침이 와야 멈추겠다는 듯 여전히 노랫소리가 흘러나오고 있었다. 싱크대 쪽으로 가서 창문을 열었는데 옥잠화 꽃잎이 사라지고 없었다. 그제야 용기를 내어 스웨터 소매를 걷고 팔목을 보았다. 일 센티미터도 안 되는 작은 빗금 세 개가 왼쪽 손목 위에 가느다랗게 그어져 있고, 약간의 피가 맺혀 있어 간단한 소독을 요할 뿐 생명에 지장을 주는 정도는 아니었다. 연애에 실패했다고 죽는 건 아무나 할 수 있는 일이 아니었다. 실연의 아픔이란 겨우 그 정도였던 것이다.

*

갑자기 태양광에너지를 개발하는 연구팀에 들어가 연구 개발에 몰두할 수 있는 것도 아니고, 캔버스와 그림물감을 사다가 미친 화가가 되어 형식파괴적인 그림을 마구 그려댈 수 있는 것도 아니고, 시간을 보낼 새로운 일이 필요했다. 결국 그 새로운 일은 지나가다가 우연히 본 대학 건물 담벼락에 붙은 플래카드 위에서 찾았다. 자모가 스물여덟 개인 국제보조어 에스페란토든, 천 년 전에 존재했다 사라져버린 중국 어느 소수민족의 언어든, 심지어 수화(手話)든 아무런 상관이 없었지만 그래도 늘 제일 만만하다고 생각되곤 하는 영어를 배우기로 결심한 것이다.

수강 등록을 하고 학원에 간 첫날, 훤칠한 키에 짧은 금발, 고양이처럼 파란 눈동자를 가진 호주 출신의 서른두 살 먹은 강사를 본 순간 깜짝 놀랐다. 세상엔 애인이 아닌 다른 남자들도 버젓이 살아 두 발로 걸어다닌다는 걸 갑자기 깨달았기 때문이다. "영어강사치고는 너무 미남이다. 그런데 서양 남자들은 왜 자기 나이보다 훨씬 들어 보일까? 쟤도 좀 그렇지?" 뒤에 앉은 다른 여성 수강생들의 관심이 강사의 출중한 외모를 증명하고도 남았다. 그의 이름은 '나탄'이었다. 사람 이름이 나탄이라니, 처음 듣는 그 이름조차도 너무 아름다웠다. 그러나 불행하게도 그날 이후로는 단 한 번도 나탄의 외모에 정신을 빼앗기는 일은 일어나지 않았다. 예상치도 못했던 혹독한 말더듬이 증세가 시작되면서 일종의 실어증이 찾아왔기 때문이다.

일주일에 세 번, 오전 열시부터 열두시까지 성스러운 행사를 치르는 사람처럼 대학 평생교육원 건물 삼층의 강의실로 갔다. "아침밥 먹었니?" "주말엔 뭘 했니?" "비 오는데 우산은 가져왔니?" 하루를 시작하는 얘기들은 대부분 이렇게 시시했다. 공교롭게도 그 클래스에는 남자가 딱 한 명 있었고 나머지 대여섯 명은 사십대의 가정주부들로 보였다. 그 시간에 한가롭게 영어

공부를 할 수 있는 여자들이란 직장에 나가지 않는 주부들이거나, 남자들이라면 외부활동이 비교적 자유로운 자영업자일 거라고 짐작했다.

나탄이 칠판에 뭔가를 적으면 그대로 따라 적고 뭐라고 말하면 그대로 따라 말하고, 오 분 쉬자면 쉬고 커피 마시라면 마시고 집에 가라면 갔다. 수업이 있는 날은 하루도 빠지지 않는 맹렬 학생이 바로 나였다. 그러나 나탄이 커다란 소리로 내 이름을 부르는 순간에는 온몸이 대나무처럼 굳어버렸다. "해리, 빨리 빨리!" 나탄이 유일하게 할 줄 아는 한국말인 '빨리 빨리' 소리를 들으면 갑자기 몸이 굳고 말을 더듬기 시작하다가 나중엔 아예 숨도 제대로 못 쉬었다. 그렇게 허둥대다보면 덩달아 강의실 분위기도 이상해졌다. 단순한 아침인사, 그 한마디를 제대로 못 해서 아까운 시간을 흘려보내고 다른 수강생들에게 피해를 주다니, 그저 생존에 필요한 초등학생 수준도 안 되는 대화 내용에도 끙끙거리며 대답을 하지 못하다니, 난 또다시 심장에 구멍이라도 뚫린 사람처럼 멍청해졌다.

나 말고도 헤매는 사람이 또 있었는데 유일한 청일점인 화이트 아저씨가 그랬다. 오십대 중반인 그는 매주 월요일 아침마다 주말에 뭘 했느냐고 물어보면 교회에 갔었다고 대답하고, 예배가 끝난 뒤에는 뭘 했느냐고 물어보면 목사님과 차를 마셨다고 대답하고, 그래서 차 맛은 어땠냐고 물어보면 좋았다는 대답만 되풀이했다. 그렇게 몇 주가 흐르자 나탄은 드디어 그에게 '처치맨'이란 별명을 붙여줬고, 그럴수록 처치맨은 점점 더 입을 다 물었다. 그럴 때마다 우리를 도와주는 사람은 승마가 취미라는, 제법 영어가 유창하고 화장이 요란하나 때론 몹시 우울해지기도 하는 여자 수강생 샐리였다. "저기 여러분, 남들보다 좀 천천히 배우는 사람도 있잖아요. 우리, 해리와 처치맨을 그냥 내버려두죠." 샐리는 그렇게 말하고는 인생에 관해 혹은 나이에 관해 어디선가 들은 철학적인 문장을 한 줄 인용하고는 그것의 의미를 중언부언했다. 나탄은 그 여자가 말할 때마다 몹시 지루한 얼굴로 휴대폰을 만지작거리며 고개를 끄덕거렸다.

학원에서 집으로 돌아오는 길에는 막상 학원에서는 깜깜하던 말들이 마구 떠올라서 '바로 그거였어'라며 혼자 무릎을 치기도 하고 고개를 끄덕이면서, 억울한 일이라도 있는 사람처럼 중중거렸다. 포근한 햇살 아래서 가위를 들고 할머니의 머리를 잘라주고 있던 할아버지가 빌라로 들어가는 나를 쳐다보고는 들으라는 듯 큰 소리로 말했다. "이층에 사는 것들은 밤낮 안 가리고 동네 쓰레기통을 뒤지고 다닌다고 소문이 파다해. 이것저것 골고루 먹어서 저것들이 우리보다 더 건강해. 할멈 그거 알아, 햄이나 소시지는 물론이구 약간 상했어도 먹기에는 문제가 없는 야채들까지 저것들이 다 갖다 먹어요. 지금 걸어올라가는 년 좀 봐, 피부가 탱탱하잖아." 할머니는 고개를 비스듬히 떨군 채 잠들어 있었다. 할아버지가 하는 말을 듣긴 했지만 빌라에 사는 것들이 뭘 먹고 사는지, 또 할아버지 할머니가 뭘 먹고 사는지 알고 싶지도 듣고 싶지도 않았다. 그러나 참으로 이상한 건 '저기 빌라에 사는 것들' 속에 나도 포함되어 있다는 사실이었다.

어느 날 밤, 절간처럼 고요하던 빌라가 울퉁불퉁한 자갈길 위를 지나가는 바퀴 작은 자동차처럼 요동쳤다. 어제까지만 해도 멀쩡하게 서 있던 빌라 바로 앞의 병원 건물이 신경줄같이 허공을 향해 뻗은 철근들을 우그러뜨리며 부서지는 중이었다. 촉수 높은 백열등을 여러 개 매단 포클레인은 삼층짜리 벽돌건물을 절반쯤 허물어뜨리고는 나머지 부분을 허물기 위해 으르렁거리며 시멘트 더미 위로 기어올라갔다. 그때였다. "아니, 어느 개놈의 자식들이 이 신새벽에 우리 할망구 잠을 깨우고 지랄이야." 할아버지가 세로줄무늬의 '파피용 죄수복' 같은 잠옷을 입고 공사장 앞에 서서 호령을 했다. 동남아 여자도 키 큰 피에로 남자의 허리춤에 매달려 걱정스런 얼굴로 남자를 향해 중얼거렸고, 피에로는 계속해서 여자를 진정시켰다. 여자는 포클레인이 빌라를 부수러 온 걸로 알았는지도 모른다. 병원 건물도 오래되긴 했지만, 이제 이 일대에 남은 건 빌라뿐이었다.

시간이 가도 영어실력은 별로 나아지지 않았다. 영어는커녕 알고 있던 단어들조차도 입 밖으로 나오질 않았다. 마음속에 있는 말이 제대로 나오지 않자 일은 이상하게 꼬이기 일쑤였고 몸은 점점 더 피곤해졌다. 학원에 다니기 시작한 지 삼 주 정도 지났을 무렵, 수업이 시작되기 십 분 전인데도 나탄이 오지 않았다. 모두들 앉아서 목만 빼고 있는데 눈이 충혈된 나탄이 급하게 강의실로 뛰어들어왔다. "당신들한테 정말 미안해. 호주에 계신 할머니가 뇌수술을 받았는데 상태가 안 좋대. 난 지금 호주에 가야 해. 여러분을 위해서 다른 선생이 곧 올 거야. 너무 미안해, 그럼 난 지금 공항으로 간다. 안녕!" 나탄이 그 잘생긴 얼굴에 눈물을 글썽거리며 손을 들어 인사하자 수강생들은 너무나 안타까워서 차마 말을 잇지 못했다. "'고인의 명복을 빕니다'를 영어로 뭐라고 하지?" "지금 공항 가면 비행기표 있나?" 그러는 사이 나탄은 나가버렸고 남아 있던 수강생들 사이에는 침묵이 흘렀다. 그러더니 그 침묵은 갑자기 속사포처럼 쏟아내는 수강생들의 아주 편안한 한국말에 의해 조금의 여운도 없이 사라졌다. "그런데 쟤네 할머니가 죽었다는 거야, 아님 엄마가 죽었다는 거야?" "죽었대? 아직 죽지는 않았다고 하지 않았어?" "그리고 새로운 선생이 지금 온다는 거야, 아님 다음 시간부터 온다는 거야?" "일주일 후에 돌아와서 자기가 계속 가르친다는 거지?" 모두들 알아들은 내용이 달라 아수라장이 따로 없었다. 나는 분명히 할머니가 임종 직전이라고 들었고, 오늘 수업은 없고 다음 시간부터 자신이 돌아오기 전까지는 새로운 선생이 수업을 맡게 될 거라는 의미로 파악했다. 그 말을 수강생들에게 하고 싶었는데 도무지 말이 되어 나오질 않았다. 그때 현명한 누군가가 이런 제안을 했다. "저기 옆 반에 나탄이랑 친하게 지내는 그 뉴질랜드인 강사 있잖아. 누가 가서 그 사람한테 물어보고 오는 건 어때?" 그래서 평소 영어를 잘한다고 평가받은 누군가가 대표로 옆 반에 갔는데, 가서 정보를 제대로 알아오기는 커녕 그 반에서 수업을 같이 듣는 게 어떠냐는 강사의 제안에 영어가 짧아 아무런 대답도 못 하고 우리들을 우르르 다 데리고 그 반 강의실로 들어가버리는 사태가 발생했다. 도무지 알아들을 수 없는 억양의 그 뉴질랜드인 강사는 기초영작문 선생이었는데 칠판에 '너를 슬프게 하는 것들 세 가지'라고 갈겨쓰고는 빨간 혓바닥을 보이며 길게 하품을 했다.

밤이 되면 영어책을 들고 빌라 마당으로 나갔다. 변변한 가로등 하나 없는 빌라 마당에서 활자가 보일 리 없지만 얼굴 가까이 책을 든 채, 세상에서 가장 아름답고 정확한 발음으로 내가 할 수 있는 모든 말을 다 해보는 연습을 했다. 언젠간 나도 다시 말할 수 있을 거라 생각하면서. 물론 내가 읽는 것은 아름다운 시도 아니고 품위 있는 에세이도 아니고, 다리를 하나 건너고 터널을 통과해 시내로 진입해서 십 분 남짓 달린 뒤 푸른색 은행 건물이 보이면 길을 건너라, 그 은행 옆 골목으로 들어가면 당신이 찾는 동물병원이 나온다는 식의 아주 건조한 표현들이었다. 하지만 그런 표현들에서조차도 허리를 곧게 펴고 마음을 활짝 열어야 했다. 난 정말이지 옛날처럼 말하고 싶어서 입에 침이 괴고 머리에선 땀이 났다. 남들이 봤으면 정신 나간 여자라고 했을 테지만 정신 나간 여자는 나 말고도 또 있었다.

동남아 여자는 내가 중얼거리며 빌라 앞쪽에서 뒤쪽으로 걷는 동안 원피스 차림으로 쭈그리고 앉아 옥잠화 잎을 만지작거리거나 빨랫줄에 목을 걸고 하늘을 쳐다봤다. 수건돌리기를 하듯, 서로의 꽁무니를 쫓아가듯 우리는 각자 알아들을 수 없는 말들을 중얼거리며 버려진 도심 속 사원을 밤새 돌고 또 돌았다. 그러는 사이에 여자는 없어졌으며 곧 깔깔거리는 웃음소리가 들렸고 나는 그 웃음소리가 들리는 쪽으로 몸을 움직였다.

아직 공사가 시작되지 않은 병원 공터는 비닐 천막으로 가려져 있었고, 알전구들이 매달려 있어서 전체적으로 밝은데다 초록색 풀들이 네모반듯하게 자라나서 보기에도 좋았다. 그리고 병원의 옥외주차장이었던 곳에는 누가 심어놓았는지 어른 손바닥만한 크기의 비타민이며 상추, 고추 같은 것들이 예쁘게 크고 있었다. 또 공터 한켠에는 어른들 몇이 들어가 목욕을 해도 될 정도로 커다란 고무물통이 놓여 있었는데 초록색 호스에서 나온 물이 가득 차 있었다. 순간 그곳은 공사가 막 시작되기 전의 공터가 아니라 초록 카펫이 깔린 무대처럼 보였다. 그리고 거기서 동남아 여자가 춤을 추고 있었다. 여자는 배와 엉덩이를 크게 돌리며 허리에 손을 얹고 제자리에서 뱅글뱅글 도는 춤을 추고 있었고, 피에로 남자는 커다란 검은색 드럼통 안에 들어가 얼굴만 내밀고 있다가 춤추던 여자가 머리를 물속으로 밀어넣으면 다시 들어갔다 나오는 일을 반복했다. 그들이 노는 모양을 쳐다보고 있으려니까 웃음이 저절로 나왔고 '바보들'이라는 말이 떠올랐으며 그렇게 밤은 흐르고 시간이 갔다.

*

시내 도심의 지하철역 부근에서 밤늦게 집에 가던 여자들이 누군가에게 맞고 돈을 뺏기는 사건이 동남부지역에서 연이어 일어났다. 매일 밤 텔레비전에서는 얼굴을 모자이크 처리한 여자들의 훼손된 시신을 보여주었다. 그런 뉴스를 볼 때마다 무심코 욕설이 튀어나와서 내가 어떤 상태인지를 잊곤 했다. 밤에만 혼자 하던 말하기 연습도, 동네 산책도 다 그만두고 집 안에만 틀어박혀 '빌라에 사는 것들' 방에서 들려오는 노랫소리를 듣거나, 도심 어딘가에서 들려오는 희미한 포클레인 소리를 들으며 지냈다. 잠이 들면 꿈속에서 엄마를 보았는데 엄마는 커다란 실타래를 목에 걸고 바늘을 든 채 내게 말했다. "내가 세 살 때 우리 엄마가 죽었단다. 어린 나는 엄마가 죽은 줄도 모르고 엄마의 젖무덤을 풀어헤치고 젖을 빨았대. 너는 모를 거야, 너한테는 엄마가 있으니까. 나는 어른이 된 후에도 하루 종일 울었어." 밤이 깊어갈수록 멀리서 들려오던 포클레인 소리가 점점 더 가까워졌고, 새벽이 될 때까지 나는 엄마의 엄마가 되어주기 위해 애쓰는 꿈을 꾸다가 잠이 깨곤 했다.

기온이 높고 몹시 건조하던 어느 날 밤이었다. 일층 할아버지의 고함소리가 하도 시끄러워 빌라 마당으로 나갔더니 빌라에 사는 것들 셋이 뒤엉켜 있었다. 처음엔 셋이 싸우는 줄 알았는데 자세히 보니 동남아 여자와 피에로가 야구모자에게 일방적으로 맞고 있었다. 두 사람은 빌라 앞마당에 모아놓은 양동이며 페트병이며 쓰레기봉투 들 위로 여러 차례 나동그라지며 맞았고, 할아버지는 삿대질을 해가며 싸잡아 욕을 했다. 신기한 것은 피에로도 동남아 여자도 끽소리도 내지 않고 맞기만 한다는 거였다. 그때 마침 빌라 앞을 지나가던 술 취한 사람들이 빌라를 향해 동시에 침을 내뱉자 할아버지도 그들 뒤를 따라가며 "나쁜 놈들"이라고 욕을 했다.

야구모자의 매질이 끝난 건 일층 할아버지 집에서 들려온 폭발 소리 때문이었다. 소리가 너무 커서 할머니가 산산조각이 나서 돌아가셨을 거라고 생각하며 가봤더니 압력밥솥 뚜껑이 방바닥에 나동그라져 있었고, 할머니는 태연하게 모포 위에 떨어진 밥 알갱이를 하나씩 하나씩 주워 먹고 있었다. 할아버지가 압력밥솥이 올려져 있던 가스레인지의 불을 끄는 걸 잊고 그냥 나왔던 것이다.

그러던 어느 일요일 새벽, 경찰들이 빌라에 와서는 자고 있는 야구모자의 팔을 뒤로 꺾어 끌고 나왔다. 그의 얼굴이 지하철역 주변에 설치된 CCTV에 여러 번 잡혔는데, 최근 도심에서 일어나고 있는 부녀자 폭행사건의 용의자 중 한 명이라고 했다. 동남아 여자는 야구모자가 경찰차에 실려 빌라를 떠날 때 양손을 내저으며 엉엉 울었다.

그러고 보니 그사이 아무도 살지 않는 이층 빌라 한 채의 자물쇠와 열쇠가 묵직한 새것으로 바뀌어 있었다. 경찰이 문을 뜯었다. 그 방 내부는 말하자면 알록달록한 별천지였다. 거실과 방의 낡은 가구들은 문짝이 거의 떨어져나간 상태로, 딱 봐도 여자들의 것임이 분명한 핸드백과 구두, 스카프와 화장품 등의 물건들로 가득했다. 결정적으로 화장실의 플라스틱 양동이와 세숫대야 그리고 대바구니 안에 버려진 주민등록증과 신용카드들을 보자 겁이 덜컥 났다. 오랜 시간에 걸쳐 무슨 일인가가 일어난 것이 틀림없었다.

그들이 사는 집 안도 처음으로 구경했다. 거실에는 침대 두 개가 양쪽으로 놓여 있었고, 천장이며 바닥에는 벽지 대신 신문지와 오려낸 잡지가 붙어 있었다. 또 줄에 매달린 코브라 인형이 방 안 천지였다. 늘 진원지를 알 수 없던 그 이상한 냄새가 왈칵 밀려왔다.

그날 밤에 텔레비전에 나온 그를 보았다. 그는 지하철역 주변에 나뒹구는 것들을 주워서 쌓아놓은 것뿐이라고 말했다고 했다. 유명한 정신과 의사들이 나와 남의 물건을 자기 집에 가져다가 쌓아놓는 행위에 대한 심리 분석도 했는데 무슨 소리인지 알아듣기는 어려웠다. 그는 여전히 야구모자를 눌러쓴 채 아주 고요하게 화면에서 사라졌다.

그후로 건조한 햇볕만 내리쬐는 날이 며칠 동안 이어졌다. 경찰들이 삽을 들고 찾아와 빌라 주변의 땅을 팠다. 유기한 시체를 찾아낸다는 게 목적이었다. 일층 할아버지와 할머니는 산책을 할 수도 없었고, 빌라 밖으로 나가려면 좁고 간댕거리는 널

빤지를 밟고 지나가야 했다. 동네 사람들도 땅속에서 뭐가 나올까 궁금한지 평소엔 오지도 않던 빌라 근처를 자꾸만 기웃거리는 눈치였다. 한동안 비도 오지 않았다.

땅속에서는 토막이 나거나 사지가 잘린 여자의 시체 같은 건 나오지 않았다. 손가락 굵기만큼 굵고 미끈한 지렁이들, 오랜 세월 묻혀 있었으나 썩지 않고 남은 라면봉지들, 플라스틱 소꿉장들, 채 밖으로 나와 자라지 못하고 땅속에서 화석이 되어버린 나무뿌리 같은 게 전부였다. 경찰은 그것도 모자라 사냥개까지 데리고 와서 냄새를 맡게 했다.

어느 날 학원에 다녀오다가 비도 오지 않는 길거리에서 우산을 팔고 있는 피에로를 보았다. 또 빌라 주변 주택가의 쓰레기통을 뒤지고 있는 동남아 여자도 보았다. 그러고 보니 야구모자가 그 집의 생계를 책임지는 가장이었던 모양이다.

호주에 갔던 나탄이 돌아와 음식을 조금씩 가져와서 함께 먹는 포트럭 파티를 하는 게 어떠냐는 제안을 했고, 그 파티는 날씨가 맑은 날 정오에 대학 마당의 벤치에서 열렸다. 사람들은 각자 음식이며 음료를 가져왔고 나도 약간의 샌드위치를 준비해갔다. 와인을 먹는 방법에서부터 와인의 종류에 대한 설명, 전반적인 서양의 음식문화까지, 밥상을 차려놓고 하는 영어는 교실에서 하는 영어보다 할말이 훨씬 많았다. 수강생들이 열을 올리며 자신이 좋아하는 요리와 요리법, 그 요리를 먹었던 나라에서의 여행을 떠올리며 열변을 토하는 동안 나는 쓰레기통을 뒤지던 동남아 여자의 둥그런 몸매가 떠올라 해를 쳐다볼 수가 없었다.

수강생들이 돌아가며 골고루 말하게 해야 한다는 원칙 때문인지 나탄은 또다시 사람들을 지목하기 시작했고, 나는 심장이 떨려 가만히 고개를 숙인 채 사람들이 말하는 소리를 받아적기만 했다. 그때 나탄이 나를 보고 말했다. "해리, 빨리 빨리!" 역시 목젖이 떨리며 말이 나오지를 않았다. 그러자 늘 자신 있고 여유 있는 승마 아줌마 샐리와 초등학교 교사생활을 오래했다는 점잖은 매너의 할머니 수강생 수잔이 나에게 직격탄을 날렸다. "이봐요 해리, 그거 써봐야 다 소용없어요. 연습, 연습이 최고야." 샐리의 말이 끝나자 잠시 어색한 침묵이 흘렀다. 그리고 그 점잖은 할머니 수잔이 너무나 무서운 얼굴로 나한테 말했다. "빨리 하세요. 왜 스스로를 아웃사이더로 만들죠? 난 참 이해하기 어려워요. 그럴 거면 뭐 하러 학원에 와요?" 나머지 사람들은 음식을 먹다가 깜짝 놀라서, 나를 이해한다는 표정과 그래도 빨리 아무 말이라도 하라는 표정을 동시에 지었다. 그러자 나탄은 미안했는지 정말로 부드럽게 덧붙였다. "해리, 아무 말이나 하고 싶은 말을 해봐. 제발 부끄러워하지 마. 당신은 할 수 있어." 나탄의 말을 듣자 용기가 나고 입술이 떨리고 엉덩이가 달싹이면서 뭔가 말이 나오려는 듯도 했지만 햇볕 때문에 눈이 부셔 결국 아무 말도 안 나왔다. 그래서 싸갔던 음식은 먹지도 못했고 파티는 그렇게 끝났다.

그날 오후, 빌라 입구에 구청에서 나온 차 한 대가 서 있었다. 이층 동남아 여자의 집 문은 열려 있고 공무원들 몇 명이 문 앞에 서 있었다. 공무원들은 동남아 남자 두 명을 데리고 와서는, 실연당한 곰처럼 침대에 웅크린 채 벽을 보고 누워 있는 여자의 어깨를 두드리며 계속 말을 시켰다. 공무원들이 데리고 온 동남아 남자는 도무지 알아들을 수 없는 여러 나라 말로 여자에게 말을 건넸다. 여자는 짜증스러운 듯 징징거리다가 신음을 내뱉다가 다시 또 징징거렸다. 그 방에서는 후텁지근한 땀내가 났고 오래 묵은 박하향 같은 것이 풍겨났는데, 나한테는 그 냄새가 그리 역겹지 않았다. 그렇게 한 지 이십여 분이 지난 후에 여자만 남겨놓고 모두들 복도로 나왔다. 그리고 그때 나는 들었다. 여자가 쉬랑카! 즉, 스리랑카 사람 같다는 말을.

그날 저녁 나는 낮에 싸들고 갔다가 먹지도 않고 그냥 가지고 온 샌드위치와 찐 고구마가 든 비닐봉지를 들고 생전 처음 이웃집 나들이라는 걸 했다. 경찰들이 마구 집을 뒤진 흔적이 남아 있었고 피에로 남자가 입었던 물방울무늬 옷과 양복 한 벌이 벽에 걸려 있었는데 옷이 너무나 길고 컸다. 아직도 동남아 여자는 벽을 보고 누운 채 신음만 내고 있었고 가끔씩 높디높은 소프라노로 뭐라고 뭐라고 계속 중얼거렸다. 이불을 걷고 곰을 건드려보았다. 여자의 몸은 땀에 젖어 미끈거렸고 아주 뜨거웠다. 옷장을 열어봤지만 갈아입힐 옷을 찾기가 어려워 집으로 가서 티셔츠와 운동복 바지를 가져왔다.

등과 허리 그리고 그 통통해 보이던 뱃살은 홀쭉해진 것 같았고, 피부에 손이 닿을 때마다 흥건하게 땀이 묻어났다. 등과 목 그리고 가슴을 수건으로 톡톡 눌러 닦아주고 어렵게 옷을 입혔다. 그때까지도 여자는 등만 보이며 신음소리를 낼 뿐, 절대로 돌아눕지 않았다. 대나무처럼 딱딱한 여자의 발바닥도 만져보았다. 발가락이며 종아리는 온통 커피 색깔이었다. 지퍼가 풀린 채 여자의 엉덩이에 걸쳐 있는 원피스를 허벅지 쪽으로 끌어내려야 제대로 입힐 수 있을 것 같았다. 원피스가 엉덩이에 약간 걸리는 통에 그녀의 엉덩이 부근에 내 손이 닿았던 모양이다. 가만히 누워만 있던 여자가 화들짝 놀라며 아랫도리를 번쩍 들었다가는 곤두박질치며 침대 위로 떨어졌다. 여자는 비명도 지르지 않았다. 나는 그때 보았다. '노 팬티'인 여자의 검은 엉덩이 사이에서 독이 오를 대로 올라 짜리처럼 부푼 흰 치질 덩어리를……

*

동남아 여자는 공무원들과 지역사회의 도움으로 국내에서 가장 훌륭하다는 항문외과 의사로부터 수술을 받았다. 그 수술을 받기까지 도움을 준 단체와 개인이 얼마나 많았던지. 세상에는 좋은 사람들도 많았다. 그날 밤 새벽이 지나고 다음날 아침이 되어 공무원들이 보낸 차에 여자가 실려갈 때까지 나는 밤새 여자 옆에 앉아 있었다. 땀이 흐르는 목과 가슴을 닦다가, 여자의 눈 밑으로 눈 밑으로 자꾸만 굴러떨어지는 갈색 눈물방울을 손수건으로 찍어내다가, 중얼거리는 신음과 도무지 알아들을 수 없는 그녀의 모국어를 듣다가, 다디단 고구마를 여자의 입속에 넣어주기도 하고 설탕물을 넣어주기도 했다. 그러면서 나는 잠깐씩 졸았고 새벽녘에는 꿈이 없는 잠에 빠져들기도 했다. 숙면을 위해서는 역시 몸을 피곤하게 하는 게 최고였다.

동남아 여자는 수술한 지 보름이 지나서야 빌라로 돌아왔다. 통상 나흘 정도면 퇴원을 시키는데 정도가 심해, 치질로 인한 쇼크로 사망할 수도 있는 상태였다고 했다. 여자는 흰 유리병 안에 조갯살처럼 퍼져 떠다니는 터진 치질 덩어리를 기념품으로 담아 들고 왔다. 나는 얼굴이 아주 작아진 동남아 여자의 몰골을 본 순간 고통에 대한 순위를 새롭게 매겨야 했다. 치통보다 참기 어려운 건 실연의 아픔, 실연의 아픔보다 참기 어려운 건 치질의 통증. 새로 매긴 순서는 그랬다.

동남아 여자가 돌아온 날 밤, 피에로 남자는 팔리지 않은 우산을 팔에 한가득 안고 초록색 도마뱀 인형을 머리에 얹은 채 바람처럼 돌아왔다. 남자는 알록달록한 우산들을 초록 풀이 자란 공터에 펼쳐놓고 동남아 여자와 함께 춤을 추었다. 어디서 났는지 달짝지근한 술도 가져왔다. 우리는 술을 한 모금씩 입속에 부어넣으며 각자 도무지 알아들을 수 없는 말들을 지껄이며 도시 한 귀퉁이에다 대고 웃음을 토해버렸다. 그날 밤 동남아 여자는 자신의 소지품이 든 가방 깊고 깊은 곳에서 화장품을 꺼내 내 이마에 붉고 굵은 동그라미 하나를 찍어주었다. 그리고 뒤로 돌아서서 머리를 가랑이 사이에 집어넣고는 멀쩡한 자신의 항문을 보여주며 환하게 웃었다. 그 웃음이 얼마나 천진했는지 그 여자에게 주민등록증을 보여주고는 나이를 따져 언니나 동생 삼자고 말하고 싶어지기까지 했다.

버려진 사원이었던 빌라에 어느 날 남자들의 웅성거림이 들려왔다. 잠시 후 일층 할아버지가 황급히 내 방문을 두드렸다. 마당에 나갔더니 사람들이 모여 서 있었다. "이 빌라가 드디어 새로 지어진다네. 얼마나 기쁜 일인가. 난 이제 죽어도 여한이 없네. 게다가 우리의 골칫거리였던 이층의 그 외국년이 오늘 아침 제 나라로 돌아갔네. 어떤가? 기쁘지 않은가?"

옥잠화는 피고 지고 또 피었다. 아무 일도 일어나지 않는 시간들이 흘러갔다. 영어수업은 계속되었으며 공터에 들어선 새 건물의 윤곽도 막 드러나기 시작했다. 나는 동남아 여자가 내 방문 앞에 놓고 간 작고 파란 동전지갑을 항상 가지고 다녔다. 그러던 어느 날 영어수업시간에 나는 드디어 입을 열어 말하기 시작했다. 물론 잘생긴 나탄이 "제발 부끄러워하지 마, 해리"라는 말을 한 다음에 일어난 일이었다.

"내 친구는 스리랑카에 살아요. 스리랑카는 아름다운 곳이래요. 내 친구가 그날 밤 나에게 말했어요." 내가 이렇게 말을 하기 시작하자 사람들이 나에게 물었다. "뭐라고 했는데, 제발 빨리 말해줘."

"나는 내 여동생과 목욕하는 걸 좋아해. 우린 열흘 동안 부처님의 이빨을 코끼리의 등에 싣고 시내 전체를 뱅글뱅글 도는 축제에 갔어. 우리는 방귀처럼 매연을 뿜어대는 싸구려 버스를 타고 그 도시까지 갔었어. 거기서 나는 열흘 동안 북만 치는 남자를 보고 사랑에 빠졌고 내 동생은 횃불을 들고 춤추는 남자를 보고 사랑에 빠졌어. 코끼리들이 목욕하는 장면을 너도 봤다면…… 우린 그날 처음으로 사랑하는 남자들을 생각하며 서로에게 자신의 몸을 보여줬어. 우린 처녀였지만 처녀로 살고 싶지는 않았어. 우리는 계속 중얼거렸지. 횃불을 든 그가 방으로 들어온다! 북소리가 들린다! 그가 곧 방으로 들어온다! 그러나 아무리 기다려도 그들은 오지 않았어. 그래서 우리는 서로에게 처녀를 보여주기로 했어. 아주 매운 카레와 쿨을 먹고 난 직후였지. 그때는 그렇게 아프지 않았어.

내가 여기 어떻게 와 있는지 잘 모르겠어. 낯선 사람이 준 사탕을 먹다가 잠이 들었는데 깨어보니까 낯선 곳이었어. 밤마다 뒤를 돌아보는 꿈을 꾸었지. 뒤에는 밀림 천지였고 코끼리 소리와 북소리가 들렸어. 난 거기 서서 생각했어. 북소리가 들리지 않는 곳으로 가보자. 그냥 가보자. 그리고 난 이리로 왔어. 그런데도 난 아직 밀림을 돌아보며 거기 서 있는 거 같아. 난 영원히 거기에 서 있을지도 몰라. 난 원래 스리랑카에서 태어났어."

나는 마지막 말까지 하고 나서 쓰러질 작정이었다.

"내 친구는 스리랑카로 돌아갔어요. 그리고 제 이마에 붉고 동그란 점 하나를 찍어주었어요. 내 이마에 붉은 반점 보이나요? 안 보이세요?"

수강생들 모두, 아니 저 여자가 저렇게 영어를 잘 했나, 하는 감탄 섞인 얼굴로 나를 쳐다봤다. 먼저 나탄이 흰 치아를 활짝 드러내고 웃으며 박수를 쳤고, 다른 수강생들도 브라보를 외치며 박수를 쳤다.

그날 밤 꿈에서 엄마를 만났다. 엄마의 입술을 강아지처럼 핥아 먹는 꿈을 꾸었다. 꿈에서 깨고 싶지 않았지만 늘 그렇듯이 빌라 주변은 부글부글 끓는 일이 많았다. 아래층 할아버지가 빌라 마당이 떠나가라 소리를 질렀다. "동네 사람들, 동네 사람들, 여기 좀 봐요. 우리 할망구가 일어섰어, 우리 할망구가 일어섰다구." 정말 할머니가 휠체어 한쪽을 손으로 짚고 일어서서 밤하늘을 쳐다보며 빙그레 웃고 있었다. 할아버지는 입을 커다랗게 벌리고 할머니 주변을 겅중겅중 뛰어다녔다. 우는지 웃는지 알 수 없는 이상한 얼굴이었다. 빌라에도 기적이 찾아온 것이다.

나는 이쪽에도 저쪽에도 속하고 싶지 않았고 남자도 여자도 아닌 일종의 중간자가 되고 싶었다. 잠깐씩 졸다 눈을 떴을 때 나는 신기루 같은 뭔가를 봤다고 생각했다. 그러나 깨고 나면 아무것도 생각나지 않았다. 그 싸움 이후 도시로 간 나는 행복했다고 할 수 있다. 아이들은 나를 자이언트 언니라고 불렀다.

자이언트의 시대

집 한가운데 튼튼한 갈색 탁자가 있었다. 외출했던 식구들은 시장에서 사온 고등어자반이며 토마토, 꺾어온 들꽃들을 탁자 위에 올려놓고 손을 씻으러 가곤 했다. 집을 나갈 때도 마지막으로 둘러보는 곳이 탁자 위였다. 도시락이나 삶은 고구마, 용돈이나 책 등이 그 탁자 위에 놓여 있어서 각자가 필요한 것들을 찾아 들고 나갔다. 군데군데 흠이 나 있고 손만 대면 좌우로 끝도 없이 삐걱거리던 그 갈색 탁자 위로 여러 날의 태양과 바람이 지나갔다. 날개의 색깔이 비현실적으로 아름다운 나비들이 날아와 앉아 있다가 나무속으로 들어가 사라졌다. 그러는 사이 내 몸은 자랐고 지금은 그때의 집도, 탁자도 남아 있지 않다.

주변이 청회색으로 물드는 저녁시간이 왔다. 커다란 내 몸이 청회색 어둠 속으로 숨어버려 배경과의 구별이 뚜렷하지 않은 상태가 되는 시간이 좋다. 오늘은 아주 특별한 날이다. 오래 전부터 나는 오늘 저녁을 기다리며 밤마다 물구나무를 섰다. 몸이 피곤해야 머리가 맑아지는 건 사실이다. 거꾸로 선 채 머리로 몸을 지탱하는 자세를 취하는 건 자이언트인 나로서는 고행에 가까운 일이었다. 음식을 준비하기 위해 십 년간 모아온 비자금 항아리도 과감히 두 동강 냈다. 깨고 보니 항아리 속에는 비밀로 간직하고 싶었던 일들을 적어넣어둔 메모지들보다 다른 사람들에게서 빌린 돈 액수가 적힌 종이쪽지가 훨씬 더 많았다.

보내지는 못했지만 연필로 글씨를 쓰고 식물에서 추출한 염료를 물에 개어 칠한 초대장도 만들었다. 초대장 안에 향기가 강한 꽃잎 하나씩을 넣는 것도 잊지 않았다. 집 안에 있는 직물류, 즉 천이란 천들은 모두 빨아서 풀을 먹인 뒤 햇볕에 말려 빳빳하게 다렸다. 쓰지 않던 유리잔이며 주석잔들을 모두 다 꺼내 빛나게 닦았다. 그러나 연녹색 물이끼가 잔뜩 낀 네모반듯한 어항은 치워버렸다. 얼어 죽은 지 오래되어 돌멩이처럼 딱딱해진 새장 안의 새들은 창밖으로 던져버렸다. 다음은 몸단장을 할 차례이다. 먼저 놋쇠가위를 들고 빗장뼈까지 내려오는 머리칼을 귀밑 길이로 싹둑 잘라냈다. 그 위에 붉은색 두건을 썼으며 목에는 커다란 십자가 목걸이를 했다. 평소와는 달라 보였는지 내 모습을 본 이웃들이 물었다.

"오늘 무슨 좋은 일이라도?"

"저녁에 손님들을 초대했어요."

"누가 오는데?"

"오늘이 바로 그날이거든요. 죽은 사람들을 초대하는 날! 정말 한 번은 꼭 다시 만나고 싶었던 사람들이 와요."

"음, 그러니까 오늘이 바로 푸닥거리하는 날이군. 근데 왜 음식 냄새가 나지 않지? 설마 모두 다 날것으로만 대접하는 건 아닐 테고? 새로 산 칼이 있는데 빌려드릴까? 잘 썰어지는지 먼저 써봐요. 아니면 반품해야 하니까."

"이제 손님들이 올 시간이 되어서 집으로 들어가야 해요. 빨리 칼을 가져와요."

긴장감 때문에 심장이 바작바작 오그라들어 이웃들과 수다를 떨 형편이 아니었다. 우선 테이블 두 개를 나란히 붙여 창 쪽으로 옮겼다. 해가 진 뒤의 밤 불빛이 보이는 창 앞에 손님들을 앉게 하고 싶었다. 테이블 위에 꽃병 두 개를 올려놓고 아기자기한 꽃잎이 그려진 주전자도 올려놓았다. 그때 마침 전화벨이 울렸다.

"저기요, 사모님, 아주 근사한 외딴섬이 하나 있는데 형편 되시면 구입하시겠습니까?"

남자의 목소리는 주방용 믹서기 같은 걸 팔 때의 말투와 비슷했다. 섬을 사서 뭘 하나, 살 돈도 없지만. 지금도 외딴섬에서 사는 것과 다를 바가 없는데. 더이상의 외딴섬은 사양한다. 살며시 수화기를 내려놓고 찬찬히 집 안을 둘러봤다.

나는 중소도시의 외곽지역에서 태어났다. 아기였을 때는 볼이며 종아리가 좀 통통한 정도로, 다른 아기들과 모든 게 똑같았다. 갈색 탁자 위의 물건이 손에 닿지도 않을 만큼 작던 나는 세 살이 지나면서 부쩍부쩍 컸고 머지않아 본색이 드러났다. 의협심도 강해서 약한 친구들을 귀찮게 하는 인근지역 아이들을 혼내주기도 했고, 어린애들만 보면 정신 못 차리고 물어뜯는 개들을 손바닥에 힘을 주어 단숨에 기절시키기도 했다. 가끔 신체적 능력을 뛰어넘어 주술도 부려봤지만 다른 사람들을 매료시킬 정도는 아니었다. 열 살이 되면서는 키가 너무 커서 또래의 애들과는 어깨동무를 하고 놀 수가 없었다. 그럴수록 나는 친구들과 잘 지내기 위해 노력했지만 처녀가 되기도 전에 그곳을 완전히 떠나 대도시로 이주했다. 대도시로 간 이후에도 나는 한동안 줄기차게 컸다.

땡땡땡, 현관문에 매달린 종이 울렸다. 테이블에 한 손을 짚고 몸을 지탱한 채 가만히 서 있었다. 너무 긴장해서 움직일 수가 없었다. 천천히 문앞으로 다가가서 가만히 귀를 댔다. 다시 한번 땡땡땡 소리가 들렸고 나는 침을 꼴깍 삼키고는 겨우 입을 열었다.

"암호를 말씀해주시겠습니까?"

암호가 생각나지 않는지 잠깐 동안 조용했다. 예의상 내가 먼저 힌트를 제시했다.

"독거미와 독사 중에서 고르세요."

"맞다, 독거미!"

혜나의 목소리였다. 문을 활짝 열었더니 거기에 정말로 내 친구 혜나가 서 있었다. 저승의 공식 지정 옷차림이라도 되는지 검은색 바지 정장에 검은색 핸드백, 검은색 꽃다발을 들고 있었다. 어린애가 우람한 나무를 끌어안고 있는 것과 같은 풍경이었을 테지만 우리는 한동안 서로를 포옹했다. 혜나는 지난 20세기의 막바지에 엽기적인 방법을 택해 목숨을 끊었다. 그 현장은 차마 입에 담을 수가 없을 정도였다. 그때에 비하면 지금 혜나의 상태는 대단히 양호해 보였다. 발그레한 볼, 초록색 칠을 한 도톰한 눈가, 한없이 길고 꼬불꼬불한 검은색 머리칼, 반짝반짝 빛나는 뾰족한 검정색 에나멜 구두. 그러나 멀쩡해 보이는 외모에도 불구하고 뭔가에 들려 자신의 눈높이보다 조금 위쪽을 향하고 있는 공허한 눈동자는 여전했다. 혜나의 어깨에 손을 얹었다. 손에 닿는 어깨뼈가 너무 작아서 실감이 나지 않았지만 혜나를 다시 만나다니 너무나 기뻤다.

"이게 몇년 만이지? 장례식 이후로 처음이네."

"그래. 너의 장례식, 오월이었는데도 얼마나 더웠는지."

"아무리 더웠다고 해도 몸에 몇 겹을 친친 두른 나만큼 더웠겠니? 하긴 뼈가 다 으스러져서 그렇게라도 고정시켜두지 않으면 안 됐겠지. 밤에 네가 날 위해 기도하는 소리 들었어."

"넌 여전하구나. 여전히 예쁘고 여전히 작고."

"넌 더 자란 거니? 키도 그렇고 손바닥도 그렇고 더 커진 것 같아. 전체적으로 훨씬 더 커졌다, 너."

나는 덩치 얘기만 나오면 몸 둘 바를 모른다. 내 몸 여기저기를 뚫어져라 쳐다보는 혜나의 시선이 부담스러워 어쩔 줄을 몰랐다.

“맞아, 그 동안 난 더 컸어. 매일매일 조금씩 컸지. 이제 그 얘긴 그만 해. 뭘 좀 먹을래? 여기까지 오느라 힘들었지? 목마르지 않니?”

“말도 마. 열차가 계속해서 뱅글뱅글 돌기만 하고 내려야 할 곳으로부터 점점 멀어지는 느낌이었다니까. 게다가 수학여행을 가는지 열차 안에는 교복을 입은 여자애들이 한가득이었어. 죄다 마스크를 쓴 채 떠들지도 않더군. 그 표정들이 얼마나 무서웠는지.”

밖에서 뛰어놀던 아이들이 우당탕 뛰어들어와 창고만한 크기의 냉장고 앞에 나란히 서서 뚜껑을 열고 얼굴을 들이밀었다.

“엄마, 왜 닭튀김은 안 해주죠?”

“얘들아, 엄마가 지금 바쁘잖아. 손님이 와 계시는 거 안 보이니?”

말을 해도 소용없다. 아이들에게는 죽은 혜나가 보이지 않는다. 작은애는 얼굴이 울상인 채로 화가 나서 식식거렸다.

“엄마, 애들이 내 눈에 흙을 넣었어. 정말 치사하지 않아? 자꾸 눈물이 나서 울게 되잖아. 슬프지도 않은데 울어야 해?”

“물에 씻는 게 제일 빠르지. 그래, 그게 좋겠다. 어서 가서 씻어.”

“너희들은 누굴 닮아 이렇게 예쁘니.”

혜나가 아이들의 머리를 쓰다듬지만 아이들은 혜나의 손길을 느끼지 못한다.

"엄마, 우린 오늘밤에 꼭 닭튀김을 먹을 거야. 그리고 오늘밤에 꼭 중국 글자를 배울 거야. 흰 종이 가득 중국 글자를 그려줘야 해. 난 멀리 중국에 가서 살 거야. 숱이 많은 머리카락을 엉덩이까지 길러 하나로 묶고 검은색 바지에 검은색 구슬이 박힌 옷을 몸에 딱 붙게 입고 거리를 돌아다닐 거야. 사람들은 내가 어디서 왔는지도 모르겠지. 그리고 이건 너무 중요한 얘긴데, 닭튀김엔 꼭 카레가루를 발라줘야 해."

"그래, 넌 꼭 그렇게 살아. 하지만 기다려, 닭튀김도 먹고 중국 글자도 배우려면 시간이 걸린다고."

아이들이 집 밖으로 우당탕 뛰어나가자 혜나가 킥킥거리며 웃었다.

"저애들도 결국은 너처럼 체구가 커지겠지. 그렇지 않으면 너의 딸들이 아니지."

나도 혜나의 얼굴을 쳐다보며 웃었다. 그때 다시 땡땡땡 소리.

"누구시죠? 암호를 대세요."

"암호라, 옜다, 송아지다!"

할아버지가 오셨다. 갓을 쓰고 바지저고리를 입고 장죽을 든 할아버지가 집 안으로 들어왔다. 할아버지 뒤로 눈동자가 예쁜 아시아인들의 영원한 일꾼, 누런 한우 송아지가 방울 소리를 내며 따라들어왔다. 황갈색 털 상태로 봐서는 태어난 지 일 년도 안 된 어린 소였다. 할아버지는 드넓은 만주 벌판도 부족해 일본까지 넘나들며 살았던, 유목민 기질이 다분한 사람이었고, 체구도 작은 분이 대단한 강골이었다. 손이라도 잡으려고 다가가는데 할아버지가 먼저 움찔 뒤로 물러서며 혀를 찼다.

"혜나야, 우리 할아버지한테 인사해."

가볍게 목례만 하는 혜나를 못마땅한 얼굴로 쳐다보던 할아버지는 나를 보자 숨이 콱 막히는 표정이 되었다.

"넌 몸이 왜 그 지경이 됐냐?"

"저기, 할아버지, 실내에서는 모자를 좀 벗어주시겠어요? 그리고 그 송아지는 바깥에 두시죠. 냄새가 나잖아요."

혜나는 내가 옛날부터 할아버지를 좋아하지 않았다는 걸 알고 있었다. 혜나는 얼굴을 찡그린 채 송아지 주변을 맴맴 돌고 송아지도 혜나의 뒤를 따라 맴맴 돌았다. 할아버지는 혜나가 그러거나 말거나 집 안에서 제일 큰 가구인 침대 다리에 송아지의 목줄을 묶었다. 그리고 그 특유의 느린 몸놀림으로 천천히 갓끈을 푼 뒤 식탁으로 가 앉았다. 할아버지한테는 죄송한 얘기지만 저승꽃이 채 피기도 전에 돌아가셔서 아직도 피부가 탱탱해 보였다.

"저 녀석은 너무 어려서 깜짝깜짝 놀라길 잘해. 어딜 가든 내가 데리고 있지 않으면 안 된다. 그래, 넌 올해 몇살이냐?"

할아버지가 나한테 나이를 물었다.

"할아버지, 죄송해요. 저는 세기가 바뀌면서 날짜 계산하는 법을 완전히 까먹었어요. 그래서 제 나이를 몰라요."

"저런, 젊은 게 왜 그러냐. 나도 많은 걸 잊긴 했지. 그런데 아직도 여기선 쇠고기 한 근이 육백 그램이냐?"

할아버지 사고의 중심은 여전히 송아지들이었다. 평생 한 일이라고는 새벽 우시장에 나가 송아지를 사다가 벌판에 놓아먹여 키워서 다시 내다파는 거였다. 지평선이 보인다는 저 남쪽 벌판의 새벽, 긴 혀를 내밀어 풀을 뜯는 송아지들과 그 송아지들 사이를 오가는 할아버지가 있는 풍경을 상상해봤다. 송아지들이 풀을 뜯고 있는 모습을 지켜보던 할아버지의 얼굴이 평화롭지만은 않은 게 당연했다. 어떤 놈이 실하게 살이 쪘는지 할아버지는 알아야 했으니까. 할아버지는 소들을 정말 사랑했을까. 키워서 내다팔아먹는 심정은 어떤 걸까.

"육백 그램 맞아요. 하지만 고기의 부위별로 계산법이 좀 다르죠. 그런데 왜 그러세요?"

"아니, 그냥 궁금해서 그런다. 최근에 송아지 고길 좋아한다는 족속들을 많이 만났다. 유럽 쪽에서 온 노인네들 말인데. 이마에 주름이 지고 머리가 허연 노인네들이, 내가 키워서 내다팔던 예쁜 것들을 폭 익혀서 그 위에 소스를 발라 잘근잘근 씹어먹고 있더구나. 와인인지 뭔지 그 술을 먹기 위해 그 예쁜 것들을 잡아먹는 것 같았다. 그런 광경을 볼 때마다 사지가 후들후들 떨려 많이 괴로웠다. 그 노인네들은 새로운 세상을 보고 싶었던 어릴 적 꿈을 실현시켜야 한다며 배낭을 메고 다른 나라로 떠나더구나. 머리통이 허옇게 된 인간들이 말이야. 그런데 오늘 네 애비는 이 자리에 안 불렀냐?"

"아버지의 종적은 끝까지 추적이 안 됐어요. 아시잖아요? 아버지는 자유로운 사람이잖아요. 그냥 내버려두세요. 그 대신 오늘은 엄마를 불렀어요."

'엄마'라는 단어가 입 밖으로 나오자마자 갑자기 실내공기가 싸늘해졌다. 잠깐 침묵하던 할아버지가 장죽 끝으로 재떨이를 탁탁 쳤다.

"얘, 난 무척 시장하다. 우리가 얼마나 먼 데서 왔는지 넌 짐작도 못 할 거다. 그러고 보니 네 친구도 배가 고프겠구나. 처녀도 아직 식전인가?"

"아뇨, 어르신. 전 괜찮아요. 전 별로 많이 먹는 편이 아니라서."

"그럼 제가 오늘 준비한 요리에 대해서 말씀드릴까요? 그러는 동안 엄마가 오겠죠."

"설명이 뭐가 필요하니. 음식은 그냥 먹어보면 안다. 그리고 너희 엄마도 요리에는 재주가 없었다. 그 재주만 없는 게 아니었지, 아들 낳는 재주도 없었지."

혜나와 나, 갑작스런 할아버지의 아들 타령에 서로의 얼굴만 쳐다봤다.

모든 여자들이 동쪽 하늘에 대고 빌었다. 몸을 깨끗하게 씻고 단정한 옷을 입고 두 손을 마주 대고 연신 비볐다. 제발 건강하고 잘생긴 아들 하나만 낳게 해주세요. 삼신할머니 조왕신님 제발제발. 그렇게 해서 아들을 낳은 여자들은 금가락지를 치마폭에 굴리며 거드름을 피웠고, 기도를 해도 아들을 낳지 못한 여자들은 보따리를 챙겨 집을 떠났다. 여자들을 배웅하는 건 영원한 실패작으로 남은, 여자들이 낳은 딸들뿐이었다. 그렇게 기도하던 여자들 중에서 태도가 가장 불손한 사람이 우리 엄마였다. 엉덩이를 실룩거리면서, 소원을 들어주든 말든 신령님들 마음대로 해보라는 얼굴로 발끝에 걸리는 돌멩이만 연신 차냈다. 나는 어렸지만 엄마에게 충고하곤 했다. "좀 열심히 기도해봐." 그랬다면 엄마에게도 아들이 생겼을까.

탕탕탕. 이렇게 큰 소리로 문을 두드리는 사람은 분명 엄마다. 노크 소리가 들리자마자 제일 먼저 반응을 보인 사람은 당연히 할아버지였다. 할아버지는 갑자기 일어나 의자의 각도를 돌려놓고 앉아 파란 나물을 뜯어 먹고 서 있는 송아지 쪽만 쳐다봤다. 사각 안경을 쓰고 배우처럼 화장을 한 엄마의 덩치 역시 작지는 않았다. 엄마는 십오 세까지 나의 모델이었고 우상이었다. 엄마가 들어오자마자 그 옛날의 갈색 탁자 생각이 났고, 아버지의 드센 남자 형제들과 함께 사느라 늘 피곤해하던 엄마의 몸에서 풍겨나던 땀내도 떠올랐다. 그런데 엄마는 혼자 온 게 아니었다. 손에 흰색 줄을 잡고 서 있었는데, 희고 긴 윗옷을 입은 청년인지 노인인지 분간하기 힘들게 생긴 남자가 그 줄을 잡은 채 웃으며 엄마를 따라 들어왔다.

"아니, 아줌마, 사람을 이렇게 묶어서 데리고 다니면 어떡해요. 옛날이나 지금이나 참 황당한 분이세요."

나보다 더 당황했는지 혜나가 엄마에게 말했다. 엄마는 남자를 기둥 앞에 앉히고 손바닥으로 등을 톡톡 쳐주고는 식탁 앞으로 와 앉았다. 앉자마자 할아버지에 대한 공격부터 시작한다.

"아니, 이 노인네가 누구지. 어디서 많이 본 양반인데."

"엄마, 할아버지 화내셔. 엄마가 할아버지를 몰라본다면 말이 안 돼."

엄마는 할아버지를 흘겨보더니 애꿎은 혜나에게 화살을 돌렸다.

"아니, 넌 왜 그렇게 빨리 죽어서 우리 애를 그렇게 힘들게 했니? 어쨌든 간에 오랜만이구나. 아버님도 그간 잘 지내셨나요? 피부색도 좋으시구 여전하시네요. 제가 언젠가 아버님 무덤 위에 소금을 잔뜩 뿌리고 온 적이 있는데 혹시 기억하시나요? 소금 뿌리고 내려오자마자 보슬비가 내리더군요."

"소금이라. 너 혹시 나를 소금에 절여 뜯어 먹을 생각이었니?"

"제가 아무리 입맛이 변했어도 그렇지, 육십이 넘어 죽은 노인네를 왜 뜯어 먹겠어요? 그리고 마침 비가 왔다니까요. 비가 오니까 소금이 녹았고 죄의식도 사라지더군요."

"날 갈아마셔도 시원치 않다고 동네방네 말하고 다닌 거 다 안다."

"이젠 다 과거지사죠."

"이제 그만해요. 엄마, 배고프죠? 저분도 오시라고 해요. 이리 와서 같이 식사하세요."

기둥에 묶인 남자는 배가 고픈 표정이면서도 계속해서 엄마의 눈치만 보고 식탁으로는 오지 못한다.

"그런데 넌 왜 이렇게 몸이 커진 거니?"

"엄마, 그러지 말아요. 먹는 것과 덩치가 큰 것과는 상관이 없어요. 전 고기를 안 먹은 지 아주 오래됐어요. 그래도 뼈가 자꾸만 자라는데 어쩌겠어요."

그때 아이들이 다시 집 안으로 뛰어들어왔다. 아이들의 옷과 얼굴에는 땟국이 흐르고 몸에서는 화약 냄새가 났다.

"엄마, 난 닭튀김이 먹고 싶어요. 왜 내가 원하는 걸 안 해주세요. 우린 지금 전쟁놀이를 하고 와서 몹시 배가 고프다구요."

"지금은 할 수 없어. 보다시피 이렇게 손님이 와 계시잖아."

"손님?"

"그래, 손님."

"엄마, 그런데 아빠는 어디 가서 왜 안 오시는 거죠?"

"아빠는 이웃나라의 전쟁에 갔다고 몇 번을 말해줬니."

"맞아, 아빠는 이웃나라의 전쟁에 갔어. 아빠가 이웃나라의 불쌍한 애들을 구해주고 오겠다고 했어."

얘들이 내 손녀들이구나. 엄마가 일어서서 아이들 쪽으로 다가왔다.

"네, 엄마. 제가 목숨 걸고 낳은 딸들이랍니다."

그때 누군가 조용히 혀를 차는 소리가 들렸다. 보나마나 할아버지였다.

비가 내리고 바람이 불어 창문이 흔들렸다. 혜나는 식탁 의자에서 일어나 집 안팎을 둘러보기 시작했고, 나는 난로에 불을 피우고 물주전자를 얹었다. 아이들은 얼굴이 새까맣고 눈알 한 쪽이 빠진 인디언 인형 두 개를 가지고 놀았다. 어색해진 분위기도 바꿀 겸, 손님들을 배불리 먹일 시간이었다.

우선 찜솥을 열고 오늘의 특별요리인 킹크랩을 꺼내자 향긋한 게살 냄새가 났다. 침대 다리에 묶여 있는 송아지만 연신 입을 벌렸다 다물었다 관심을 표했다. 냄새가 나는 부엌 쪽을 쳐다봐 주길 바랐지만 사람들은 눈길도 주지 않았다. 가위와 집게를 들고 거대한 킹크랩의 몸을 조각내기 시작했다. 다리들을 잘라 접시 위에 놓고 드디어 몸통에 손을 댔다. 그리고 난 보았다. 몸통 가득 꽉 들어찬 킹크랩 알들을. 무서워서 눈물이 다 나오려고 했다. 자연과 생태는 언제나 나에게 원초적인 공포감을 느끼게 했다. 어쨌든, 호두를 넣은 수북한 야채샐러드와 김이 나는 단호박찜, 붉은 핏물이 살짝 도는 먹음직스런 스테이크를 보고 엄마만 혼자서 탄성을 질렀다. 반응이 실망스러웠지만 계속해서 오븐 속에 들어 있는 쿠키며 스파게티를 꺼내 탁자 위에 올려놓았다. 엄마는 요리 접시에 코를 박은 채 냄새를 맡더니 접시를 들고 기둥에 묶여 있는 남자에게로 가 코밑에 접시를 들이댔다. 걱정스러운 건 역시 혜나였다. 식이장애를 앓은 적이 있는 혜나는 벌써부터 구토가 나는지 계속해서 입을 막고 있었다. 제일 까다로운 반응을 보이는 사람은 할아버지였다.

"내가 이런 서양요리를 먹을 것 같냐? 이런 요리를 먹으면 몸에 독만 퍼진단다. 이런 걸 먹느니 차라리 굶지. 도대체 내가 얼마 만에 이런 자리에 온 줄이나 아니, 넌?"

"그럼 어르신은 굶지 그러세요."

남의 집안 문제에 상관하지 말라는 듯 엄마가 혜나를 노려봤다.

"아버님, 말씀 잘하셨어요. 아버님은 옛날에도 제가 밥을 차려드리면 반찬이 시원치 않다면서 밥상을 문 앞으로 밀어놓곤 하셨죠. 아버님은 그게 쌀독 바닥을 닥닥 긁어 해온 밥인 줄 혹시 아셨나요? 왜 제가 그때 그걸 정확하게 말하지 않았는지 모르겠군요. 솔직히 말해서 아버님은 최악의 인간이었어요. 저애의 아빠 말고도 객식구들이었던 삼촌들과 그 삼촌들이 데리고 다니는 지지배들을 위해 밥하고 빨래하느라 제 허리가 휘었다구요. 저는 아버님과의 인연이 끝난 게 얼마나 시원하고 좋은지 몰라요, 정말. 내 딸아, 너희 할아버지한테는 저기 송아지가 뜯어 먹고 있는 풀들이나 좀 담아다드리지 그러니, 아님 저 송아지를 잡든가."

할아버지는 엄마의 말에 대꾸도 하지 않고 담배만 피우고, 엄마는 기둥에 묶어놓은 남자를 풀어준 뒤 식탁으로 데리고 왔다. 엄마와 남자는 젓가락을 높이 치켜들고 몸을 흔들며 검은 입 속으로 음식을 밀어넣었다. 그러는 중에도 두 사람의 뜨거운 눈빛은 계속 오고갔다. 나로 말할 것 같으면, 엄마와 남자가 먹는 모습을 쳐다보다가 식욕을 느꼈고 예상치도 않게 열심히 먹게 되었다. 어느 정도 먹어도 배가 차지 않았다. 그래서 먹고 또 먹고 결국 손님들이 먹을 것까지 다 먹고 말았다. 그 모습을 아까부터 지켜보던 혜나가 가만히 있을 리 없었다.

"널 마지막으로 만났을 때 내가 뭐라고 했는지 기억나니?"

"기억나지."

혜나와 내가 마지막으로 만났을 때 우리가 무슨 얘기를 했는지 분명히 기억하고 있다. 혜나와 나, 동시에 합창한다.

"너처럼 많이 처먹는 인간은 처음 본다!"

그랬다. 너처럼 많이 처먹는 인간은 처음 본다. 그게 혜나가 나에게 한 최후의 코멘트였다. 혜나는 원래 식사량이 적었지만 난 그렇지 않았다. 하루 세끼 외에도 잠들기 직전까지 하루 종일 먹고 또 먹었다. 도시로 온 이후 내 생활은 먹는 게 다였다. 지금 그 소리를 다시 듣게 되다니, 묘한 흥분까지 느껴졌다. 그렇게 많이 먹을 때 나는 반성도 하지 않았고 희망도 갖지 않았다. 그러나 그 말은 어떤 말보다도 나를 괴롭혔다.

엄마가 할아버지를 자꾸 쳐다보더니 벌떡 일어나 부엌으로 갔다. 엄마의 손끝에 파란 나뭇가지 하나가 들려 있었고 나뭇가지 끝에 분홍색 새 한 마리가 앉아 있었다. 엄마는 새를 잡아 넓은 팬에 올리고는 불을 켠 뒤 뚜껑을 닫았다. 유리뚜껑 밑에서 풍

풍 뛰어오르는 분홍새의 몸놀림을 주시하던 혜나가 구역질을 하기 시작했다. 그와 같은 방법으로 부위를 달리해가며 구운 새를 엄마는 몸통은 제외하고 다리만 담아 할아버지 앞에 신경질적으로 놔주었다.

"그래도 시아버님이신데 그냥 앉아 있을 수가 있어야죠. 이거라도 드세요. 옛날엔 이것보다 더한 것도 드셨잖아요. 개구리, 뱀, 고양이는 기본이었죠. 보신주의자들은 죽을 때 괴롭다던데, 아버님은 어떠셨나요?"

"옛날엔 다들 그런 걸 먹었다. 그런데 넌 거기서 내 아들 얼굴은 봤냐?"

"아뇨. 만나서 뭘 해요. 그 인간 어떻게 하고 있을지 뻔하죠. 솔직히 찾아보기도 싫었어요."

"할아버지는 아실지 모르겠지만 아버지는 바람에 나뭇잎이 떨어지는 것만 봐도 일기를 썼어요. 죽고 싶다고 썼죠. 정말 예민한 사람이었어요."

"넌 정말 보고 배운 게 없구나. 왜 어린애가 어른들의 일기를 훔쳐보고 그러니?"

"불안했어요. 아버지가 바람에 날아갈까봐."

"얘야, 진정해라. 네 애비나 지금의 너나 바람에 날아갈 정도로 가볍진 않다. 네 애비는 죽는 순간까지도 동네에서 알아주는 싸움꾼이었어. 네가 그 덩치에 고추만 달고 나왔어도 네 애비가 그렇게 빨리 죽지 않았을지도 모른다. 얼마나 좋으니, 이렇게 굶어 죽는 사람도 없는 세상이 왔는데."

"할아버지, 참으세요. 한번 돌아가시기까지 했으면서 아직도 고추 타령이시니 정신 차리시려면 멀었네요."

할아버지가 눈을 동그랗게 뜨고 고개를 가로젓는다.

"저기서 놀고 있는 애들도 널 닮았구나. 쟤들도 고추는 아니지?"

"아이고 아버님, 고추 타령은 저한테 하신 것만으로도 충분해요. 고추를 그토록 좋아하던 할아버지 고향친구들도 다 돌아가셨고, 고향에는 고속도로가 나서 이젠 그때의 흔적도 없어요. 이젠 아무도 고추만 찾지는 않아요."

"형편이 되면 하나 더 낳지 그러니. 셋째는 고추일 확률이 높은데. 하긴 몸이 그렇게 커서 실한 아이를 낳기나 하겠니."

'아이고 집요하셔라.'

아이들이 거실과 부엌 사이를 뛰어다니기 시작했다. 탁자 밑에 들어가 할아버지의 양말을 잡아당기기도 하고 엄마의 치마폭에 숨기도 했다. 어떻게 해서 아이들의 눈에 초대 손님들이 보이는 기적이 일어났는지 그건 잘 모르겠다. 식사가 끝나자 엄마는 소화를 시켜야 한다며 남자를 기둥에 묶지 않았다. 남자도 아이들을 따라 들썩이며 뛰기 시작했다. 배는 부르지만 뭔가 중요한 말을 해야 하는 순간인데 트림부터 쏟아져나와서 영 분위기가 잡히지 않았다. 그 순간 끄윽, 트림이 나왔고 나는 다짐하듯 말했다.

"저는 절대로 아들을 낳지는 않을 거예요."

주변이 갑자기 조용해졌고 할아버지는 실망스럽다는 듯 혀를 차며 말했다.

"네 엄마나 너나 그게 문제야. 너희 모녀는 환자란다."

할아버지는 옛날처럼 창틀 위에 올라앉아 장죽을 물고 담배를 피웠다. 계절이 언제였는지 창밖에는 꽃들이 만발했었다. 아버지는 씨름대회에서 탄 상품을 들고 막 집 안으로 들어오고 있었고, 동네의 술집 여자들이 꽃무늬 치마를 입고 문 밖에 서서 아버지가 다시 나오길 기다렸다. 엄마가 창백한 얼굴로 여자들을 향해 양동이 가득 담긴 허드렛물을 뿌리는 동안 아버지는 새로 빨아 말린 옷으로 말끔히 갈아입었다. 아버지와 여자들이 집 밖으로 나가 골목을 지나고 대로변의 술집으로 들어갔을 시간까지 할아버지는 옛날에 불렀다는 무사들의 노래를 흥얼거리며 담배를 피웠다. 그때 엄마는 바깥이 보이지 않는 집 안의 가장 어두운 구석빼기에서 등을 보인 채 오래도록 가만히 서 있었다. 나로 말하면 아버지와 함께 나간 여자나 집에 있는 여자나 모두 다 불쌍했다.

차를 끓였다. 혜나가 와서 내 등을 가볍게 두드려줬다. 혜나는 책을 보면 외롭지 않다고 말했었다. 내 친구 혜나가 죽으면서 나는 세상의 딱 절반을 순식간에 잃었다. 덩치만 크면 뭘 하나. 작고 여린 친구가 지독한 자기애와 식이장애에 빠져 죽게 되기까지 나는 늘 뭔가를 처먹을 궁리만 했으니.

"그렇게 높은 데서 뛰어내리다니 넌 참 독해."

"충격이 좀 있었지. 하지만 난 그렇게 죽은 내가 좋아. 여기 보이니, 머리통 찌그러진 거? 도저히 복원이 안 된대."

"왜 그렇게 죽은 게 좋아?"

"내 인생에서 단 한 번은 내 맘대로 했으니까."

"넌 살짝 돌았었잖아."

"살짝이라니. 난 청소년기를 지나면서 이미 맛이 갔어."

그사이 손님들이 마실 차가 천천히 우러났다. 기둥에 묶여 있을 때는 얌전하던 남자가 어느새 아이들과 함께 육박전을 하며 놀고 있다. 아까부터 남자를 쏘아보던 할아버지는 배가 고파 도저히 참을 수가 없는지 드디어 창틀에서 내려왔다.

"애야, 넌 사람을 대접하는 법을 모르는구나. 어른이 오랜만에 집에 왔으면 술을 내놓는 거란다. 차는 무슨 차냐, 술을 마셔야지."

남편이 전쟁터에서 돌아오면 주려고 담가둔 술을 내놓았다. 어차피 돌아와봐야 예전처럼 술을 좋아할지 알 수도 없는 일이고. 엄마는 시끄럽다며 아이들과 뒹굴며 놀고 있는 남자의 손을 잡아 다시 기둥에 묶고는 술을 마시기 시작했다. 술잔이 빌 때마다 남자에게로 다가갔고 손끝으로 남자의 얼굴을 쓰다듬었다. 할아버지의 시선이 빈번해지면 질수록 엄마는 할아버지를 의식해 더 노골적으로 행동했다. 그러더니 갑자기 엄마가 할아버지에게 다가갔다.

“아버님, 제 술 받으세요. 제 술 받으시고 저한테 쌓인 거 있으시면 다 풀고 가세요.”

“그러는 니가 오히려 나한테 쌓인 게 더 많은 것 같구나.”

그때 아이들이 갑자기 비명을 질렀고 침대에 묶어놓은 송아지가 아이들 소란에 놀라 들썩거리기 시작했다.

“계집애들이 왜 저렇게 드세냐.”

“할아버지, 요즘은 모든 생물종들이 다 드세지고 있는 추세예요. 전 세계 인구가 육십오억이라구요. 게다가 인구는 점점 늘고 있어요. 앞으로 다가올 가장 큰 문제는 식량 부족과 물 부족 사태죠. 이 많은 사람들이 먹어야 하고 씻어야 하고 죽어야 해요. 누구든 드세지지 않을 수가 없다구요.”

“넌 거기서도 공부를 좀 하는 모양이지.”

혜나는 웃으며 검은색 커버를 씌운 책 속으로 시선을 돌렸다. 그러나 그것도 잠깐, 송아지가 미친 것처럼 침대를 질질 끌며 천장으로 겅중겅중 뛰기 시작했다. 술을 마시고 있던 엄마가 벌떡 일어나 두 팔을 휘저으며 송아지에게 다가가자 송아지가 엄마에게 덤비려고 했다. 그때 할아버지가 일어나 송아지한테 다가가 뭐라고 한마디 하자 송아지는 금세 양처럼 순해졌다.

“정말 웃기는 양반이야. 겨우 송아지나 키우고 산 주제에. 내 손녀들한테 드세다니요? 그리고 내 손녀들을 보는 아버님 표정도 마음에 안 들어요. 딸이 둘인 게 무슨 재앙이라도 된다는 겁니까. 노인네 정말 그 동안 하나도 안 변했네.”

"너야말로 하나도 안 변했구나. 이 자리에 네 남편을 데려오지 그랬냐. 그리고 네 옆에 앉아 있는 저 천치 같은 놈은 누구냐. 설마 네가 낳은 아들은 아닐 테지. 그렇다면 너의 애인이냐?"

"그래요, 애인이에요. 아니, 아들이기도 하죠. 솔직히 아들이 갖고 싶었어요. 그리고 제 남편 얘기는 이제 그만하세요. 그를 가만히 내버려두세요. 그를 제일 많이 괴롭힌 건 아버님이세요. 아버님이 저를 괴롭혀서 그가 괴로워했고 괴로워하다가 결국 죽었잖아요."

"내가 그애를 괴롭히다니?"

"아버님이 소를 끌고 북쪽으로 가서는 몇 달씩이나 집에 안 오셨잖아요. 게다가 아버님은 집에 와서도 손자가 없다고 술집에만 가 계셨어요. 그 많은 술집 여자들한테 다 아버님의 씨앗을 주시지 그러셨어요. 그럼 지금쯤 세상은 아버님 아들들 천지가 되었을 텐데. 아니, 딸들 천지가 되었을지도 모르겠네. 아버님은 옛날에 이 나라 저 나라 돌아다니며 건드린 여자들한테 혼 좀 나셔야 해요."

할아버지가 못 참겠다는 듯이 이를 물며 일어서는 순간, 아까부터 상태가 좋지 않았던 송아지와 침대가 동시에 허공으로 솟구쳤다가 곤두박질쳤다. 할아버지는 황급히 소를 잡으려고 했지만 미쳐 날뛰는 소를 잡을 사람은 따로 있었다. 나는 순식간에 송아지를 두 손으로 잡아 진정시켰고 목줄을 푼 뒤 대문을 열고 집 밖으로 내보냈다. 바깥은 춥지도 덥지도 않았고 비도 그친

후였다. 저 먼 하늘에서 둥그런 원을 그리며 불꽃들이 떨어지고 있었다. 송아지는 엉덩이를 보인 채 어두운 길 쪽을 쳐다보며 가만히 서 있었고 집 안에서는 아무 소리도 들리지 않았다. 갑자기 내가 서 있는 곳이 비현실적으로 느껴졌다.

그날의 싸움도 밤에 벌어졌다. 여자애들이 내 어깨를 두드려주며 다른 동네에 사는 사악한 무리들을 쳐부수자고 했다. 상대방은 세 명이었다. 소나무숲에서 만났는데 아주 작고 부실해 보이는 남자애들이었다. 힘 몇 번만 쓰면 다 쓰러뜨릴 수 있을 것 같았다. 바람도 없었고 비도 오지 않았고 달도 밝았다. 그런데 남자애들은 날 무서워하기커녕 낄낄거리며 웃었다. 나를 보고 겁을 먹지 않고 웃는 애들을 어떻게 다뤄야 하는지, 경험이 없어서 잘 몰랐다. 그날 나는 힘 한번 못 써보고 싸움에서 졌다. 날더러 도와달라고 했던 여자애들이 사악한 무리들과 둘씩 짝을 지어 소나무숲길을 걸어내려갔다. 나는 그때 처음으로 힘이라는 것이 도무지 쓸모없는 것임을 알게 되었다. 혼자서 소나무숲길을 내려오는데 나의 거대한 그림자가 아주 고독해 보였다.

"우린 그를 위해 기도해야 해요. 그는 내가 아는 한 세상에서 가장 불쌍한 남자였어요."

"겉이야 멀쩡했지. 그런데 모르지, 이 세상 어딘가에 그놈의 아들이 살아 있을지도. 그놈은 머리끝부터 발끝까지 항상 우울했어. 게다가 반항적이고. 난 혹시 그놈이 날 때리면 어쩌나 겁날 때가 많았다. 그놈이 날 오래 쳐다보면 겁이 나서 슬며시 일어나 자리를 피했지. 아들이라기보다는 형 같았어. 도무지 믿을 구석이라곤 없는 시건방지고 기분 나쁜 형 말이다."

"겁쟁이 영감탱이. 그래서 아버님 대신 그 매를 제가 다 맞았잖아요. 아버님은 이기주의자, 그가 날 때려도 한 번도 구해주지 않았잖아요. 제가 남의 집 창고에서 지새운 밤이 얼마나 많았는 줄 아세요?"

"넌 날 모함하고 있어. 과거지사라고 해서 그렇게 막 얘기하면 안 된다. 난 그냥 평범한 인간이었어."

"평범했다구요? 평범했죠. 너무나 평범하고 상식적이어서 그 태산 같은 상식이 도저히 무너지지 않았죠."

설전은 여전히 계속되었다. 감정이 격해지면서 간간이 컵들이 넘어지고 싸늘해진 식탁 위로 엄마와 혜나의 숨소리가 거푸 쏟아져나왔다. 혜나는 머리를 감싸쥐더니 황급히 짐을 챙기기 시작했다.

"이제 이런 꼴은 더이상 보고 싶지 않아. 우리집이나 너희 집이나 다 한심해."

혜나는 예상대로 갈 준비를 했다.

"미안해. 맛있는 걸 해주려고 했는데."

"넌 아직도 먹는 타령이니. 이걸로도 됐어, 충분하다구. 난 이제 갈래."

"그럼 가. 우린 또 만날 수 있을 거야. 내가 다시 널 부를 테니까. 사람들 눈엔 보이지 않는 것들을 난 볼 테니까."

혜나와 나는 오래도록 포옹했다. 혜나가 간 뒤 집 안은 조용해졌다. 엄마는 자리에서 일어나 긴 치맛자락을 끌며 집 안을 둘러봤다. 할아버지는 창문 쪽으로 가 서서 담배를 피웠고 두 사람은 마주치지 않으려고 몹시 애썼다. 그러더니 갑자기 누가 먼저랄 것도 없이 붉으락푸르락 화를 내며 짐을 싸기 시작했다. 그리고 두 사람은 다시는 만날 일이 없을 거라는 얼굴로 앞다투어 집을 나갔다. 흰옷을 입은 남자를 등에 업은 엄마는 고개를 뒤로 돌리고 남자와 얘기하며 걸었다. 엄마는 행복해 보였다. 할아버지는 집 밖에서 풀을 뜯고 있는 송아지를 부르더니 송아지 등에 올라탔다. 옛날에도 그랬지만 그들은 헤어질 때 나에게 키스도 포옹도 해주지 않았다.

나의 작은 딸들에게 닭고기튀김을 해줬다. 아이들은 맛있게 먹은 뒤 거실에서 인형놀이를 했다. 인형놀이가 지루해지자 커다란 종이 한 장씩을 가져왔고, 중국 글자 카드를 보고 글씨를 그렸다. 그러다 지루해지면 시계를 그렸고, 시계 위에 분침과 초침 시침을 그렸고, 바다를 포함한 세계지도를 그렸다. 깜빡깜빡 졸기 시작하는 아이들의 귀에다 대고 자장자를 불러줬다. 아이들도 나를 따라 자장가를 흥얼거렸다. 아이들은 소파 모서리나 침대 밑 아무 데서나 잠들었다. 뒤척일 때마다 아이들의 몸에서 중국 글자 카드가 한 장씩 떨어졌다.

부엌 창으로 내다본 밤하늘로 검푸른 구름들이 지나갔다. 피곤한 몸을 소파에 기대고 아무 생각 없이 축 늘어져 있었다. 물구나무를 설 기운도 없었다. 선부른 화해를 바라지는 않았으나 최소한 그들이 옛날처럼 서로 싸우지는 않기를 바랐던 것 같다.

그때 문가에서 가늘게 종소리가 들렸고 나는 바람 소리려니, 바람을 쐬고 싶어 그냥 문을 열었다. 그곳엔 작은 꼬맹이 녀석이 기저귀만 찬 채, 막 펼쳐졌다 접힌 날개를 겨드랑이에 달고 서 있었다.

"왜 저한테는 암호를 물어보지 않으세요?"

"암호 같은 건 이제 필요 없단다. 넌 누구니?"

"저는 당신의 아들이랍니다."

꼬맹이를 안으로 데리고 들어와 식탁 의자에 앉히고 나도 꼬맹이 앞에 앉았다.

"저기 자고 있는 여자들이 제 누나와 동생이군요. 정말 예쁘네요. 어쩜 저렇게 우아하죠?"

"넌 우아하다는 말을 어떻게 알았니?"

"그건 당신이 저에게 가르쳐주신 유일한 말이에요. 제가 당신의 뱃속에 있을 때 당신은 항상 다짐했어요. 나는 절대로 아들을 낳지는 않을 거야, 절대로. 우아한 딸들을 낳아야지. 우아한 딸들이 세상을 구하게 해야지. 저는 우아한 딸이 되고 싶었지만 당신이 그 말을 할 때마다 당신의 뇌에서 또 저의 뇌에서 나쁜 물질이 나왔고, 제가 당신의 자궁 안에 안전하게 자리잡기도 전에 당신의 몸에서 떨어져나갔어요. 그게 저의 운명이랍니다."

"그랬구나. 그런데 오늘 여기 왜 왔니?"

"왜 오다뇨. 당신을 보러 왔죠. 당신이 나를 불렀잖아요. 세상을 보고 싶었어요. 그런데 보고 나니까 마음이 아주 편해요. 누나가 예쁘고 특히 제 동생, 그러니까 저기 있는 저 작은 여자애는 제가 태어나지 않았기 때문에 저 대신 태어날 수 있었잖아요."

"뭘 좀 먹을래?"

"아뇨. 우리들은 영혼이 맑아서 음식을 먹지 않아도 살 수 있어요."

"그렇구나. 나도 어릴 땐 영혼이 맑았겠지. 다른 말은 하지 않을게. 다만 너를 태어나지 못하게 한 나를 용서해라."

"저는 다음 세상에서 여자로 태어나겠어요. 그래서 엄마를 제 아들로 낳을 거예요. 그럼 엄마의 몸이 그렇게 크신 것도 어느 정도는 편안하게 받아들일 수 있겠죠. 엄마는 그 큰 몸으로 나라를 구하실 수도 있고, 최소한 나쁜 사람들을 위협할 수도 있어요. 물론 사랑도 할 수 있구요. 엄마는 제가 생각했던 것보다 훨씬 예뻐요. 제가 당신의 엄마가 되어서 엄마를 많이 사랑해드릴게요."

나는 울지도 웃지도 못하고 가만히 앉아 있었다.

그렇게 하여 나는 오늘의 저녁식사에 초대받지 않은 마지막 꼬맹이 손님에게 젖을 물렸다. 옆집에서 빌려준 칼이 식탁 위에 놓여 있었는데 그 칼로 돌이킬 수 없이 오염된 내 손을 내리치는 환영과 끊임없이 마주해야 했다. 먼 곳에서 여우가 울었고 또 장엄한 하루가 지나갔다. 꼬맹이에게 젖을 물린 채로 소파에 누워 잠든 두 딸과 태어나지 않은 아들을 번갈아 쳐다보았다. 나는 이쪽에도 저쪽에도 속하고 싶지 않았고 남자도 여자도 아닌 일종의 중간자가 되고 싶었다. 잠깐씩 졸다 눈을 떴을 때 나는 신기루 같은 뭔가를 봤다고 생각했다. 그러나 깨고 나면 아무것도 생각나지 않았다.

그 싸움 이후 도시로 간 나는 행복했다고 할 수 있다. 아이들은 나를 자이언트 언니라고 불렀다. 그러나 나는 자이언트의 시대에 대해서는 입을 다물고 싶다. 말해봐야 지난 얘기들, 다 그렇고 그랬다. 어쨌든 그때 고향을 떠났던 해, 나는 십오 세였다.

해설

흔들리는 소설들

김영찬(문학평론가)

숨고, 미끄러지고, 흔들리는

이것은 흔들리는 소설이다. 강영숙의 소설을 두고 우리는 그렇게 말한다. 두 가지 의미에서 그렇다. 첫째, 그녀의 소설에서는 고정된 것이라곤 전혀 찾아볼 수 없다. 무엇보다 강영숙의 소설은 고정된 소설문법에 매여 있기를 스스로 거부한다. 그리고 그것으로부터 끊임없이 달아난다. 최근의 소설만 돌아보더라도, 예컨대 창작집 『날마다 축제』(창비, 2004)에서 우리가 보는 것은 소설의 의미를 구조적으로 축조(築造)하기를 사양하고 오히려 고의로 '의미'의 한 가닥을 의외의 지점에 무심하게 툭 던져놓거나 아니면 의미의 배열 자체를 산만하게 흐트러뜨리는 독특한 방법론이다. 『날마다 축제』에 실린 작품들에서 더욱 절정에 달했던 환유와 몽타주의 몽환적인 축제는 바로 그러한 방법

론의 표현이었다. 그런 의미에서 강영숙 소설의 세계는 '집중'이 아닌 '분산'의 세계다. 그 안에서 모든 고정된 것은 흐트러지고, 의미는 끊임없이 미끄러진다. 그것은 숨고, 미끄러지고, 흔들리는, 정착하지 않는 의미들의 난장(亂場)이다. 사정이 그럴진대 강영숙 소설의 세계를 하나의 고정된 의미로 붙들어매려는 모든 시도는 틀림없이 실패할 수밖에 없게 되어 있다. 강영숙의 소설을 읽을 때 겪게 되는 왠지 모를 이질감과 당혹은 많은 부분, 기존의 모든 고정된 것이 주는 친근함과 익숙함이 그렇게 배반되는 데서 오는 것이다.

둘째, 그녀의 소설은 결코 정주/안주하지 않는다. 창작집 『흔들리다』(문학동네, 2002)에서부터 『날마다 축제』를 거쳐 장편 『리나』(랜덤하우스코리아, 2006)에 이르기까지, 작가는 자기 소설의 육체를 끊임없이 변화시켜왔다. 마치 그녀의 소설 속 인물들이 대부분 고정된 하나의 정체성에 얽매이거나 한 곳에 정착하기를 거부하고 길 위에 자기 존재를 부려놓는 것처럼, 그녀의 소설도 그렇다. 강영숙의 소설은 스스로 자기 정체성의 경계를 설정하지 않고 끊임없이 그것을 넘어서면서 정체성의 스펙트럼을 넓혀왔다. 장편 『리나』의 앞머리에 얹어놓은 다음 제사(題辭)는 그런 점에서 의미심장하다. 이것은 소설의 주인공 '리나'에 대한 이야기이기도 하지만, 동시에 그 자체로 그녀 소설의 이런 특성을 은유하는 것이기도 한 까닭이다.

리나는 두 개의 달을 갖고 있습니다.
한 개의 달은 비록 피를 흘리지만
또다른 한 개의 달은 워낙 스펙트럼이 다양해
도무지 속을 알 수 없습니다.

창작집 『빨강 속의 검정에 대하여』에서, 강영숙은 속을 알 수 없는 이 다양한 소설의 스펙트럼에 또하나를 더해놓았다. 강영숙의 모든 소설이 그렇듯이, 이 소설들 역시 하나의 세계에 머무르지 않고 다른 세계로 넘어가기 위한 또하나의 징검다리다. 그리고 거기에 작가는, 아무 일도 일어나지 않는 곳에서 아무것도 아닌 삶을 살아가는 고독한 인물들의 이야기를 무심한 척 부려놓았다. 그런데 이런 식의 이야기에 이미 익숙한 독자라면, 많은 소설에서 익히 보아온 어떤 구도의 그림이 자동적으로 머릿속에 떠오를지도 모르겠다. 하지만 강영숙의 소설을 따라 읽으려면 그런 고정관념은 일찌감치 머리 한켠에 접어놓고 시작하는 것이 좋다. 왜냐하면 강영숙 소설의 속살은 한편으론 언뜻 그래 보이지만 다른 한편으론 전혀 그렇지 않은, '도무지 속을 알 수 없는' 그런 것이기 때문이다.

강영숙의 『빨강 속의 검정에 대하여』에 없는 것이 있다면, 그것은 '사건'이다. 무언가 의미 있는 변화를 동반하는 그 어떤 것을 이를테면 사건이라 할 수 있을 터, 그녀의 소설에 그런 것은 없다. 소설의 공간은 지루함과 권태로 가득하다. 그곳은 일어날 일은 이미 일어나 앞으로는 어떤 일도 일어나리라 기대할 수 없는 그런 곳이다. 소설의 주 무대가 되고 있는 '도시'가 바로 그곳이다. 거리는 축제로 부산하고, 사람들은 무언가 할 일을 찾아 꼼지락거리고 여기저기를 오고 가지만, 우리는 그것을 사건이라 하지 않는다. 무엇보다 도시는 그 모든 사소한 움직임조차 자신의 지루한 풍경 속으로 삼켜버린다. 차라리 테러가 일어나기를 바랄 정도로("도대체 테러는 왜 안 일어나는 거야?", 「령」, 88쪽), 그곳은 지루한 무의미로 가득한 공간이다. 그 모든 의미에서, 강영숙의 도시는 '의미'의 사막이다. 그리고 이때 '사막'이란 단지 은유가 아니다. 그것은 말 그대로 사막인데, 왜냐하면 그 도시 풍경의 실상은 대체로 다음과 다르지 않기 때문이다. "큰길에서부터 날아온 광고지들이 시멘트 바닥 위에서 팔랑거렸다. 몸에 흰 얼룩이 있는 물새들이 뭘 잘못 먹었는지 천변 옆 물웅덩이에 고개가 비틀린 채 빠져 죽어 있다."(「천변에 눕다」, 117쪽)

강영숙의 도시는 그런 곳이다. 그곳은 물새들이 고개가 비틀린 채 널브러져 있는 곳이고, 강아지가 "껌처럼 차도에 납작하게 눌러붙어"(「령」, 88쪽) 죽어 있는 곳이다. 작가는 그렇게 죽음과 불모(不毛)의 이미지를 소설 곳곳에 흩뿌려놓는다. 별 의미 없는 듯 아무렇지 않게 던져놓는 그 무심한 이미지들의 몽타주 속에서, 그리고 그것이 만들어내는 그녀 소설 특유의 회색톤 속에서, 현실에 대한 이 작가의 '쿨(cool)한' 비관을 어렴풋이 짐작할 수 있겠다. 그녀의 소설에서 끊임없이 반복해 나타나는 이상기후도 따지고 보면 그와 무관하지 않은 것이다.

> 한겨울임에도 도시의 겨울은 봄보다 더한 황사에 시달렸다. 도심의 교차로에 매달린 오존경보기의 숫자도 달려드는 황사의 이동을 수치로 반영하지 못했다. 신호등의 색깔 세 개가 모두 다 회색 먼지로 가려져, 교통신호조차도 제 색깔로 표현하지 못했다.(「령」, 83쪽)

> 가뭄과 홍수는 이 도시의 트레이드마크였다. 봄과 가을은 점점 짧아지고 늘 덥거나 춥거나 둘 중 하나였다. 가뭄이 해갈되는 순간이 곧 폭우가 시작되는 순간이었다. 폭우는 홍수로 이어져 호수 일부가 범람하기도 했다.(「천변에 눕다」, 111쪽)

강영숙의 소설에는 이처럼 황사와 가뭄, 홍수와 태풍이 끊이지 않는다. 그리고 이와 방불한 자연재해는 강영숙의 소설 어디에나 있다. 꼭 이곳에서 벌어지지는 않는다 하더라도, 그 여진

(餘震)은 소식이나 풍문을 타고 날아와 주인공의 일상적 의식 속으로 스며든다. 그 소식에 따르자면 태풍이 몰려와 건물들을 휩쓸어가는 것은 예사이고(「스쿠터 활용법」), 사이클론이 미얀마를 덮치고 중국에는 매일 인공 비가 떨어진다(「안토니오 신부님」). 이혼한 남편은 쓰나미가 휩쓸고 간 동남아에서 사고를 당하며 일본에 간 딸은 지진 이야기를 들려준다(「해안 없는 바다」). 심지어 「천변에 눕다」의 화자는 폭우에 휩쓸려 목숨을 잃은 유령이다. 가히 자연재해의 상상력이라 할 만큼, 그처럼 강영숙의 소설에는 자연재해가 난무한다. 보통 자연재해는 일상의 리듬을 단절시키는 예외적인 상황을 만들어낸다. 하지만 그녀의 소설에서 흥미로운 것은, 오히려 그 자연재해 자체가 거꾸로 일상의 리듬과 생활의 감각을 만들어내는 일상의 중요한 한 부분으로 나타난다는 점이다. 도시를 뒤덮는 자연재해가 예외상황이 아니라 항시적인 풍경이 되어 있는 곳, 그곳이 강영숙 소설의 상상이 시작되고 끝나는 곳이다. 그리고 그 재해가 다름아닌 '자연'의 재해라는 점은 다시 한번 의미심장하다. 왜 그런가?

통상적으로 자연이 도시나 문명과 대립하는, 그 바깥의 평온 혹은 안식의 공간쯤으로 상상되어왔음을 떠올려본다면, 강영숙 소설의 자연이 그러한 통념에서 얼마나 먼 것인지를 곧 눈치챌 수 있을 것이다. 무엇보다 강영숙의 자연은 삭막하거나 파괴적인 것이며, 사막 같은 도시의 무의미와 뗄 수 없이 결합되어 있는 것이다. 으레 도시와는 대립되는 의미를 가져온 '자연'마저도 저런 이미지로 그려지고 있으니, 우리는 이 작가의 현실인식을 거꾸로 어림잡아볼 수 있다. 그 현실인식이란 다름아닌 이런 것이다. 우울하고 삭막한 도시의 삶 바깥은 없다. 더욱이 소설의 공간이 지극히 추상적이라는 사실도 이 작가의 그런 현실인식을 우회적으로 방증하는 것이다. 예컨대 강영숙의 소설에서 도시나 도시공간은 그저 '도시'이고 그 도시의 어느 곳일 뿐, 어떤 구체적인 지명으로 표기되지 않는다. 그리고 공간의 구체성이 그렇게 휘발되어 있는 곳에서는 시간 또한 당연히 흐르지 않는 법, 따라서 변화라는 것도 있을 수 없다. 소설의 화자도 마치 자기가 등장하는 소설의 그런 특징을 잘 알고 있다는 듯이 이렇게 말한다. "계절이 바뀌어도 상황은 같았어요."(「스쿠터 활용법」, 12쪽)

강영숙의 인물들은 그렇게 사건도 시간도 없는 환경과 하나가 되어 살아가는 인물들이다. 정확히 말하자면, 이때 삭막한 도시 공간과 일상적 재해의 풍경이 그들 삶의 이른바 '배경'으로 기능한다, 는 것은 사실이 아니다. 또한 그 풍경이 그들 심리의 '객관적 상관물'이라는 것도 사실이 아니다. 왜냐하면 '배경'이나 '객관적 상관물'이란 주체와 객체의 분리를 전제로 해서만 성립하는 개념이기 때문이다. 강영숙의 소설은 그와는 별로 관계가 없다. 진실은, 그녀의 소설에서 그 둘은 애당초 분리되지 않는 '하나'라는 데 있다. 그것은 둘이 아닌 하나다. 그렇게 본다면 강영숙의 소설에서, 사건도 없고 시간도 없는, 그래서 변화도 없는 이곳의 삶이 어떤 것인지는 보지 않아도 능히 짐작할 수 있겠다. 하지만 이것은 좀더 설명이 필요하다. 그 '하나'란, 혹은 그 삶이란 도대체 어떤 것인가.

우울, 혹은 둘이 아닌 하나

그전에 먼저, 사건과 시간을 증발시켜버리는 그런 상상력이 어디에서 오는 것인지를 다시 한번 가볍게 짚고 가야 할 필요가 있다. 지금 이 세계 바깥은 없다는 운명론적 인식이 바로 그것이다. 소설의 인물들 대부분이 겉으로 내보이는 무심함이나 무덤덤함, '쿨'함의 태도를 만들어내는 것도 의외로 바로 그런 인식이다. 왜냐하면 그런 태도들은 대개가 체념에서 나오는 자기 방어의 형태이기 십상이기 때문이다. 체념이라고 했지만, 문제는 그렇게 한마디로 간단하게 정의하고 넘겨버릴 수 없다는 데 있다. 강영숙의 인물들을 사로잡으면서 동선을 그려내는 심리적 동기는 겉보기보다 훨씬 미묘하다. 어떻게?

무엇보다 먼저, 예컨대 「령」의 '령'이나 「안토니오 신부님」의 '나'처럼 돌연한 이상행동을 보여주는 인물들은 말할 것도 없지만, 겉으로 아무렇지 않은 듯 일상을 영위하는 인물들도 사실은 모두, 앓고 있는 자들이다. 그들이 앓는 증상을 한마디로 표현하자면, 그것은 우울이다. 얼핏 그들의 우울은 그들이 겪은 실연(失戀)에서 오는 것처럼 보인다. 그러고 보면 「스쿠터 활용법」과

「안토니오 신부님」「령」「갈색 눈물방울」의 화자(혹은 인물)는 모두 실연의 고통을 앓는 중이며, 「K에게」 또한 이야기는 허탈한 실연으로 마무리된다. 소설의 인물들 대부분이 이처럼 실연의 고통을 나름의 방식으로 앓고 있다는 것은 흥미로운 사실인데, 인물들을 사로잡고 있는 우울은 여기에서 비롯되는 것이기도 하다. 그리고 그 증상은 대체로 이런 것들이다.

> 어느 날 시끄러운 노래방에서 쉴새없이 땅콩을 씹어 먹으며 노래부르는 사람의 뒷모습을 쳐다보고 있을 때였어요. 순간 머릿속이 환해지면서 그 사람의 뒤통수를 향해 탬버린을 던졌어요. 손에 잡히는 것들을 마구 던지고 찢어버리고 싶었어요. 그래서 먼저 노래방에서 나왔죠. 그래도 자꾸 화가 났어요.(「스쿠터 활용법」, 14~15쪽)

> 놀고 있는 어린애들을 무심히 보고 있으면 애들을 차례로 공터로 끌고 가 목을 눌러 죽여버리고 싶어졌다. 머리카락도 죄다 밀어버리고 싶었다. 울퉁불퉁 튀어나오는 종아리의 셀룰라이트도 가위로 잘라버리고 싶었다.(「안토니오 신부님」, 49쪽)

강영숙의 소설에서 인물들의 우울은 우선 자해(自害)와 신체적 통증 같은 일종의 전환 히스테리 증상으로 나타나는 한편(「갈색 눈물방울」), 자기의 시간을 스스로 정지시켜버리는 자기 방기의 형식으로도 나타난다(「안토니오 신부님」「령」). 그리고 저런 방식으로도 나타난다. 저런 방식이란 바로, 타인에 대한 공격성의 즉자적 표출이다. 프로이트라면 틀림없이 이 모든 것들을, 상실의 아픔을 현실로 받아들이고 그것을 성공적인 애도로 전환시키지 못하는 우울의 전형적인 증상이라고 진단했을 것이다. 그리고 이 모든 증상들의 근본 원인은 바로 실연에 있으며 강영숙의 소설은 그 실연의 고통을 앓는 우울의 보고서다, 라고 말할 수도 있을 것이다. 그러나 미안하게도 그렇지 않다. 그것은 사실의 절반일 뿐이다. 더 중요한 진실은, 그 절반이 아닌 나머지 절반에 있다. 그리고 거기에 진정 강영숙 소설의 숨은 득의가 있다. 그렇다면 그것은 무엇인가. 참고로 우울의 증상 하나를 더 찾아내보자.

> 미안마에서 엄청나게 많은 사람들이 죽었다는 뉴스를 본 날 밤, 나는 몸과 마음이 몹시도 차분한 상태에서 창문 너머로 떨어지는 빗줄기를 내다봤다. 나는 환경운동가도, 휴머니스트도 아니었다. 그런데 미안마의 사이클론을 보며 울었다. 전혀 무관하면서도 무관하지 않은 이상한 감정이었다. 무엇인가가 마구 밀려오고 있었다. 그것들은 그 뉴스와 함께 밀려왔고, 모든 것이 다 축축해졌다.(「안토니오 신부님」, 43~44쪽)

'나'는 미얀마의 사이클론을 보며 운다. 그리고 "무관하면서도 무관하지 않은 이상한 감정"을 느낀다. 얼핏 관계없는 듯 보이지만, 이 마음의 움직임도 실상은 애당초 실연에서 촉발된 우울의 연장선상에 있는 증상이다. '나'가 이 대목의 뒤에서 곧장 "길고도 이상한 국제전화번호를 본 순간부터 마음이 흔들렸다. 난 사실 그때까지도 줄리앙이길 바랐는지도 모른다"(44쪽)라고 말하는 것으로 보아, 그것은 충분히 짐작할 수 있는 사실이다. 하지만 문제는 거기에서 그치지 않는다. 그와 더불어 여기서 주목해야 하는 것은 세계의 저 참상과 무관하지 않은 무언가 "이상한 감정"이 자기에게 밀려들어온다는 것이고, 그와 함께 말 그대로 "모든 것"이 "축축해졌다"고 말하고 있다는 사실이다. 이것을 혹 사이클론에 희생당한 사람들에 대한 연민 때문이라 본다면 강영숙의 소설을 부당하게 통속적으로 이해하는 것이다. 여기에서 드러나는 것은 그런 것이 아니다. 이것은 오히려 세계의 재난과 하나가 되어 그 재난을 자신의 몸과 마음으로 함께 앓는 '나'의 우울에 다름아니다. 강영숙의 인물들이 비록 저 스스로는 이를 의식하지 못하고 있다 해도, 그들은 모두 각자 제 나름 자신의 몸과 마음으로 저렇게 세계의 우울을 앓는다.

둘이 아닌 '하나'란 바로 이것을 이름이다. 인물들이 겪는 상실과 체념의 우울은 일견 연애의 실패 때문인 것으로 암시되지만, 그것은 겉으로 드러나는 사소한 장치일 뿐이다. 소설 속 화자의 고백대로, "실연의 아픔이란 겨우 그 정도였던 것이다." (「갈색 눈물방울」, 196쪽) 왜냐하면 강영숙의 소설을 계속 따라 읽어온 독자라면 알겠지만 그녀의 소설은 애당초 연애나 연애감정 같은 것을 다루는 것과는 전혀 관계가 없는, 차라리 그런 환상을 거부하고 사양하는 소설이기 때문이다. 오히려 인물들의 우울은 위에서도 암시되듯이 황사와 가뭄을 운명처럼 뒤집어쓴 '도시'가 겪는 삭막한 불모(不毛)의 우울을 저 자신의 몸으로 겹쳐 앓는 증상이다. 혹여 이것이 겉으로 확연히 드러나지 않는다 불평할지도 모르겠지만, 그것은 작가가 이 모든 것에 대해 심각한 포즈를 취하기보다 감정을 투사하지 않고 정서적 거리를 유지하는 '쿨'한 무심을 가장하고 있기 때문이다.

우울증적 유머, 그리고

강영숙 소설의 윤리학은 그처럼 세계의 고통과 나의 고통이 하나 되는 곳에서 출발한다. 이것은 물론 소설의 인물에만 해당되는 이야기는 아니다. 무엇보다 강영숙의 소설 자체가 우울의 증상을 앓는 소설이기 때문이다. 하지만 거기에서 그친다면 그것은 세계를 위해서나 자기 자신을 위해서나 그리 바람직하다고는 할 수 없을 것이다. 더욱이 소설의 입장이라면 더욱 그럴 것이다. "온몸에서 수분이 빠져나가 바짝바짝 마르는"(「스쿠터 활용법」, 12쪽) 증상은 애당초 소설 속 화자의 것이지만, 소설 또한 그렇게 되지 않으리라 장담할 수 없는 까닭이다. 언제나 필요한 것은 밖으로의 한 걸음이다. 그렇다면 강영숙의 소설이 보여주는 그 '밖으로 한 걸음'이란 무엇인가. 이 질문에 우리는, 의외일지 모르지만 그것은 일단 '유머'로 표출된다고 대답해야 할 것이다. 그 유머는 한편으론 증상의 일부이기도 하지만, 동시에 그 우울의 세계 바깥에 대한 열망을 우회적으로 표출하는 자기표현의 방법이기도 하다. 가령 이런 것이다.

> 난 정말 괜찮은 걸까요, J씨? 얼마 전에 전신수영복을 샀거든요. 팔과 다리가 길어 보여서 입고 있으면 우주인처럼 보였어요. 그리고 조깅을 했죠. 남산 언덕을 달릴 때는 산책 나온 외국인들이 하이, 하고 인사를 했어요. 난 내가 다른 세상을 살고 있다고 느꼈어요. 그러나 어쩌나, 동네 대학 운동장에서 조깅을 하는데 어떤 할머니가 날 불러놓고 말했어요. 당신, 미쳤수? 어떻게 그런 꼴로 대로를 활보해. 난 정말 미친 거 같아요. 10월에 그런 짓을 하다니요.(「스쿠터 활용법」, 22~23쪽)

위에서 말하는 "그런 짓"과 유사한 짓은 강영숙의 소설에 즐비하다. 간단히 열거해보면 철조망을 넘어 남의 아파트 베란다로 들어가 "포획이 금지된 새"를 잡으려 애쓴다든가(「스쿠터 활용법」), 공기청정기 흡입구 앞에서 매니큐어를 바르며 그것이 공기청정기를 골려주는 것이라고 상상한다든가(「령」) 길거리에서 바지를 내리고 오줌을 눈다든가(「령」) 하는 행위들이 예컨대 "그런 짓"들이다. 프로이트라면 이런 비정상적인 행위들은 모두 현실의 우울을 밀어내고 쾌락원칙을 확인함으로써 우울로부터 스스로를 보호하려는 반항적 퇴행이라고 했을 것이다. 그리고 프로이트는 그것을 '유머'라고 불렀다. 강영숙의 인물들이 보이는 비정상적인 행위들이 바로 그런 것이다. 그리고 위의 화자가 이러한 행위를 통해 "난 내가 다른 세상을 살고 있다고 느꼈어요"라고 말하고 있다는 것은 중요하다. 일견 사소해 보일지는 모르나, 우리가 특히 위의 장면에서 우회적으로 읽어야 하는 것은 우울의 세계로 침잠하는 자신을 붙들어 가볍게 띄워올림으로써 밖으로의 한 걸음을 내디뎌보고자 하는 강영숙 소설의 심리적 충동의 한 자락이다.

그런데 유머라고 했지만, 솔직히 말하자면 그것은 유머라고 하기엔 어쩐지 어색하고 별로 우습지도 않다. 하지만 바로 그런 점이야말로 거꾸로 쉽게 벗어날 수 없는 현실의 우울을 저 자신의 몸으로 진지하게 받아내는, 그리고 그로부터의 손쉬운 벗어남이야말로 또하나의 자기기만이자 도피일 수 있음을 자각하고 있는 이 작가의 우직과 정직을 보여주는 것이다. 다시 말하면 그것은 벗어날 수 없다는 것을 알고 있는 자의 유머다. 그러나 이 깊은 우울의 현실에서 '나'가 할 수 있는 최선이란 고작 그런 것일 수밖에 없는 것인가…… 이 작가는 물론 그렇지 않다는 것을 알고 있다. 그리고 무언가 다른 길로의 한 걸음이 그런 '나'의 바깥으로 나가는 데서부터 출발하리라는 것 또한 알고 있다. '나'의 바깥에는 무엇이 있는가? 또다른 고통이 있고 또 그 고통의 상호소통이 있다. 그리고 어떤 방식이 되었건 그 고통의 소통 한가운

데서 무언가가 생겨날 것이라는 사실도 이 작가는 마찬가지로 잘 알고 있다. 마침 작가는 실연 뒤의 우울로 고통받던 소설 속 화자의 입을 빌려 이렇게 말하고 있기 때문이다.

> 나는 얼굴이 아주 작아진 동남아 여자의 몰골을 본 순간 고통에 대한 순위를 새롭게 매겨야 했다. 치통보다 참기 어려운 건 실연의 아픔, 실연의 아픔보다 참기 어려운 건 치질의 통증. 새로 매긴 순서는 그랬다.(「갈색 눈물방울」, 211쪽)

이 작가의 가편(佳篇) 중 하나인 이 소설 「갈색 눈물방울」에서, 실연 때문에 고통스러워하던 '나'는 우연히 치질 때문에 고생하는 동남아 여자를 만난 다음, 통증의 순서를 새롭게 매기게 된다. 치질의 통증이라는 동남아 여자의 고통이 치통과 실연의 아픔이라는 '나'의 고통의 의미계열 속으로 들어와 자리를 잡는 이 장면은, '나'가 그토록 심각하게 생각했던 치통과 실연의 고통이 얼마나 자기중심적인 것일 수밖에 없는가를 깨닫게 되는 장면이기도 하다. 그런 깨달음 뒤에, 실어증으로 고통받으며 전부터 영어회화를 배우면서도 한마디도 입을 떼지 못했던 '나'의 말문이 기적처럼 열린다. 다소 길지만 그 기적을 다시 한번 음미해보는 것도 의미 있겠다.

> 그러던 어느 날 영어수업시간에 나는 드디어 입을 열어 말하기

시작했다. 물론 잘생긴 나탄이 "제발 부끄러워하지 마, 해리"라는 말을 한 다음에 일어난 일이었다.

"내 친구는 스리랑카에 살아요. 스리랑카는 아름다운 곳이래요. 내 친구가 그날 밤 나에게 말했어요." 내가 이렇게 말을 하기 시작하자 사람들이 나에게 물었다. "뭐라고 했는데, 제발 빨리 말해줘."

"나는 내 여동생과 목욕하는 걸 좋아해. 우린 열흘 동안 부처님의 이빨을 코끼리의 등에 싣고 시내 전체를 뱅글뱅글 도는 축제에 갔어. (……)

내가 여기 어떻게 와 있는지 잘 모르겠어. 낯선 사람이 준 사탕을 먹다가 잠이 들었는데 깨어보니까 낯선 곳이었어. 밤마다 뒤를 돌아보는 꿈을 꾸었지. 뒤에는 밀림 천지였고 코끼리 소리와 북소리가 들렸어. 난 거기 서서 생각했어. 북소리가 들리지 않는 곳으로 가보자. 그냥 가보자. 그리고 난 이리로 왔어. 그런데도 난 아직 밀림을 돌아보며 거기 서 있는 거 같아. 난 영원히 거기에 서 있을지도 몰라. 난 원래 스리랑카에서 태어났어."

나는 마지막 말까지 하고 나서 쓰러질 작정이었다.

"내 친구는 스리랑카로 돌아갔어요. 그리고 제 이마에 붉고 동그란 점 하나를 찍어주었어요. 내 이마에 붉은 반점 보이나요? 안 보이세요?"(「갈색 눈물방울」, 212~214쪽)

이 작품에서 '나'의 우울이 실어증이라는 일종의 전환 히스테리의 형태로 표출되었음은 앞에서 보았던 바이지만, 잃었던 언어의 회복이 '스리랑카 여자의 말'과 '영어'라는 두 층위의 타자의 언어를 통해 이루어지고 있음에 일단 주목해야겠다. 무엇보다 '나'의 입에서 유창한 영어로 흘러나오는 동남아 여자와의 이 상상의 대화는, 타자와의 고통의 소통을 향한 의지가 만들어낸, 말 그대로의 기적이다. 그리고 우울의 세계 바깥으로의 의미 있는 한 걸음이, 바로 이렇게 말이 통하지 않는 타자를 '나'의 안에 받아들여 '나'가 타자의 언어로 말함으로써 내디뎌진다는 것은 사뭇 인상적이다.

다소 의외라 여길지 모르겠지만, 이것 또한 앞서 말한 유머와 완전히 무관하지 않은 것이다. 그리고 그것은 당연하게도 우리가 앞에서 본 소극적이고 자기 소비적인 유머 같은 것과는 다른, 바깥을 향한 긍정적인 유머다. 무엇보다 말문도 떼지 못했던 '나'의 입에서 동남아 여자의 삶이 유창한 영어로 번역되어 흘러나오고 있는, 있을 법하지 않은 저 기적적인 장면 자체가 작가가 우리에게 들려주는 유쾌한 유머 아니겠는가. 「스쿠터 활용법」의 화자는 앞서 전신수영복 조깅이라는 어색한 유머를 통해 "난 내가 다른 세상을 살고 있다고 느꼈어요"라고 말했지만, '다른 세상'의 삶에 대한 희망이 보다 긍정적인 가능성을 얻는 것은 바로 이 지점이다.

그러나 그렇다고 해서 우리가 알고 있는 이 작가가 '다른 삶'에 대한 환상이나 섣부른 해결을 꿈꾸고 있다고 짐작해서는 안 된다. 강영숙의 소설에서 유머는, 그리고 낯선 타자의 언어를 통한 소통은 대부분 '나'를 세상에 내어주지 않으면서 우울의 사막을 견딜 수 있게 하는 어떤 것으로 기능하는 것이다. 그리고 거기에 은밀히 숨어 있는 것은 '다른 삶'에 대한 얼마간의 자기 충족적인 기대와 음미다. 다소 극적으로 형상화되어 있는 「갈색 눈물방울」의 저 장면만큼은 아니더라도 그녀의 소설이 유독 외국인과의 교제나 외국어 배우기 등의 모티프를 즐기는 것도 그런 맥락에서 이해할 수 있을 것이다. 그리고 얼핏 무관해 보이겠지만 외국에서 오히려 편안함을 느끼는 심리(「K에게」)나 이런저런 삶의 풍파를 이미 헤쳐나온 노인들의 유머러스한 평온(「해안 없는 바다」)을 즐겨 그리는 등의 문학적 접근방식이 실은 어디에서 오는 것인지도 그로써 대강은 짐작이 될 것이다. 무엇보다 '나'와 국가의 경계를 넘어선 낯선 것 혹은 낯선 타자와의 만남을 통해서, 강영숙은 어쩌면 지금 이곳의 삶이 아닌 다른 무언가를 조심스럽게 겨눠보고 있는 것인지도 모른다.

그녀의 스쿠터—소설 활용법

그 모든 것에도 불구하고, 그것이 갈 수 있고 또 가야 하는 길이라고 쉽게 단언하거나 낙관하지 않는 것이 또한 강영숙의 소설이다. '쿨'하고 무덤덤한 외양을 하고 있는 소설의 밑바닥에는 여전히 체념적 비관과 환멸이 깊이 숨어 있다. 강영숙 소설의 우울이 더 깊어지고 있는 듯 보이는 것 또한 어쩌면 그래서인지도 모르겠다. 그리고 바로 그것이야말로 우리가 강영숙의 소설을 믿어야 하는 이유다. 세상의 우울을 함께 견디며 어쩌면 그 안에 있을지도 모를 '다른 삶'의 작은 가능성을 조심스럽게 숨어 꿈꾸는 우울증적 유머의 세계, 그것이 강영숙의 소설세계다.

끝으로, 강영숙 소설의 한 장면으로 마무리한다. 우리는 여기서 우울의 세계를 홀로 헤쳐가는 이 작가의 유머의 표정을 읽을 수 있을 것이다. 그리고 그것을 통해 그녀의 다음 세계를 조심스레 짐작하고 기대해보는 것 또한 유익한 일이겠다.

칠천원 주유에 이백 킬로미터 주행 가능, 정말 제 스쿠터가 그럴까요? 세상의 모든 걸 책으로 내는 당신의 나라에 혹시 스쿠터를 활용해 할 수 있는 일들을 소개한 책은 없을까요. 예를 들면 스쿠터를 타고 강을 건너는 법, 스쿠터를 이용해 실연의 상처를 극복하는 법, 스쿠터와 할 수 있는 가장 재미있는 일 등, 세상의 모든 스쿠터 활용법 같은 것 말입니다. 그런데 당신의 제니 핑크랑 내가 산 핑크랑 서로 인사할 날은 오게 될까요?

지금도 통통거리며 도시의 구석구석을 달리고 있을 당신의 스쿠터 소리가 들리네요. 난 스쿠터 소리를 좋아하게 됐어요. 좀 반항적이기도 하고 예민하기도 하고, 그러면서도 좀 멍청하기도 하죠. 입술을 굳게 다문 채 불만에 가득 찬 표정으로 국도를 달리는 나처럼요.(「스쿠터 활용법」 26쪽)

작가의 말

이번 소설집에 소개되는 단편소설 세 편은 서울 국립중앙도서관에서 썼다. 또다른 두 편은 서울에서 쓰기 시작해 서울이 아닌 다른 도시에서 완성했다. 「령」과 표제작인 「빨강 속의 검정에 대하여」 그리고 「스쿠터 활용법」은 도쿄에서 수정되었거나 새로 씌어졌다. 비슷한 시기에 씌어졌으나 이 소설집에 싣지 않은 소설들은 중성지 상자 안에 넣어 그냥 버리기로 했다. 지난 2007년, 도쿄에서 지낸 육 개월 동안 많은 도움을 준 소설가 나카자와 게이 씨, 후지이 히사코 씨, 번역가 김훈아씨, 술친구를 해주셨던 소설가 김석범 선생님, 소설을 번역해준 정향숙씨, 온토프 에이전시의 김승복씨, 연극배우 지망생이었던 리리에게 꼭 감사의 말을 전하고 싶다. 또 이번에 해설을 맡아준 한국문학의 열렬한 애독자 김영찬 선생에게 특별한 감사의 인사를 전한다. 또 대산창작기금을 운영하는 대산문화재단에도 감사의 인사를 드리고 싶다. 그리고 늘 따뜻하게 다독여주시는 문학동네 편집부 여러분들께도 진심으로 감사드린다. 가끔 이메일로 안부를 물어오는 몇몇 독자들께 이 책을 보여드릴 수 있어 다행이다. 그러고 보니 이번 소설집이 나오길 아주 많이 기다렸던 것 같다.

| 수록작품 발표지면 |

스쿠터 활용법 …… 『본질과현상』 2008년 제14호

안토니오 신부님 …… 『문학동네』 2008년 가을

빨강 속의 검정에 대하여 …… 『현대문학』 2007년 5월

령 …… 『세계의문학』 2007년 봄

천변에 눕다 …… 『문학들』 2006년 겨울

해안 없는 바다 …… 『현대문학』 2006년 1월

K에게 …… 『파라21』 2004년 가을 (발표 당시 제목은 '서쪽에 흐르는 불투명한 바다')

갈색 눈물방울 …… 『문학과사회』 2004년 겨울

자이언트의 시대 …… 『문학동네』 2004년 여름

문학동네 소설집

빨강 속의 검정에 대하여

초판인쇄 | 2009년 6월 12일
초판발행 | 2009년 6월 17일

지은이 강영숙
펴낸이 강병선
책임편집 조연주 최유미
마케팅 장으뜸 정민호 한민아 김정민 정소영
제작 안정숙 서동관 김애진

펴낸곳 (주)문학동네
출판등록 1993년 10월 22일 제406-2003-000045호
주소 413-756 경기도 파주시 교하읍 문발리 파주출판도시 513-8
전자우편 editor@munhak.com | 전화번호 031)955-8888 | 팩스 031)955-8855

ISBN 978-89-546-0816-9 03810

* 이 책은 대산창작기금을 받아 출간되었습니다.
* 이 도서의 국립중앙도서관 출판시도서목록(CIP)은 e-CIP 홈페이지(http://www.nl.go.kr/cip.php)에서 이용하실 수 있습니다.(CIP제어번호: CIP2009001588)

www.munhak.com